비상 5

비상 5

초판 1쇄 인쇄일 2010년 6월 11일
초판 1쇄 발행일 2010년 6월 14일

글 유호
펴낸이 김지영 펴낸곳 작은책방
편집 김현주 디자인 박혜영
제작·관리 김동영
영업 김동준, 조명구

출판등록 2001년 7월 3일 제2005-000022호
주소 121-840 서울 마포구 서교동 395-36 1층
전화 (02)2648-7224 팩스 (02)2654-7696

ISBN 978-89-5979-154-5 04810
978-89-5979-157-6 (SET)

비상

5

유호 장편소설

해든아침

|차 례|

프롤로그 7

1장 빛과 어둠 13

2장 제4차 중동 전쟁 28

3장 동풍東風 74

4장 인도차이나 107

5장 피폭 147

6장 제2차 동아시아 전쟁 157

7장 요동사단遼東師團 191

8장 베이징北京 222

9장 산동 반도山東半島 268

프롤로그

1972년 6월 12일 17:10 스위스 제네바

대리석으로 깔끔하게 짜여진 중세풍의 넓은 회의실은 높이만 4미터나 되는 십자가와 10여 개의 화려한 두루마리 족자로 치장되어 있었고 창밖은 회색 호수를 배경으로 녹색 격자무늬 정원에 흐드러지게 피어오른 붉은 장미들이 짙은 향기를 날렸다. 레만 호수가 내려다보이는 제법 규모 있는 성城임에도 불구하고 의례 있어야 할 인적은 전혀 보이지 않았다. 회의실 중앙에 놓여진 대형 회의탁자에는 다양한 복장을 한 18명의 사람들이 있었다. 탁자의 중앙에 앉아 있던 건장해 보이는 50대의 백인이 황금색 두루마리를 내려다보며 입을 열었다.

"고대에는 더 많은 인종들이 있었다. 그러나 갈색 인종과 황인종 그리고 흑인종만이 백인 형제들의 통치를 받으며 자비를 얻어 살아남을 수 있었다. 일부 황인종이 끈질기게 저항했으나 백인들은 아무런 어려움을 겪지 않고 지구 전역으로 퍼져나갔다. 일부 정복자들은 피정복민과 피를 섞음으로써 스스로를 열등한 수준으로 떨어뜨렸으나 영어 사용인들은 그렇지 않았다. 여기에서 악惡은 흡수된 것이 아니라 파괴되었다. 유럽의 백인들이 한때 식민지 사업을 벌이면서 사용했던 폭력은 세상의 진보에 유익한 것으로 밝혀졌다. 그리고 보통은 폭력이 필수적이지 않았다. 그들은 자진해서 백인 형제들의 문화를 받아들였다. 1970년부터 미국의 흑인들은 평화적이고 자발적으로 원래의 정착지인 아프리카로 돌아갔다. 일부 황인종과의 갈등은 백인 국가들을 훨씬 더 긴밀하게 결합시켰다. 백인종이 점점 완벽한 인간이 되어가자 선善과 악惡의 전쟁은 불가피하게 되었고 수천 대의 백인동맹 비행기들은 유례없이 강력한 폭발력을 가진 폭탄과 꺼지지 않는 불로 무장했다. 8천만 구의 시체가 쌓인 후 그들은 승리하였고 아시아에 진정한 자유와 문명이 무엇을 의미하는지를 가르쳐주게 될 점령이 시작되었다. 먼저 지역 언어들의 사용이 금지되었고 단일 언어가 전 점령지에 도입되었다. 원주민들이 사용하지 않는 땅은 모두 문명세계로부터 온 이주민들에게 넘어갔다. 식민통치자들은 무지한 야만인들의 미개한 정신을 인도하는 세력으로서 뿐만이 아니라 이들에 대한 억제력으로도 행동하였다. 30년간 이와 같은 교육이 이루어진 뒤, 모든 나라와 인종을 포괄하는 세계합중국이 결성되었다. 마침내 서기 2000년, 시대의 이상이 실현되고 인류에게 영원히 평화가 보장되었다."

두루마리를 내려놓으며 잠시 호흡을 가다듬은 그가 다시 말했다.

"이 글은 1898년에 사무엘 오델이라는 작가가 쓴 '마지막 승리'라는 작품을 요약한 것입니다. 이 글의 내용이 시사하는 것은 단 한 가지입니다. 우리들은 지배자가 되어야 하며 그것이 '마지막 이상의 실현과 영원한 평화'를 가져다줄 것입니다. 이제 때가 되었습니다. 동양의 제국은 과도한 병력 감축으로 힘을 잃었고 우리 동맹국들의 힘은 세계대전 이후, 지난 30년간의 부단한 노력으로 지금 최고조에 달해 있습니다. 우선은 황인종 내부의 갈등부터 시작해 힘을 소진시키고 잡종 인종의 국가인 터키를 무너뜨려야 할 것입니다."

그가 자신의 뒤에 시립하고 있던 정장의 사내에게 손짓을 하자 사내가 준비했던 서류 한 장씩을 나눠주기 시작했다.

"지금 보여드리는 계획서는 회수용이니 보시고 반납해주시기 바랍니다. 극도의 보안이 요구되는 사안이니 만큼 내드릴 수 없는 점 이해를 바랍니다. 우선 가장 앞에 보이는 것은 유럽의 현황입니다. 독일과 유럽의 경제는 이미 15년 전부터 우리의 손아귀 안에 들어와 있습니다. 이제 우리가 원하는 것은 무엇이든 이루어낼 수 있다는 뜻입니다. 유럽은 북해의 유전 개발이 완료되는 90년대 말이나 되어야 원유로부터 어느 정도 자유로워질 수 있을 것이고 러시아는 바쿠 유전의 상실로 인해 중동에 대한 무기 판매와 우리의 지원으로 근근이 경제를 유지하고 있습니다. 결국 유럽은 중동과 터키를 흔들어 놓아야 살아남을 수 있다는 뜻입니다. 하지만 중동을 흔들기 위해서는 황인종의 동아시아 역시 흔들려주어야 합니다."

절대적인 침묵. 그의 날카로운 눈빛이 좌중을 한 바퀴 휘젓고 돌아갔다.

"남는 문제는 대한제국입니다. 그들의 의도적인 제국령 고립주의는 우리 자본이 깊이 파고들 여건을 만들어주지 않았습니다. 따라서 이들을 흔들기 위해서는 외부의 자극이 유일한 방법입니다. 그런데 여기에 호재가 존재합니다. 그것은 한족漢族입니다. 이들의 국가인 중화민국과 천화공국은 과거 명, 청대의 영화를 되찾기 위해 끊임없이 군비를 확장해왔습니다. 하지만 북쪽과 동쪽은 대한제국으로 가로막혀 있습니다. 남은 곳은 서쪽과 남쪽뿐이지요. 그런데 서쪽도 히말라야 산맥과 극도로 낙후한 방글라데시가 가로막고 있으니 남는 곳은 남쪽뿐입니다. 아시다시피 한족 입장에서도 방글라데시를 집어삼켜 괜한 고생을 할 이유는 없습니다. 결국 인도차이나 반도로 그 주체할 수 없는 힘이 터져 나올 것입니다. 이는 불문가지 제국의 개입을 불러올 것이고 종국에는 전면전으로 치닫게 될 겁니다. 두 국가의 병력은 이미 제국군의 10배가 넘습니다. 제국군이 광대한 영토의 곳곳에 분산되어 있다는 점을 고려하면 병력의 차이는 더 심각해지지요. 항공기의 숫자는 비슷한 상황이며 전차의 숫자는 4배에 가깝습니다. 다만 해군의 열세가 눈에 띄게 나타나지만 내륙의 지상전이 주된 전쟁터라는 점과 중동에 제국군의 병력이 추가 투입되는 상황을 고려한다면 이 승부는 백중세에 가까울 것입니다. 거기에 멕시코와 나성을 콜롬비아와 남미의 준동에 신경을 쓰도록 분산시키고 남미와 태평양에 긴장을 고조시킨다면 제국군의 열세를 점칠 수도 있을 겁니다. 또한 러시아, 오스트리아, 이란, 사우디, 이집트의 합공이면 터키를 쓰러뜨릴 수 있습니다. 독일이 사우디와 이집트의 원유가 필요한 이상 터키를 도와 개입할 수는 없을 겁니다. 물론 우리의 로비도 한몫을 단단히 하겠지만 여건상으로도 독일의 개입은 없다고 보아야 합니다. 제국에 핵무기가 존재한다고는 하지만 몇 기 되지도 않을 뿐더러 그들의 알량한 평화주의는 핵무기의 사용을 불가능하게 만들 것입니다. 게다가 독일과 러시아의 핵이 버티고 있는 한에는 제국의 핵무기 사용은 없다고 보아야 합니다. 결국 전쟁은 우리가 원하는 끝없는 소모전이 되겠지요. 후후. 그리고 이렇게 해서 이들의 힘이 소진되면 유럽이 아시아와 북미대륙으로 다시 진출하는 겁니다. 질문 있으십니까?"

40대 초반의 왜소한 체구를 가진 사내가 손을 들어 올렸다.

"말씀하시지요."

"우리가 해야 할 일은 무엇입니까?"

"후후, 지금은 제국의 속담처럼 그저 굿이나 보고 떡이나 먹으면 됩니다. 열심히 무기를 만들어 독일 정부에 납품하면 독일 정부가 알아서 중동국가들에게 넘겨줄 것입니다. 무기-원유 교환 프로그램에 따라서 말이지요. 우리는 돈만 챙기면 될 것입니다. 하하."

"그렇군요. 후후."

"다만 전쟁은 전혀 색다른 합종연횡을 가져오기도 하니 해당국가의 로비를 맡으신 분들은 각별한 주의를 기울여야 할 겁니다."

"시작은 언제 어디가 될 것입니까?"

"아직 정확한 말씀을 드리기는 무엇 합니다만 현재의 계획대로 움직인다면 아무래도 경제 여건이 다급한 러시아와 터키의 개전이 우선이겠지요. 물론 우리 자금이 상당량 흘러들어가야 하지만 그런대로 제법 수입이 생기는 재미있는 싸움이 될 겁니다. 자, 그럼 다른 질문이 없으시면 오늘의 대외관계협의회 총회는 이것으로 마치겠습니다. 안녕히들 돌아가십시오."

사내의 어깨너머로 보이는 은색 레만 호가 수면에 걸린 태양을 붉게 반사하고 있었다.

빛과 어둠

1972년 7월 5일 16:10 사우디아라비아 리야드

아랍계 독일인인 자심은 물기가 배어나와 반 이상이 검게 물든 천장을 물끄러미 올려다보았다. 그가 빌린 리야드 중심가 노변 뒤쪽의 싸구려 공동주택 4층은 허물어져가는 폐허와 다름없는 지저분한 곳이었다. 그러나 한 달에 제국돈 30원씩이나 되는 거금을 지불해야 했다. 썩어빠진 사우디 왕가는 일반적으로 남성 왕족 한 명당 20여 명 이상의 처첩을 거느려 무려 50여 명의 자식을 낳아 댔고 전쟁이 끝난 지 겨우 30년 만에 사우디 왕족의 숫자는 1만 7천 명을 넘어가고 있었다. 이들은 매달 10만에서 50만 원을 왕족 수당으로 받아 챙겼고 한술 더 떠서 수없는 원유와 무기 관련 국책 프로젝트에서 뒷돈을 받아 챙겼다. 하지만 왕족을 제외한 사우디인들의 생활은 고행 그 자체였다. 50퍼센트가 넘는 사우디인이 아직도 피곤한 사막의 유목 생활을 참아내야 했고 나머지 국민의 대부분도 엄격한 코란의 전통을 지켜야 하는 고통을 감내하고 있었다.

여성인 경우는 더욱 지독했다. 여성은 운전조차 할 수 없으며 결혼 이전에는 남자들을 만날 수 없었고 홍겨운 결혼식이 끝나면 죽는 순간까지 남들이 볼 수 없는 곳에 갇혀 지내야 했다. 사우디아라비아 사람인 자심의 이모는 공공장소에서 다리를 노출했다는 이유로 광장에서 매를 맞았고 결국 3년 후 그 후유증으로 세상을 떠났다. 사우디 여권의 맨 위에는 여권의 소지자가 '왕가의 소유물 Belongs to the Royal Family' 이라고 씌어 있었다. 결국 이들은 그저 사우디 왕족의 재산일 뿐, 그 이상도 이하도 아니었다.

당연히 민생은 그들의 관심 밖이었고 물가는 하루가 다르게 치솟았다. 불과 2개월 전, 현지답사 차 이곳을 방문했을 때 제국 돈 25원이었던 월세가 이번엔 30원으로 바뀌어 있었다. 2개월 만에 5원이 올라버린 것, 물론 시내의 고급 호텔에 묵을 수도 있으나 무타와(사우디 비밀경찰)의 눈에 띄기를 원치 않는 그에게 호텔에 잠자리를 정하는 것은 그림의 떡이나 마찬가지였다. 언제나 절감하는 일이지만 여유로운 선급금 지급에도 불구하고 매번 이런 열악한 환경에서 일을 해야 한다는 것은 짜증스럽기만 했다. 그러나 지금부터 해야 할 일에는 이곳이 유일한 대안이었다. 제국 돈 50만 원은 40도를 오르내리는 무더위를 즐거운 마음으로 꿋꿋하게 버틸 수 있게 할 만큼 엄청난 거금이었다.

의뢰인이 알려준 예정 시간에서 한 시간이나 지났는데도 나타나야 할 파이살 국왕의 행렬은 아직 코빼기도 보이지 않았다. 창틀 옆에 세워놓은 드라구노프를 쓰다듬으며 초조한 눈빛으로 다시 창밖을 내다보았다. 그리고 10여 분, 드디어 7월의 폭염에 늘어져버린 올리브 나뭇잎 사이로 정복 경찰관들의 경직된 움직임이 보이기 시작했다. 자심이 조용히 중얼거렸다.

"빌어먹을 노인네! 이제야 나타나는군. 개인적인 감정도 좀 있지만 그리 심한 것은 아니야. 그저 돈이 원수라고 생각하시게. 후후."

기회는 단 한 번뿐일 터였다. 3일 전부터 중앙대로 인근의 모든 건물들은 무타와 요원들이 차지했고 이 건물이 유일하게 중앙대로를 시계에 넣을 수 있는 건물이었다. 문제는 시계 폭이 20미터도 채 안 되는 짧은 거리라는 데 있었다. 축제의 시작을 알리는 카퍼레이드이니 천천히 움직이기는 하겠지만 시간적인 여유는 잘 해야 10초였다. 자심은 창틀의 그늘 안쪽에 준비해놓은 탁자 뒤로 돌아가 드라구노프의 PSO 조준경에 눈을 가져갔다. 전문 킬러인 그가 5년이 넘도록 애용하던, 길이만 1.4미터에 육박하는 이 무식한 러시아제 저격소총은 겨우 10발짜리 탄창밖에는 사용하지 못했다. 그러나 고장이 드물고 탄도의 편차도 거의 없는 데다 웬만한 맹수는 단 한 발이면 완전히 숨을 끊어놓을 수 있었다.

조준경 안에서 연도에 꽉 들어찬 군중들이 사우디 국기를 흔들기 시작했다. 거리 220미터, 바람은 거의 없었다. 천천히 이동하는 제국산 선도 이륜차 두 대가 조준경 안으로 들어오자 자심은 호흡을 멈췄다. '매향' 무개차량의 전조등이 눈에 들어왔다. 그리고 파이살 국왕의 주름진 노안이 조준선 중앙에 정확히 도달하기 직전에 방아쇠를 당겼다.

쾅! 쾅!

작은 방을 뒤흔든 드라구노프의 총성은 고막을 찢을 듯이 거대했다. 동시에 파이살의 머리가 터져나가면서 무개차량에 동승한 여자들에게 그의 뇌수와 피가 쏟아졌다. 그리고 연도에 늘어선 군중들의 날카로운 비명이 중앙대로를 가득 메우기 시작했다. 연달아 두 발이 파이살의 이마에 꽂히는 것을 확인한 자심은 재빨리 손을 털고 지겹던 은신처를 벗어났다. 페즈(터키전통모자)를 비롯한 터키 육군정보국 요원용 기본 장비가 들어 있는 가방과 아끼던 드라구노프까지 그대로 남겨둔 상태였다.

사우디 경찰에 바보들만 잔뜩 모여 있지 않고서는 뭔가 이상하다는 생각을 하겠지만 파이살 국왕의 암살은 가뜩이나 앙숙인 두 나라의 앙금을 폭발시키기에 눈곱만큼의 모자람도 없을 것이었다. 중앙대로에 당황한 무타와들의 고함 소리가 난무하며 겁을 집어먹은 군중들이 마구잡이로 흩어지기 시작했다. 자심은 자연스럽게 군중들 사이로 스며들었다.

1972년 7월 6일 06:10 서울, 남산 위성정보 통제실

최근 각국 정보부서들의 움직임이 터무니없이 분주해진데다 어젯밤 중동 지역 친제국 인사의 대표선수격인 파이살 국왕 암살 소식을 접하게 되자 윤찬혁은 만사를 제쳐놓고 이른 새벽부터 남산을 찾았다. 군의 이동이 가장 먼저 확인되어야 정확한 현황 분석이

가능했기 때문이었다.

그의 매향2가 남산 순환도로에 올라서자 우거진 나뭇잎 사이로 잔뜩 찌푸린 하늘을 머리 위에 올려놓은 서울의 모습이 한눈에 내려다보였다. 종로통과 한강 남쪽의 신행정 수도에는 50층 이상의 고층건물이 숲을 이루고 있었으나 도로망의 꾸준한 확충과 거미줄 같은 지하철로 건설로 인해 주민의 대다수가 시 외곽지역에 거주하는 형편이었다. 따라서 중심가의 주거 지역에는 몇 개의 주상복합건물을 제외하면 높은 건물은 거의 보이지 않았다. 또한 시내의 주택 가격, 특히 남산 인근과 한강변의 고급주택가는 300만 원을 호가하는 호화주택들이 널려 있는 판이어서 고급 공무원인 윤찬혁조차 시내에 거주하는 것은 꿈도 꾸지 못하고 있었다. 그의 한 달 월급이 5만 원을 겨우 넘는 상황이니 언감생심, 그저 바라만 보는 것으로 만족해야 했다.

자동차가 통제구역 안으로 들어서 10여 분을 더 전진하자 숲으로 완벽하게 은폐된 대형 방호벽의 일부가 개방되기 시작했다. 방호벽 안의 주차장에서 하차한 윤찬혁은 주차장 오른쪽에 설치된 승강기를 이용해 지하 120미터에 건설된 위성정보통제 상황실로 이동했다. 전국에 지속적으로 추가 건설된 20여 개의 위성정보통제 분국의 정보가 모두 집결되는 곳이다 보니 규모는 끝없이 확장될 수밖에 없었고, 이제는 지하 20층으로도 공간이 협소한 느낌이었다. 상황실에 들어서자 폭만 20미터에 달하는 세계지도가 가장 먼저 눈에 들어왔다. 지도 위에는 70여 개의 군사위성 궤도가 빼곡히 표시되어 있었고 중동과 중미에 정지위성 네 개가 붉은 등을 껌벅이고 있었다. 뭔가 심각한 변화가 있다는 뜻일 것이었다. 현황판을 둘러보는 윤찬혁에게 낯익은 얼굴이 다가왔다. 그가 입을 열었다.

"반갑네, 김 실장. 새벽부터 찾아오게 되어 미안하네."

김태환은 그의 국영 정보통신 사관학교 동기로 오랜 친구이자 좋은 경쟁자라고 해야 했다. 윤찬혁이 대령으로 전역하면서 비전으로 자리를 옮기게 된 반면 김태환은 위성사진 판독과 정보 분석에 탁월한 능력을 보여주며 승승장구, 중장으로 진급하면서 남산을 떠맡고 있었다.

"아니야. 어차피 난 지난밤부터 불려왔는데, 뭘. 후후."

"그래? 자네도 정신없기는 마찬가지로구먼. 하하. 그건 그렇고, 중동 지역에 군 병력 이동은 눈에 띄는 게 있나?"

"글쎄. 아직 조금 더 확인을 해보아야겠지만 일이 좀 심각해질 것 같은 느낌이야. 러시아군의 카스피해 연안 전진 배치도 그렇고 이란군의 움직임도 심상치 않네. 거기다 리야드의 사우디군도 급격한 움직임을 보이기 시작했어. 이건 한마디로 완전히 난장판이야. 한술 더 떠서 미국이 잭슨빌과 디트로이트 흑인폭동으로 시끌시끌한 상황인데다 콜롬비아도 고토 회복을 외치면서 파나마를 침공할 기세야. 러시아로부터 군비를 제법 많이 확보한 모양이더군. 대략 5만 이상의 병력을 국경으로 집중시켜놓은 상태일세. 아마 머리가 깨져나간다는 기분이 이런 걸 거야. 이래저래 자네와 한번 만나서 상의를 좀 해야 할 것 같았어. 그래, 자네 쪽 보고는 어떤가?"

"아! 자네도 아직 모르겠구먼. 몇 시간 전에 파이살 국왕이 암살 당했네. 사우디군의 변화는 그것 때문일 거야."

김태환의 눈이 휘둥그레졌다.

"뭐? 이런 젠장! 그럼 다음 왕은 누가 되지? 할리드 황태자인가?"

"그렇겠지. 그런데 문제는 그놈이 급진적인 이슬람 원리주의에 심취해 있다는 거야. 진작부터 할리드는 중동 지역에서 터키와 이스라엘을 축출해야 한다고 노래를 부르고 있었거든. 지금까지는 형에게 눌려 기를 펴지 못했지만 이제는 이야기가 달라진다고 보아야지. 게다가 친독일 성향이 지나치게 강한 친구거든. 어렵게 되었어."

"하여간 중사도는 편할 날이 없구먼 그래. 덩달아 자네 쪽도 정신없이 바빠질 테고 말이야. 후후. 어쨌거나 통제실 분석 결과가 나오면 경복궁에 함께 들어가도록 하세. 수상께 직접 보고를 드려야 하는 일이야."

"그러지. 사실 나도 파이살 암살 소식은 전화로 보고 드렸지만 그것 말고도 직접 보고해야 할 일이 제법 많네. 어쨌거나 일단 커피나 한 잔 주게나."

"그래. 내 방으로 가세."

1972년 7월 7일 11:30 독일, 베를린

아드난 카쇼기는 독일과 사우디아라비아, 러시아와 사우디아라비아간 무기 거래의 90퍼센트 이상을 취급하는 거대 무기거래 중간상인이었다. 아버지가 사우디 왕국을 세운 이븐사우드의 주치의였던 그는 사우디 왕가의 절대적인 신임을 등에 업고 한 해에도 수십 차례 베를린과 모스크바, 리야드를 오가며 수백억 마르크 분량의 무기 거래를 계속해서 성사시켰다. 그런 그가 윌리 브란트 독일 대통령의 재선을 축하하는 파티장에 모습을 드러내지 않을 리가 없었다. 오전 내내 수십 명의 축하 사절이 브란트와 겨우 2~3분의 대화를 나누기 위해 집무실을 드나들었지만 카쇼기가 집무실 안으로 들어서자 집무실 밖의 경호원들이 이후의 접견 중단을 선언하고 문 앞을 막아섰다. 느긋한 표정으로 안락의자에 앉은 카쇼기는 제법 묵직한 가방을 안락의자 옆에 내려놓고 손을 내밀었다.

"재선을 축하드립니다, 각하."

"고맙소, 아드난."

"우선 우리 할리드 황태자님께서 지난 독일 방문시에 수상께서 환대해주신 것에 대해 감사의 말씀을 전해드리라 하셨습니다. 그리고 재선도 축하드리라 하셨고요."

"당연한 일에 감사라니요. 축하, 감사하다 전해주십시오."

의례적인 인사말이 오가고 나자 카쇼기가 정색을 하고 말했다.

"오늘은 새로운 거래를 하나 성사시켰으면 합니다."

"그래요? 말씀해보시지요."

"아시다시피 파이살 전하께서 불온한 무리들에 의해 암살당하셨습니다. 우리 정부는 이들의 뒤에 터키가 있다고 확신하고 있습니다. 따라서 우리는 그들에게 배상과 더불어 관련자 문책을 요구할 것이며 이것이 관철되지 않을 경우에는 전쟁도 불사할 것입니다. 이런 관계로 귀국의 최신형 전폭기 토네이도를 이번 무기-원유 교환 프로그램과 별도로 구입했으면 합니다. 지상군 장비는 러시아에서 충분히 도입되는 상태이지만 터키 공군과 대적하려면 우리 공군은 필히 보강이 필요합니다. 토네이도 50기 이상을 원합니다."

터키 정부의 공식적인 부인否認에도 불구하고 사우디 정부와 사우디 여론은 터키의 소행으로 단정 짓고 관련자 전원의 처벌을 요구하고 나선 것이었다. 물론 관철되지 않을 경우 전쟁도 불사하겠다는 강력한 의사 표명도 함께였다. 문제는 터키가 하지도 않은 일에 대해 자신의 소행임을 인정할 리가 없다는 점이었다. 만에 하나 인정한다고 해도 분쟁의 불씨가 완전히 사라지는 것도 아니었다. 이래서는 전쟁을 피하기가 어려워 보였다. 브란트가 침중한 표정으로 말했다.

"최신형 전투기이기 때문에 해외에 판매하는 것은 어려울 수도 있습니다. 우선 우리 군 관련자들과 상의를 해보도록 하겠습니다. 며칠 기다려주실 수 있겠습니까?"

"그럼요. 이 계약이 성사되지 않으면 전 사우디로 돌아가지 못할지도 모릅니다. 하하. 당연히 기다려야지요. 호텔에서 대기하겠습니다."

카쇼기가 자리를 털고 일어나자 브란트도 뒤따라 일어섰다.

"안녕히 가십시오."

밝은 얼굴로 악수를 나눈 카쇼기는 곧바로 파티장을 나서 자신의 승용차로 돌아왔다. 승용차의 문을 열고 대기하던 수행비서가 나직이 물었다.

"회장님, 가지고 가셨던 가방은……."

카쇼기가 피식 웃음을 머금었다.

"그거? 아까 수상 집무실에서 '깜박 잊고' 그냥 나왔지 뭔가? 후후. 그리고 비서는 그런 것을 물어보면 안 되는 게야. 가세나. 재선 축의금을 조금 넣었어. 자네는 그 가방을 본 적도, 들어본 적도 없었네. 알겠나?"

"네! 회장님!"

수상 관저를 빠져나오는 승용차의 뒷자리에 편안하게 기댄 카쇼기는 비릿한 미소를 머금었다. 언제나 그랬듯 러시아든 독일이든 돈으로 사지 못할 것은 없었다. 돈은 귀신도 부린다고 했으니 말이다. 이제는 호텔로 돌아가 늘씬한 금발 콜걸들의 마사지를 받으며 기다리기만 하면 될 것이었다.

1972년 7월 20일 17:00 터키, 로스토프 동쪽 110킬로미터, 러시아 국경

터키 제3국경수비대장 차드 대령은 최근 들어 빈번해진 러시아 8군단과의 무력 충돌에 신경이 곤두서 있었다. 지난 세계대전이 끝날 때 깔끔하게 국경선을 긋지 못했던 작은 야산으로부터 시작된 로스토프 국경 분쟁은 사실상 근 10년 동안 단 6개월을 조용히 지나간 적이 없었다. 거의 연례행사가 되어버린 상황, 그러나 지난 10일부터 어제까지처럼 매일 총격전이 벌어지지는 않았다. 양측 모두 주력부대가 배치되어 있는 상황이다 보니 서로가 조심스러웠고 한 번 총격전이 벌어지고 나면 몇 개월 정도는 조용히 지나가는 것이 상례였다.

그런데 최근에는 거의 매일 총격전이 벌어졌다. 어제는 아예 소대 단위의 총격전이 벌어지기까지 한 것, 다행히 양측 모두 사망자는 발생하지 않았지만 5명 이상이 총상으로 입원하는 사태까지 빚어졌다. 아무래도 심상치 않은 상황이었다. 국경 철책을 바라보는 차드의 눈빛은 어둡게 가라앉았다. 이대로라면 조만간 대규모 무력 충돌이 일어난다 해도 이상할 것이 하나도 없었다.

"젠장! 이러다가는 큰 싸움으로 번질 것 같은데……. 아무래도 러시아 8군과 접촉을 해보아야 할 것 같군. 부관! 어디 있나?"

차드가 연대 부관을 부르며 몸을 돌리는 순간 멀리서 은은한 총성이 들려왔다. 아군의 기관총 소리였다.

"빌어먹을! 오늘도 또 시작이냐? 부관! 부관!"

다음 순간, 고막을 찢는 듯한 폭음이 연대본부 벙커를 때리기 시작했다.

콰과쾅!

순식간에 수십 발의 포탄이 인근 참호와 벙커에 내리꽂혔다. 평소나 다름없이 느긋하게 경계 근무를 서던 초병들이 기겁을 하면서 가까운 벙커를 향해 달리기 시작했다. 벙커의 총안으로 보이는 철책 건너편 숲 속에서 러시아군의 T-72전차 수십 대가 잡목들을 일제히 밀어내리며 모습을 드러냈다. 당황한 차드의 고함 소리가 벙커를 쩌렁쩌렁 울렸다.

"무전병! 사령부에 알려라! 러시아군의 대규모 침공이다! 전차 수십 대와 야포가 동원된 전면공격이다! 어서!"

1) **할리드(1913~1982)** 사우디아라비아의 제4대 국왕. 1975 ~1982까지 재위. 리야드 출생. 초대 왕 이븐사우드의 아들이다. 1962~1975년 국무회의 부의장을 지냈고, 1965년 형인 파이살의 태자로 책봉되었으며, 1975년 파이살이 요르단과 PLO의 화해 협상 중 암살당하자, 3월 25일 왕으로 즉위하였다.

2) **이슬람 원리주의** 이슬람 교리를 정치, 사회 질서의 기본으로 삼아 이슬람교의 원점으로 돌아갈 것을 주장하며 이슬람 근본주의, 이슬람주의, 이슬람 개혁운동, 이슬람 정통주의라고도 한다. 전통적이고 과격한 이슬람 신자들을 이슬람 근본주의자로 부르기 시작한 것은 대체로 1940년 이후이며, 이슬람 세계에서는 이슬람 부흥운동으로 더 잘 알려져 있다. 이 운동은 서구 열강이 중근동에 진출한 이후 전통 이슬람이 외압에 적절히 대응하지 못하고 내부적으로 부패, 무능하여 이슬람 세계의 파탄을 가져온 데 대한 반동으로 나타났다. 1950~1960년대에 일시 소강상태에 빠졌으나 이란의 팔레비를 타도한 호메이니혁명으로 다시 크게 발전하기 시작한다. 현재의 세속정권을 무너뜨리고 이슬람교 경전인 코란을 헌법으로 삼는 이슬람 공화국의 창설을 최대 목표로 하며, 초대 이슬람교의 순결한 정신과 도덕 회복을 위해서는 코란과 수나의 불가침성을 인정하는 것만이 해결책이라고 주장한다. 또한 철저한 율법

준수와 신에 의한 통치를 주장하고 반反외세, 특히 서구적인 정치 사상과 사회제도를 경원시하여 이를 배격한다.

3) **아드난 카쇼기** 사우디아라비아의 벤처자본가 겸 무기중개상. 1970년대 미국과 사우디 간 무기 거래의 80퍼센트를 장악하고 수억 달러를 커미션으로 챙겼다. 1970년부터 1975년까지 6년 동안 록히드사에서만 1억6백만 달러를 수수료로 받아낸다. 90년대까지도 대부분의 미국 군수업자들은 카쇼기에게 사우디 정부가 자사의 장비를 사도록 매년 수십만에서 수백만 달러를 지불하며 로비에 열을 올렸다.

4) **토네이도** 독일과 영국, 이탈리아 합작 개발 전폭기이나 독일 단독 개발로 설정. 복좌, 쌍발 가변익(후퇴각 25도, 45도 및 67도). 최고속도 마하 2.2, 최대체공시간 4.5시간. ECM, 적외선 전방탐지장치 FLIR 장착. 무장: 27미리 Mauser 기관포 2문, 사이드와인더 2기, HARM, MW-1 폭탄살포기. 항속거리: 3,900킬로미터, 전투행동반경: 3,900킬로미터. 장×폭×고: 18×15×6.5미터(단, 사이드와인더 등 유도 무기는 사정거리 8킬로미터의 초기형 열추적 미사일임).

5) **T-72 전차** T-64를 대체한 상대적으로 저렴한 가격의 70년대 러시아 주력 전차. 125미리 활강주포. 12.7미리 기관총. 주포 우측에 적외선 서치라이트 장착. 스노클 보유. 최대 사격거리 2킬로미터, 대공사격 범위 1.5킬로미터. KMT-6 자체 정화장치 채용으로 NBC 방호가능. 장×폭×고: 6.9×3.9×2.3미터, 전투중량 41톤, 최고속도 시속 80킬로미터, 수직 장애물 0.85미터, 승무원 3명.

제4차 중동 전쟁

1972년 7월 21일 08:10 터키, 로스토프 남서쪽 150킬로미터, 침랸스크호湖 상공

'스커드B'와 '방패1'의 싸움이 절정을 향해 치닫고 있었다. 볼고그라드 북쪽 이동 미사일 발사대에서 발사된 러시아의 스커드B 20기가 볼가강 상공에 나타나자 즉각 터키군의 방패1이 가동되면서 요격 미사일 40기가 하얀 꼬리를 달고 하늘을 가로질렀다. 세계 최초의 미사일 대 미사일의 싸움이 시작된 것이다.

스커드를 따라잡은 방패1 미사일들이 시리도록 푸르게 갠 볼가강 상공에 수십 개의 화려한 폭연을 만들어내자 초조한 표정으로 발사대 레이더의 화면을 지켜보던 터키군 방공포대 병사들이 비명에 가까운 환호를 내질렀다. 단 한 기의 스커드만이 요격 미사일의 방호벽을 벗어나 로스토프 상공으로 다가섰으나 그나마도 근접신관에 의한 일부 피폭으로 방향추력을 잃어버리며 볼가강으로 추락해버렸다. 창과 방패의 첫 번째 전투는 방패의 판정승으로 끝난 셈, 비록 제국의 1세대 방공미사일이었지만 '방패1'의 위력은 터키와 러시아 양측 모두의 예상을 간단하게 깨트려버렸다.

곧이어 미그23과 미그27, 수호이25 130기가 일제히 볼가강과 침랸스크 호수 상공을 메우면서 제4차 중동 전쟁 최대의 공중전이 그 화려한 막을 올렸다. 터키 공군은 대한-312 제공기 80기와 최근 인수한 신형 기체 대한-13 20기를 모조리 출격시켜 대응에 나섰고 다시 한 번 볼가강 상공은 끝이 보이지 않는 혼란 속으로 빠져들기 시작했다.

전반적인 항공 전력에 있어서는 대한-12, 13의 월등한 선회 성능이나 제국산 '참새1'을 주력으로 하는 공대공 미사일의 장거리 유도 능력 때문에 터키 공군이 한 수 위라고 할 수 있었으나 운용 능력의 차이가 의외의 결과를 가져왔다.

러시아군은 지상관제와 Tu-126 모스 조기경보기(구소련 1세대 조기경보기)에 의한 입체적 전술 통제를 받는 반면, 조기경보기를 보유하지 못한 터키군은 지상관제에 의존한 비교적 단조로운 작전을 펼치게 됨으로써 일방적이 되어야 할 볼가강 상공의 첫 번째 대규모 공중전은 치열한 소모전의 양상으로 변해버렸다. 아톨과 참새1, SA-6와 방패 미사일이 난무한, 5시간에 걸친, 첫날의 전투는 양측 모두 30기 이상의 격추 기록을 남기면서 확실한 승부를 가르지 못했다.

러시아로서는 터키의 대공 레이더망을 괴멸시키려 했던 목적을 달성하지 못한 채 13대의 수호이25가 격추당했고 미그23 28대가 교전 중 추락해 실질적인 패전으로 마감한 셈이었다. 격추 기체 수에서 상대적 우위를 지킨 터키군도 대한-12가 31기나 격추되어 가뜩이나 수적으로 열세인 항공 전력의 구멍이 더 커져버린 모습이었다.

첫날의 대규모 공중전으로 엄청난 숫자의 전투기를 잃어버린데다 지상군의 대공 미사일이 격추 기체 수의 태반을 차지하는 예상 외의 성과를 거두게 되자 양측 공군사령부는 대규모 공중전이나 전술목표에 대한 공습을 완전히 중단하고 상대의 지상 대공 미사일 체계를 공격하는데 치중했다. 그리고 어느 순간부터는 필수적인 지상전 보조에만 공군을 투입하면서 팽팽한 신경전을 벌이기 시작했다.

1972년 7월 21일 21:10 서울, 북악산길

김태훈이 태풍의 예봉을 피해 들어온 작은 카페의 화상수신기에서는 9시 신보新報(뉴스)가 터키와 러시아의 전쟁 소식을 집중적으로 보도하고 있었다. 신보거리가 별로 없던 방송국들은 중동의 네 번째 전쟁이 터지자마자 아예 30분 이상의 시간을 할애해 양국의 여건과 전투 현황 보도에 열을 올리고 있었다. 다른 방송국들도 형편은 마찬가지일 것이었다.

김태훈은 새삼스레 승용차를 포기한 것이 후회스러웠다. 사실 그가 자신의 승용차를 포기한 지는 얼마 되지 않았다. 천화공국 북경지부에 근무하다 서울로 발령 받아 돌아온 그가 자신의 월급으로 빌릴 수 있는 셋집은 서울 시내에 존재하지 않았다. 물론 시내 주거 지역 안에 있는 고층 연립주택들 중 하나를 얻을 수도 있을 것이었으나 북경에서 생활하던 8년 동안 길들여진 그의 체질은 좁은 공간을 견디지 못했다. 결국 어렵사리 구한 안양의 50평짜리 단독주택이 그의 어쩔 수 없는 선택이었다. 그런데 출근해야 할 비전 본부는 북악산길 초입이었으니 승용차로 출근한다는 것이 현실적으로 불가능했고 다행히 전철을 이용하면 불과 30분 만에 북악산역에 도착할 수 있는데다 업무상 필요한 경우에는 본사의 차량을 이용할 수 있었기에 서슴지 않고 차량 구입을 포기했다.

하지만 우산조차 소용이 없는 이런 더러운 날씨에 접하고 보니 지하철까지 도보로 이동해야 하는 10여 분이 짜증스럽기만 했다. 비가 조금 뜸해지면 집으로 출발할 생각으로 마티니 한 잔을 시켜놓고 신보에 집중하던 김태훈에게 짧은 치마를 입은 20대 후반의 여성이 다가왔다.

"반가워요, 김 소령님?"

얼굴이 낯설지 않은 것으로 보아 얼마 전 들린 실장 비서실에서 본 직원인 듯싶었다. 대단한 미인이어서 쉽게 잊혀지지는 않았다.

"안녕하세요. 저를 아시는 것을 보니 본사 직원이신 모양이지요?"

김태훈이 되묻자 여자가 피식 웃음을 터뜨렸다.

"호호. 섭섭하네요. 저 같은 미인의 얼굴을 기억하지 못하시다니요."

"죄송합니다. 실장님 방에서 뵌 것 같군요. 그쪽도 비를 피해 들어오신 모양이지요?"

"그래요. 저는 한영숙이에요. 이름 꼭 기억하세요."

"그러겠습니다."

한영숙이 그의 옆 자리에 걸터앉으며 물었다.

"그건 그렇고 저도 한 잔 사주실래요? 그럼 좋은 정보를 드릴 수 있는데."

"물론입니다. 높은 자리에 계신 분 같은데 아부를 해야지요. 하하."

"고마워요. 후훗. 저기요. 여기 커피 한 잔 주세요."

주인인 듯싶은 젊은 여자가 가볍게 대답하고 커피 기계 쪽으로 몸을 돌리자 김태훈이 물었다.

"자, 그럼 좋은 정보가 뭔지 들어볼까요?"

"중화민국의 장개석과 천화공국의 주은래가 최근 불가침 조약에 다시 서명한 것은 알고 계시죠?"

"네."

"그런데 이 두 사람이 군사동맹도 함께 체결했다는 사실은 모르실 거예요. 저도 오늘에서야 확인한 사실이니까요."

"예? 군사동맹이요?"

김태훈이 새삼스러운 것처럼 반문했지만 사실 이상할 것도 없었다. 최근 두 나라 정상의 잦은 회동과 양국 관제 언론의 분위기 등이 두 나라의 협조체제 강화를 강력하게 시사하고 있었기 때문이었다. 게다가 고령의 장개석이 뒷전으로 물러앉자 독일에서 유학하고 돌아온 송미령(장개석의 둘째 부인)이 중화민국의 실권을 휘어

잡고 '중화일체'를 부르짖으며 양국의 화합을 주도하고 있었다.

"그래요. 거기에 한술 더 떠서 두 나라가 함께 인도차이나를 공략할 것 같다는 분석이에요. 주력군의 전진 배치, 베트남과의 국경분쟁, 버마(미얀마)의 한족 폭동사건 등이 모두 같은 맥락이라는 거예요."

"이거야 원. 대충 예상은 했지만……. 쩝, 꽤나 골치 아파지겠군요. 후……."

김태훈이 한숨을 내쉬자 한영숙이 정색을 하며 말했다.

"김태훈. 나이 33세. 미혼. 평양제대 졸업. 해병수색대 전갈대 소대장. 화랑무공훈장 수령 5회. 비전 천화공국 북경지부장. 맞지요?"

김태훈이 어이없다는 표정으로 대답했다.

"제 신상 조사까지 하시다니……. 좀 불쾌하군요."

"호호. 오해는 마세요. 실장님이 주신 서류에 나와 있는 것을 외운 것뿐이니까요. 그리고 귀관은 내일 아침 인사부에 들러서 발령장을 받도록 하세요. 베트남 하노이 지부로 발령이 날 겁니다. 참고로 나는 정보분석 분실소속 한영숙 중령이에요. 앞으로 나하고 같이 움직여야 할 겁니다. 사업가 부부로 말이지요."

김태훈은 욕설이 튀어나오는 것을 필사적으로 찍어 눌렀다.

'젠장! 귀국한 지 한 달도 안 돼서 다시 출국이라니!! 이건 악몽이야! 더구나 여자가 상관이고 한 조가 되어 움직이란 말이냐? 빌어먹을! 젠장! 젠장!'

1972년 7월 22일 08:10 서울, 경복궁

수상 조인태는 자신의 집무실에서 몇 사람의 각료와 마주하고 있었다. 대한제국의 수상으로 당선되어 경복궁에 들어온지 벌써 3년이 되었지만 요즘처럼 하루하루가 피곤한 적은 없었던 것 같았다. 유사 이래 최악의 피해를 낼 것으로 보인다는 두 번째 쌍둥이 태풍은 둘째 치고, 시간 단위로 쏟아져 들어오는 각국의 이상 징후는 아예 숨 돌릴 틈조차 주지 않았다. 한숨 소리가 자꾸만 길어졌다.

"휴, 정말 이제는 지겹구먼. 그래, 오늘은 또 뭐지?"

윤찬혁이 재빨리 말을 받았다.

"세 가지입니다. 가장 신경 쓰이는 부분은 아르헨티나 해군의 이동입니다."

"남미도 심상치 않은가?"

"그렇습니다. 아시다시피 콜롬비아의 움직임이 심상치 않아서 파나마 운하 주둔군 병력에 비상을 걸어놓은 상태입니다만 추가로 아르헨티나 주력 함대인 페론 함대가 에콰도르 근해까지 진출했습니다. 계속 북상 중인 것으로 보아 콜롬비아나 파나마가 목적지인 듯싶습니다. 참고로 페론 함대는 독일에서 수입한 항모 1척에 4만톤 급 순양함 4척을 거느린 대함대입니다. 파나마 주둔 태평양 함대 제3전대의 보강이 필요할 것으로 보입니다."

"계속하게."

"터키와 러시아의 전황은 팽팽하게 유지되고 있습니다. 터키로서는 기습을 당한 입장인데다 사우디아라비아가 터키에 일전불사를 외치고 있는 상황이다 보니 러시아 전선에 병력을 집중시키지 못해 상당한 어려움을 겪는 것으로 보입니다. 그러나 터키가 아무리 병력이 분산되어 정상적인 작전을 수행하지 못한다 하더라도 대 러시아 전선 하나만을 유지하는 데에는 전혀 문제가 없을 것으로 판단합니다. 다만 우려되는 점은 터키와 사우디의 전쟁이 터지면 이란과 이집트도 참전할 것이 불을 보듯 뻔하다는 겁니다. 이 경우에는 터키가 정상적으로 전선을 유지하기 어려울 것이며 어떤 형식으로든 제국의 개입이 불가피하게 될 전망입니다."

"어렵군. 다른 하나는 뭔가?"

"천화공국의 버마, 라오스 침공이 초읽기에 들어갔다는 분석입니다. 버마와 라오스에 거주하는 자국민 보호 차원의 진주 형태를 취할 것 같습니다. 중화민국도 베트남과의 국경분쟁에 강경 대응하는 것으로 보아 몇 주 이내에 전면전으로 확산될 조짐입니다. 지난주에 보고 드린 것과 같이 국제평화유지국을 포함한 모든 외교 채널을 동원해 압력을 가하고는 있지만 이미 인명 피해가 상당수 발생한 상황이어서 사태수습이 쉽지 않을 것으로 보입니다. 정확한 상황파악을 위해서 비전의 최고요원 두 사람과 특수부대 1개 분대를 무기 암거래상으로 위장시켜 중화민국의 난닝으로 파견할 것입니다. 난닝과 베트남의 랑손을 오가며 대규모 무기거래를 시도할 생각입니다. 어차피 베트남에 상당량의 무기 지원이 필요한 상황이니 가장 적절한 대응으로 보입니다. 조만간 중화민국-베트남 국경의 정확한 상황이 파악될 것입니다."

조인태가 위성정보 통제실장 김태환을 돌아보며 물었다.

"위성으로는 파악이 어려운가?"

"그렇습니다. 대부분이 밀림 지역이다 보니 대규모의 병력이동도 쉽게 찾아내기 어렵습니다. 그래서 병력의 배치 상황도 정확치 않습니다."

"골치 아파지는군. 일단 알겠네. 두 나라에 대한 군사지원을 검토해서 보고해주게."

"알겠습니다."

조인태는 다시 한숨을 내쉬며 합참의장에게 물었다.

"휴…… 그나저나 합참의장. 중사도와 파나마 주둔군 보강 문제는 어떻게 하는 것이 좋겠소?"

"이번 태풍이 지나가고 나면 중사도에 근황친위 함대 3함대와 중앙군 해병 2개 사단, 3개 기계화사단을 추가 배치했으면 합니다. 하지만 파나마는 나성 함대와 멕시코 육군이 지원을 약속한 상태여서 별도의 보강은 필요 없을 것 같습니다. 실제로 나성 제2함대의 이동은 이미 시작이 된 것으로 확인되었습니다. 양국 정부도 꽤나 신경이 쓰이는 모양입니다."

"흠…… 나성과 멕시코 정부도 신경이 쓰이긴 하겠군요. 일단 그 정도면 초기 대응에는 문제가 없을 것 같네요. 좋습니다. 그렇게 하지요. 참, 윤 실장. 그 CFR인지 뭔지 하는 자들의 최근 동향은 조사된 게 있나?"

조인태의 갑작스런 질문에 윤찬혁이 뒷머리를 긁적이며 답했다.

"그게…… 워낙 은밀하게 움직이는 단체가 되어놓아서 조금 어렵습니다. 아시다시피 독일과 러시아, 남미, 유럽 대부분의 은행 및 석유 관련 기업이 연루되어 있는 것은 확실합니다. 지난 20년간

이들의 자금이 러시아와 남미에 지속적으로 흘러들어간 것까지는 파악을 하고 있습니다만 구체적인 동향은 파악되지 않고 있습니다. 확실한 것은 유럽과 남미 대부분의 나라가 CFR로부터 자유롭지 못할 것이라는 분석뿐입니다. 죄송합니다."

"할 수 없지. 알겠네. 자, 그럼 중동 전쟁에 대한 우리의 입장부터 결정을 하도록 하십시다. 마지막으로 비전과 합참에게 다시 묻겠습니다. 개입을 해야 할 상황인가요?"

윤찬혁과 합참의장의 주저 없는 목소리가 동시에 흘러나왔다.

"그렇습니다, 각하. 시기와 명분이 문제일 뿐입니다."

"좋습니다. 하지만 터키가 러시아와의 1:1전쟁에서 패전할 리 없으니 지금 당장 개입은 안 됩니다. 우선 비전은 파이살 국왕 암살 사건 수사에 총력을 기울이도록 하세요. 알다시피 모든 증거가 너무나 명확하게 터키를 가리키고 있어요. 일국의 국왕을 암살하면서 수도 없이 증거를 흘리고 다닌다는 것은 말이 되질 않습니다. 최우선으로 사건의 배후부터 파악하십시다. 합참은 중사도 함대 중 일부를 수에즈 전대에 추가 배치시키도록 하시고 우선은 티 나지 않게 터키를 도와줄 수 있는 방법을 찾으세요. 사우디와 이란이 개전을 선언하면 개입을 하도록 하십시다. 외무부는 일단 이란과 이집트, 사우디에 최대한 외교적 압력을 가하도록 하세요. 전쟁은 가능하면 피해야 합니다. 그리고 내무부 장관께서는 남서도와 제주도의 태풍 피해 대비에 만전을 기하도록 하세요. 자, 그럼 바쁘실 테니 이만들 돌아가세요."

"네, 각하."

1972년 7월 23일 01:55 터키, 바쿠

바쿠 해안지대에 건설된 송유 및 탈황 시설 경비부대의 저항은 말 그대로 치열했다. 그러나 100여 개의 검은 그림자는 수많은 경비병을 잡초 넘어뜨리듯 신속하게 제압하며 이동하고 있었다. 스페츠나츠 해군 전투수영대대 소속 안드레이 소령의 얼굴은 위장크림으로 도배되어 두 개의 눈동자만 하얗게 빛났다. AK-74의 방아쇠를 당기는 가죽 장갑을 낀 손에 땀이 흥건히 배어들었다. 애써 살인의 흥분을 가라앉힌 안드레이는 눈앞의 경비병 서넛이 거꾸러지자 곧장 송유관을 향해 달렸다. 철책부터 송유관까지의 거리 200미터, 30초 이내에 달릴 수 있는 거리인데도 그 30초가 한없이 길게만 느껴졌다.

무사히 탈황 시설 메인타워의 유입송유관 밑으로 뛰어든 안드레이는 자신의 AK-74를 송유관에 기대세우고 이틀 내내 허리를 괴롭히던 묵직한 배낭을 풀어냈다. 메고 온 C-4 10킬로그램만 해도 웬만한 공장 하나를 깨끗이 날려버리는데 부족함이 없을 것이었다. 시설의 조명이 모조리 들어오고 터키군 경비병들의 고함 소리와 총성이 점점 가까워져가고 있었으나 안드레이는 서두르지 않았다. 터키 원유생산의 3분의 2를 감당하는 엄청난 규모의 설비들이니 만큼, 화재 차단 시설을 포함한 탈황 설비 전체를 날려버리려면 한두 군데만 폭약이 설치 되어서는 효과가 불투명했다.

일단 이곳이 날아가버리면 바쿠 유전은 최소 1년간 전면적인 생산 중단에 들어가야 할 터, 로스토프 전선의 연료 공급도 심각한 타격을 입을 것이 분명했다. 그가 무전기에 대고 속삭이듯 말했다.

"전원! 시한장치 가동! 10분!"

5분여에 걸쳐 메인타워 곳곳에 10개의 시한폭탄을 모두 설치한 안드레이가 첫 번째 폭탄이 설치된 곳으로 돌아와 송유관에 기대어 세워놓은 소총을 집어 들며 몸을 일으켰다.

"작전 종료! 지금 즉시 전원 철수한다! 폭약장치가 끝나지 않은 대원들은 시한장치 가동하고 그대로 유기해라. 폭발 시간까지 5분 남았다. 해안의 잠수정으로 지금 즉시 이동한다. 이상!"

안드레이의 모습이 송유관의 그늘 속으로 스며들었다.

1972년 7월 24일 14:10 포천, 제12핵융합 발전소

대한제국 핵물리학계의 거물인 장태수 박사는 아무런 방호복도 입지 않은 간편한 복장으로 제국군 특수부대의 삼엄한 경계 속에서 마지막으로 하역되고 있는 1톤의 '헬륨-3' 연료봉 상자들에서 융합원자로에 투입될 신형 연료봉을 꺼내 간단한 성분검사를 시행하고 있었다. 화물트럭을 호송해온 장교 한 사람이 머뭇거리며 장태수에게 다가왔다.

"저, 박사님. 여쭈어보고 싶은 것이 있습니다."

"그래요? 말씀해보세요."

장교는 한참을 망설이더니 결심한 듯 장태수의 얼굴을 똑바로 쳐다보며 말했다.

"저…… 신문 지상에서 이야기하듯 우리 제국의 핵융합 발전은 안전한 겁니까? 그리고 박사님은 지금 아무런 방호복도 입지 않으신 채 연료봉을 만지시는 것 같아서……."

장태수는 피식 웃음을 머금었다. 제국은 지난 1965년부터 3년 동안, 독일 등 대부분의 강국들이 제국의 대규모 핵융합 발전소의 위험에 대한 의혹의 눈길을 보내고 있음에도 불구하고 전국의 화력발전소를 순차적으로 모두 폐기하고 15개나 되는 대규모 핵융합 발전소를 일제히 가동했다. 한술 더 떠서 1968년부터는 일반 가정의 난방마저 전기 난방으로 완전히 대치해가기 시작했다.

엄청난 전력소비 폭증에도 불구하고 제국은 전력 공급을 위한 화석연료의 사용을 전면 중단하고 수력, 풍력, 태양열 그리고 핵융합 발전만으로 세계 최고의 전력소비를 자랑하는 대한제국 전역의 전력수요를 온전히 감당하도록 한 것이었다. 그리고 국내에서 생산되는 원유는 모조리 수출로 돌려 적극적으로 원유가격을 조정하고 있었다. 당연히 의혹이 끊이지 않을 수밖에 없었으나 여론의 끝없는 질문 공세 속에서도 제국 정부는 1980년 이전에는 핵융합발전에 대한 전모를 공개할 수 없다는 말로만 답변을 대신했다. 미소를 머금은 장태수가 말했다.

"자세한 말씀을 드리기는 어렵습니다만 우리의 핵연료봉은 타국과 많이 다릅니다. 그저 대단히 안전하다고만 생각하시면 될 겁니다. 그래서 저도 거의 맨몸으로 만지고 있는 거니까요."

"그렇습니까? 제가 배운 바로는 우라늄은 방사능 유출이 심한 것으로 알고 있는데 그렇지도 않은 모양입니다?"

"허허, 그건 아닙니다. 우라늄과 플루토늄을 가까이 하시는 것은 대단히 위험합니다. 방사능 유출에 대해 알고 계시는 지식은 사실입니다. 다만 우리가 사용하는 연료봉이 '특수한' 작업을 거친 것이라고만 생각하십시오."

"네, 박사님. 친절하게 대답해주셔서 감사합니다. 그럼 저도 지금 방사능 피폭된 상황이 아닌 거지요?"

"하하하. 불안하셨던 모양이지요? 그렇습니다. 걱정하지 마십시오."

호송 장교가 제자리로 돌아간 후에도 그는 한참동안 웃음을 참기 위해 필사적으로 노력해야 했다. 참으로 순진한 젊은이라는 생각이 들었다. 장태수는 나머지 마무리 검사를 연료봉 담당 실무자들에게 맡기고 급히 사무실로 걸음을 옮겼다. 어차피 나머지는 보안과 요원들과 실무자들이 할 일이었고 당장 진행 중인 연료봉 효율개선 실험 결과가 궁금해 차분히 검사 과정을 지켜볼 자신도 없었다. 마침 실험실 입구에 나와 하역을 감독하던 비전 발전보안과장 한 중령의 얼굴이 보이자 장태수가 말했다.

"과장님, 아시다시피 이제 향후 5년간 연료봉의 추가 반입이 없을 테니 보안에만 신경 쓰면 됩니다. 마무리 작업을 끝내도록 신경을 좀 써주세요. 저는 급한 실험 때문에 가보아야겠습니다."

우주왕복선 월광27호가 마지막으로 반입한 30톤을 끝으로 우주개발국에 보유하고 있는 헬륨-3 재고가 1천 톤을 넘어가게 되어서 당분간 더 이상의 추가 반입은 없을 것이라 했다. 또한 운반비를 포함한 톤당 가격이 20억 원에 이를 터, 분실에 유의해야 했고 더구나 아직은 다른 국가들이 전혀 알지 못하는 물질이니 극도로 보안에 신경을 써야 할 것이었다. 한 중령이 웃음을 머금으며 말했다.

"하하. 실험 결과가 궁금하신 거지요? 솔직히 말씀하셔도 됩니다. 어서 올라가보세요. 걱정 마시고요."

"감사합니다, 과장님. 그럼."

그의 걸음걸이가 눈에 띄게 빨라졌다.

1972년 7월 25일 02:50 러시아, 크림 반도, 세바스토폴

흑해 연안 크림 반도의 남서쪽에 위치한 군항이자 현 러시아 유일의 휴양 도시 세바스토폴은 전함 포킨을 비롯한 러시아 흑해 함대의 잔여 전투함 대부분이 정박하고 있었다. 독일과 터키가 보스포루스 해협을 봉쇄하는 바람에 거의 유명무실해진 함대지만 흑해 함대는 아직도 순양함 5척과 구축함 10여 척, 잠수함 6척을 거느린 흑해 최강의 함대였다. 하지만 터키의 천무1 미사일 8기가 세바스토폴 항에 내리꽂히기 시작하면서 100여 년을 지속한 흑해 함대는 자칫 영원히 깃발을 내려야 할지 모르는 절체절명의 위기를 맞고 있었다.

귀청을 찢을 듯한 공습 사이렌과 함께 항만 인근의 대공포부대에서 SA-6 대공 미사일이 수없이 치솟았지만 항공기 요격용 미사일이 탄도탄을 요격하기는 사실상 불가능했다. 위기감을 절박하게 느낀 순양함들과 항구의 S-60 57미리 고사포들이 푸른 하늘을 새하얗게 도배하며 필사적으로 탄착군을 형성했다. 그러나 숱한 대공 미사일과 고사포들의 탄막을 유유히 벗어난 천무1은 세바스토폴 상공에 도달하기가 무섭게 수백 개의 자탄으로 분리되어버렸고 세바스토폴과 흑해 함대는 사상 최악의 악몽 속으로 빠져들었다.

저유고 등 항만시설과 무장헬기 격납고가 가장 먼저 불길에 휩싸였고 차츰 항만에 정박한 구축함과 호위함들이 유폭되기 시작했다. 갑판 장갑이 견고한 구형 전함들을 제외한 대부분의 순양함과 대형 수송선들이 함의 형체가 보이지 않을 정도로 검은 연기를 내뿜었다. 그나마 멀쩡해 보이는 구형 전함들도 함의 통제력을 잃어버린 채 필사적으로 항만이탈을 시도했다. 그러나 그들도 오래 견디기는 어려운 모습이었다. 요행히 재앙을 피할 수 있었던, 항만 외곽을 초계하던 몇 척의 구축함과 경비정들은 구난할 엄두도 내지 못한 채 불타오르는 항구의 모습을 망연자실한 눈빛으로 바라보고 있었다. 다시 다섯 개의 빛줄기가 항구를 향해 내리꽂히기 시작했다.

1972년 7월 25일 16:10 중화민국 난닝

천 년이 넘는 긴 역사를 가진 난닝南寧은 난닝 분지와 융장 평원에 걸쳐진 인구 60만의 작은 도시였다. 주장강江 지류인 위장강 합류 지점에 가까워 한漢나라 시절부터 화남華南 내륙 수운의 거점으로 발전을 거듭한 난닝은 상궤철도湘桂鐵道로 북경과 베트남으로 연결되며 수운水運을 이용해 광저우와 홍콩까지 왕래할 수 있는 광시 좡족 자치구 교통의 요충이었다.

김태훈은 시내에 들어서자마자 맞서게 된 숨 막히는 악취에 치를 떨어야 했다. 깔끔한 제국의 대도시 평양에서 성장했지만 북경 지부 근무 시절, 하루가 멀다 하고 물 탄 맥주를 마시며 북경의 우범 지대를 뛰어다녔던 그는 음식 쓰레기와 말린 생선의 악취, 죽은 쥐가 부패하는 절박한 가난의 냄새도 잘 안다고 생각했었다. 그런데 그런 그도 40도를 오르내리는 엄청난 더위와 시내 한복판에 벌어진 난장亂場의 살인적인 악취는 감당하기가 쉽지 않았다. 길거리에 흔하게 볼 수 있는 거지와 고아들의 모습에서 최근 들어 극심해진 한족의 수탈을 어렵지 않게 떠올릴 수 있었다.

현지 먀오족 출신 요원의 잰걸음을 따라 빠르게 움직이던 김태훈은 혹시나 하는 마음에 자신의 뒤를 따르던 한영숙의 얼굴을 돌아보았다. 그녀의 얼굴에는 아무런 표정도 보이지 않았다. 슬그머니 웃음이 떠올랐다.

'대단한 여자야. 이 모양이니 서른이 될 때까지 시집을 못 갔지. 후후.'

한영숙은 전통무예 해동무海東舞 4단의 실력자인데다 집단전투와 체력을 제외한 사격, 격투, 침투 등 비전의 기초 훈련 전 항목에서 김태훈의 능력을 웃돌고 있었다. 그래서 단지 부족한 것은 경험일 것이라고 생각했었는데 현장에 투입되어서도 닳고 닳은 자신보다 훨씬 빠른 적응력을 보여주고 있었다. 김태훈은 코를 부여잡으며 물었다.

"한 중령님, 괜찮아요?"

한영숙이 그를 노려보며 말했다.

"중화민국과 베트남에서는 항상 부부처럼 행동하기로 하지 않았나요? 이름을 불러요. 하대도 하고요."

"네네, 알아 모시겠습니다요. 이거야 원, 나는 걱정돼서 물어봤더니만."

"내가 현장 근무가 처음이라 적응이 안 될 것이라고 생각했나요?"

"응."

"이제 제대로 대답이 나오네요. 프놈펜 작전을 포함해서 동남아시아 작전에만 3회 투입된 적이 있어요. 물론 전투를 치르는 작전은 아니었어요. 궁금증이 풀렸나요?"

"그래? 다행이네. 초짜인 줄 알고 걱정했었는데. 그나저나 지금 만날 놈은 어떤 놈이야? 한족이라면 이를 가는 먀오족 출신 군벌이라는 것은 알고 있지만 성격이라든지 좋아하는 것이라든지, 뭐 그런 거 말이야."

한영숙이 안내인을 따라 난장의 마지막 좌판들 사이를 날렵하게 벗어나며 말했다.

"한족과 사이가 좋지 않은 것뿐만이 아니고 최근 들어 독립을 주장하는 사람들이 늘어나 자치구 내에서는 막강한 권력을 휘두르고 있어요. 양리웨이 상장이 좋아하는 것은 태훈 씨가 들고 있는 종이가방 속에 들어 있어요. 제국산 신형 철궁鐵弓 5.56미리 자동권총이에요. 아마 철궁에 완전히 녹아날 거예요. 그 사람 철궁을 구하려고 포상금을 걸기도 하고 홍콩까지 사람을 보낸 적도 있어요. 구형밖에 못 구했지만요."

"후후. 그 사람도 군인은 군인인 모양이군. 그럼 이제 무기 장사만 하면 되는 건가?"

난장터를 벗어나 10여 분을 더 걷자 위장강이 내려다보이는 절벽 위에 세워진 거대한 전각이 나타났다. 전각의 폭 3미터가 넘는 붉은색 현판에는 칭펑루青風樓라는 글씨가 희한한 필체로 새겨져 있었다. 현지 요원이 입구에서 걸음을 멈추고 제법 유창한 제국어로 말했다.

"칭펑루는 이곳 난닝의 유명한 명승 중 하나입니다. 여기서 약속을 잡아놓았습니다. 3층입니다. 저는 1층에서 기다리겠습니다. 올라가시지요."

"고맙소, 그럼."

30여 개의 화려한 식탁이 놓여 있는 3층에는 단 두 사람만이 창가에 마주앉아 그들을 기다리고 있었다. 두 사람이 다가서자 푸른색 정장의 사내가 자리에서 일어나 자리를 내주고 건너편 자리로 옮겨 앉았다. 거만한 자세로 기대 앉아 창밖을 내려다보던 가무잡잡한 단신의 사내가 두 사람을 발견하고 앉은 자세로 손을 내밀었다.

"반갑소, 양리웨이라 하오."

"반갑습니다. 김입니다. 이쪽은 제 아내고요."

"오. 부인이 대단한 미인이로군요. 이런 험한 곳을 돌아다니기에는 어려움이 많을 것 같구려."

"감사합니다. 하지만 이 사람도 자신의 몸 하나는 지킬 수 있는 무력을 가지고 있습니다."

"하하. 그래요? 어쨌거나 이 외진 곳까지 오시느라고 고생이 많으셨소. 앉으시오."

두 사람이 자리에 앉자 양리웨이는 곧바로 본론으로 들어갔다.

"시기가 좋지 않을 때 나를 찾아 오셨소이다. 지금은 워낙 많은 중화민국군이 베트남 국경에 배치되어 있는 상황이라 당신이나 나나 마음 놓고 활동하기 어려운 시기요. 조만간 한족과 베트남의 전쟁이 벌어질 듯한데다 최근 나에 대한 감시가 더 심해지고 있소. 오늘도 미행을 떼어버리느라 고생을 좀 했소이다."

"수고하셨습니다."

"어쨌거나 여기까지 왔으니 가격 조건이나 절충해보십시다. 당신이 제법 많은 분량의 제국산 무기를 보유하고 있다 들었소. 우선 어느 정도나 확보하고 있는지 알고 싶소."

"아마 원하시는 중, 소화기는 모두 보유하고 있을 겁니다. 수량도 충분하고요. K2 소총은 한정에 800원, K-52 2세대 대전차포는 4천 원 선으로 생각하시면 될 겁니다. 실탄과 포탄 가격은 별도입니다."

부관인 듯한 청색 정장의 사내가 끼어들었다.

"암시장 시세보다 조금 비싸군요."

"지난달에 비하면 그렇습니다. 하지만 요즘 암시장도 여기저기서 수요가 턱없이 늘어나서 이달 들어 가격이 폭등하고 있는 추세입니다. 나쁜 가격은 절대로 아닙니다. 게다가 소총 1만 정과 K-52 500문을 계약 즉시, 한 번에 공급할 수 있는 무기상은 아마 찾아내실 수 없을 겁니다. 물론 원하시는 만큼의 실탄도 함께 공급할 수 있습니다."

K-52라는 말을 들은 양리웨이의 눈빛이 달라졌다. K-52는 중화민국과 천화공국의 주력 전차인 T-59를 한 방에 날려버릴 수 있는 대단한 놈이었다.

"지금 K2 1만 정과 K-52 대전차포 500문이라 했소?"

"그렇습니다. 견본은 소개해준 사람을 시켜 오늘밤에 보내드리도록 하겠습니다. 그리고 필요하시다면 다른 중형무기, 이를테면 현무 계열 장갑차나 비호 계열 야포 같은 물건도 공급할 수 있습니다. 하지만 그 경우 베트남의 랑손에서 물건을 가져와야 하기 때문에 중화민국군의 눈을 피해야 한다는데 문제가 조금 있습니다."

"그건 우리가 해결할 수 있소. 현재의 중화민국군 배치는 어느 정도 파악을 하고 있으니 우리가 지정하는 경로로 이동시키면 될 것이오."

"좋군요. 만일 중화민국군 배치에 대한 구체적인 정보를 주실 수 있다면 물건 가격의 15퍼센트를 할인해드리도록 하겠습니다. 그 가격이면 지난달 시세보다도 싼 가격일 겁니다. 저로서도 안전한 대량 구매처가 생기는 일이니 손해는 아닙니다. 해보시겠습니까?"

등받이에 상체를 깊숙이 기대 양손을 목뒤로 젖히며 생각에 골몰하던 양리웨이가 고개를 끄덕였다.

"좋소. 그럼 우선 일차로 소총 1만 5천 정, K-52 4백 문을 구입하겠소. 지불은 금괴로 하겠소. 물건 인도 시기는 일주일 후, 장소는 우리 자치구 서쪽 끝인 박락 인근으로 하십시다. 구체적인 길 안내는 우리 사람이 하게 될 겁니다. 박락으로 사람을 보내겠소. 또 접선 장소와 사람은 오늘 저녁 당신들이 묵고 있는 호텔로 연락을 하도록 하겠소. 견본은 그 사람에게 주는 것이 안전할 것이오. 중화민국군 배치 상황 정보는 대금을 지불할 때 함께 넘겨주겠소. 물론 오늘 저녁에 보내올 견본이 마음에 들 경우요."

김태훈이 미소를 머금으며 가방 속에서 묵직한 상자를 꺼내들었다.

"잘 생각하셨습니다. 물건은 마음에 드실 겁니다. 그리고 이건 거래가 성사된 기념으로 드리는 우리 호의이니 받아주십시오."

"호오, 이게 무엇입니까?"

"열어보시지요."

부관이 포장을 뜯어내 뚜껑을 열자 붉은색 융으로 고정시켜놓은 철궁의 상아 손잡이가 모습을 드러냈다.

"이…… 이게?"

김태훈이 재빨리 입을 열었다.

"최신형 철궁 자동권총입니다. 보시다시피 16발들이 탄창 2개와 실탄 100발도 함께 들어 있습니다. 손잡이는 진짜 상아를 가공해 개조한 것입니다. 돈이 좀 많이 들었지요. 후후. 사실 약속을 잡아준 친구가 이야기를 하더군요. 장군께서 철궁을 구하시려고 애를 많이 쓰시는 것 같으니 한 정 구해오라고 말입니다. 그리고 저는 무기 상인입니다. 하하. 흡족하십니까?"

"고맙소이다. 정말 대단한 선물을 해주셨소. 거래를 성사시킨 보람이 있구려. 내가 직접 대접을 하고 싶지만 여긴 보는 눈이 너무 많으니 묵으시는 호텔에 이야기를 해놓겠소이다. 무엇이든 원하시는 대로 드시고 계산 같은 것은 생각도 하지 마시오. 호텔비도 내가 계산할 것이오. 하하하. 정말 고맙소."

1972년 7월 27일 20:10 이란, 테헤란

"젠장! 저 자식은 할 일이 저렇게 없나. 온 동네 가게는 모조리 들리는 것 같네."

생전 처음 현장에 투입된 이세진은 미행한다는 것이 영화에서 보아왔던 것이나 훈련 상황과는 달리, 엄청나게 힘들다는 것을 뼈저리게 느끼고 있었다. 지금 비전 테헤란 지부가 총동원되어 미행하고 있는 사내는 호메이니의 1급 참모 중 하나인 칼리드였다. 극렬 이슬람 원리주의자인데다 친러시아계 인사로 알려진 칼리드는 최근 러시아 대사관을 뻔질나게 드나들며 엄청난 수량의 무기를 사들였고 오늘은 경호원 한 명과 함께 사우디아라비아 대사와 독일계 유태인 사업가를 만나고 돌아가는 길이었다. 조용히 납치해서 정보만 빼내고 곱게 돌려보낼 계획이었으나 경호원이 집까지 동행할 기세여서 곱게 돌려보내긴 틀린 상황이었다. 이세진의 귀에 꽂힌 무전 수신기에서 지부장의 목소리가 들려왔다.

—세진이는 목표를 통과해서 두 구역 앞에서 대기해라. 지금부터는 내가 맡는다.

"알았습니다."

이세진은 투덜거리며 칼리드가 들어간 작은 선술집을 그대로 지나쳤다.

"빌어먹을! 팔레빈지 팔랑개빈지 하는 놈은 그렇게 지원을 받으면서도 폭삭 망해버려가지고……. 사람을 아주 생고생을 시키네."

시아파의 수장인 호메이니는 제3차 중동 전쟁에서 터키에 완패해 무력해진 팔레비 왕조의 약점을 집요하게 파고들어 원래의 역사보다 9년이나 빠른 1970년, 누구도 예상치 못했던 이슬람 혁명을 성공시켰다. 팔레비 왕조의 시작이 이민족인 카자크병단兵團(코사크)이었다는 사실을 줄기차게 공략한 것이 민간의 호응을 얻은 것이었다.

물론 그 배경에는 중앙군의 패전으로 인해 군부의 실권을 틀어쥐게 된 이슬람 과격파 인사들의 지원이 큰 역할을 차지했다. 사실 팔레비 왕조는 민족주의의 기치 아래 석유 산업으로 얻은 막대한 수입을 바탕으로 농지개혁과 문맹퇴치, 여성참정권 부여 등을 성사시켜 이란의 현대화를 가져온 나름대로 성공적인 정권이었다. 그러나 그 과정에서 일어난 이슬람 문화와의 충돌은 스스로 혁명의 빌미를 제공한 셈이 되어버렸고, 터키와의 전쟁으로 힘을 잃어 독일의 막대한 자금 지원에도 불구하고 호메이니의 혁명군에 변변한 저항조차 해보지 못한 채 바닷가의 모래성처럼 순식간에 무너져버렸다. 덕분에 비전 이란 지부는 지난 2년간 지하로 숨어들어 피곤한 생활을 계속해야 했던 것이다.

이세진은 선술집에서 50여 미터 떨어진 골목 안의 '타타르 스테이크' 점포에서 둥근 빵에 닭고기와 야채를 끼워 넣은 훈제 타타르 한 개를 주문하고 1,000리알짜리 지폐를 내밀었다. 1930년대부터 세계를 석권한 강력한 제국상표 중 하나인 '타타르 스테이크'는 오지라고도 할 수 있는 이란에서조차 쉽게 찾아볼 수 있는 낯익은 음식이었다. 300리알이면 제국돈 4원에 가까운 상당히 비싼 가격이었지만 그나마 입맛에 맞는 음식은 이것뿐이었다. 거스름돈을 건네받는 순간 지부장의 목소리가 들렸다.

—세진아! 목표가 그쪽으로 이동한다. 골목 안으로 깊숙이 들어가게 되면 시작하자. 경호원은 네가 맡아라. 사살이다. 이상.

이세진이 포장을 뜯어내며 나직이 속삭였다.

"알았습니다. 이상."

점포 한쪽에 기대서서 느긋하게 타타르를 씹던 이세진은 칼리드가 눈앞을 지나치자 빵을 쓰레기통에 던져 넣고 느릿하게 점포 문을 나섰다.

긴 골목의 안쪽은 상당히 어두웠다. 이세진은 자신의 권총에 소음기를 끼우며 칼리드 경호원과의 거리를 가늠했다. 거리는 약 15미터. 언제든지 원하는 표적을 명중시킬 수 있는 거리였다. 그가 자세를 낮추며 권총을 두 손으로 말아 쥐자 칼리드 일행이 진행하는 앞쪽으로 두 개의 검은 그림자가 나타났다. 요원들일 것이었다. 이세진은 자연스럽게 방아쇠를 당겼다.

티딕.

퍽!

나직한 소음과 함께 경호원의 뒷머리가 터져나갔다. 칼리드가 비명을 지르려 했으나 재빨리 달려든 요원 한 사람에게 목줄기를 얻어맞고 그대로 나동그라졌다. 검은 그림자들이 칼리드와 그의 가방, 경호원의 시체를 끌고 어둠 속으로 사라지자 이제진은 서둘러 인근의 흙을 퍼다 핏자국을 지웠다.

1972년 7월 28일 07:10 중사도, 쿠웨이트

중사도 주둔 서부군 사령관 이학성 중장은 비전의 보고서를 받아든 즉시 전군에 파천-1을 선포하고 군단 참모회의를 소집했다. 그의 손에 쥔 비전의 보고서에는 그리 많은 내용이 적혀 있지 않았다. 그러나 그 의미는 이학성을 긴장시키기에 충분했다.

'이란, 사우디. 개전 임박. 일시 1972년 8월 1일 새벽. 아바단 유전을 포함한 제국 내 10여 개 대규모 유전과 공군기지에 대한 기습 테러 계획 포착. 최근 사우디에서 중사도로 유입된 아랍인 노무자들 중 상당수가 테러에 동원될 것으로 보임. 일시 1972년 8월 1일. 새벽.'

이학성은 장성들이 하나 둘씩 작전상황실로 모여들기 시작하자 함께 참석한 비전 중사도 지부장 김동수에게 말을 건넸다.

"김 부장, 이건 조금 의외 아닌가? 이란과 사우디가 감히 제국에 선제공격 할 생각을 하다니 말일세."

"제국과 전쟁을 하겠다는 뜻은 아닐 겁니다. 극렬 이슬람 원리주의자들을 부추겨 제국의 중요시설에 테러를 가하고 자신들은 모르는 일이라고 하겠죠. 제국이 테러에 정신이 없는 동안 터키 전선에서 유리한 고지를 점령하겠다는 뜻일 겁니다. 물론 그들의 무장도 과거 3차 중동 전쟁 수준이 아니니 터키는 물론이고 제국과도 한번 해볼 만하다는 생각이 들 수도 있습니다. 사실 3개국의 병력을 합치면 숫자상으로는 우리 중사도 병력의 20배에 가깝습니다. 게다가 남부의 룹알할리 사막 쪽은 어렵겠지만 네푸드 사막은 폭이 좁은 편이어서, 사우디군 관련자들은 일부 지역에 기습적으로 병력을 집중시키면 중사도도 언제든지 관통할 수 있다고 생각하더군요. 실제 몇몇 사우디 장성들과의 대화에서도 그런 자신감을 엿볼 수 있었습니다."

"그것 참. 상대가 되지 않을 텐데……. 이해를 못 하겠군. 문제는 우리가 선공을 할 명분이 없다는 것인데……."

"그 문제는 우리가 거론할 것은 아닌 듯싶습니다. 본토 사령부에서 기본 방침이 전달되겠지요. 일단은 최초 교전 수칙에 따르시면 될 듯합니다."

"알겠네. 일단 기다려보지."

10여 명의 장성들이 자리를 모두 채운 듯싶자 이학성이 입을 열었다. 평소 침착하기로 소문난 이학성의 목소리가 전에 없이 커져 있었다.

"알다시피 금일 04시에 중사도에 파천-1이 선포되었다. 아직 본토 사령부의 구체적인 행동 지침은 내려오지 않았으나 전쟁은 피할 수 없어 보인다. 우선 내 직권으로 중사도는 전시에 준하는 경계 태세에 들어간다. 모든 유전 지역과 공군기지 인근에 야간 통행금지를 실시하며 주간에도 외국인 노무자들의 유전 접근을 금지한다. 당분간 원유생산 차질은 감수하도록 한다. 중사도로 들어오는 모든 국경을 즉시 폐쇄하고 육군 14사단과 9기갑사단은 아바즈로 이동해 이스파한 공략을 준비해라. 육군 15사단과 제10, 11기갑은 후프프로 집결 리야드 공략을 준비하고 해병 32사단은 지금 즉시 수에즈로 상륙, 포트사이드의 수에즈 함대와 합류해 이집트의 도발에 대비한다. 아부다비 주둔 17사단은 해군과 협조해 호르무즈 해협을 차단하고 오늘 이후 이란으로 진입하는 모든 선박을 억류해라. 헌병대는 경찰과 협조해서 지난 7월 초부터 오늘까지 도내로 유입된 아랍인 전원을 수배, 구금해라. 저항하면 무력을 사용해도 좋다. 국경 수비대는 적의 대규모 공격이 도래하면 교전 수칙에 따라 신속하게 일차 방어선으로 이동해 인명 피해를 줄일 것. 이상이다! 질문 있나?"

9기갑 최원석 소장이 가볍게 손을 들어올렸다.

"말하게."

"우리가 국경을 넘는 것은 언제쯤이라고 생각하면 될까요?"

"정확한 것은 없다. 하지만 전술 목표에 대한 공군과 미사일 포대의 공습이 충분히 진행되고 나서야 국경을 넘을 것이니 일주일 이상 시간이 걸릴 것이다. 한 가지 더, 본토에서 이동해오고 있는 병력이 도착해야 공격을 시작할 것이다. 그 정도를 기준으로 준비를 마치도록 해라. 시간이 없으니 지금 즉시들 움직이도록. 이상."

1972년 7월 29일 07:10 터키, 로스토프 동쪽 310킬로미터 엘리스타

서기장 브레즈네프의 폭언을 묵묵히 감수해야 했던 러시아 동부군 사령관 자스포레 중장은 그로즈니를 향한 첫 번째 관문인 엘리스타에 13만의 보병과 9개 기갑사단 1,400대의 T-72전차, 스페츠나츠 5개 여단을 총동원해 승부수를 띄웠다. 공중전은 팽팽한 접전을 계속했고 흑해 함대가 모조리 날아가버린 상황이니 흑해를 이용한 상륙 작전 역시 불가능했다. 어떤 방식으로든 돌파구가 필요했던 자스포레에게 남은 선택은 오로지 육군에 의한 정면 승부뿐이었다. 하지만 자스포레는 무모하지 않았다. 터키군의 주력이 배치되어 있는데다 대전차 방어진 구축이 마무리되어 있는 로스토프를 공격한다는 것은 자살 행위에 가까운 미친 짓이었다. 그리고 설사 공격에 성공한다 해도 엄청난 피해로 인해 다음 작전의 수행이 불가능할 것이었기 때문이었다.

그는 로스토프를 우회하기로 했다. 로스토프를 우회한다 하더라도 최종 목적지인 카스피해 서안의 바쿠와 그로즈니, 흑해 동안의 마이코프를 점령하면 고립되어버린 로스토프와 크라스노다르는 자연스레 러시아의 수중에 떨어질 것이라는 판단이었다. 러시아의 병력이 엘리스타에 집중되기 시작하자 터키 주력부대 역시 로스토프의 참호진지를 벗어나 자체 생산한 현무-12전차 800여 대와 신형 현무-13전차 100대를 엘리스타로 이동시켰다. 그리고 7월 29일 새벽, 카스피 연안의 광대한 초원지대를 헤집는 제4차 중동 전쟁 최대의 전차전이 잔뜩 찌푸린 구름 사이로 그 포문을 열었다. 야포와 전투기를 통한 산발적인 소규모 공습과 이에 대한 보복공격만이 끊임없이 계속되던 전황은 일순간에 수만의 병력이 죽어나가는 건곤일척의 혈투로 변해가기 시작한 것이었다.

시작은 엘리스타 초입의 작은 야산고지에 대한 러시아군의 대규모 포격으로부터 시작되었다. 새벽부터 30여 분간 지속된 포격이 끝나면서 러시아군 6, 7기갑사단이 야산을 돌아 흐르는 실개천을 도하하기 시작했고, 뒤이어 터키 북부군 3, 4기갑사단이 러시아군 선봉의 전면으로 전개했다. 전차들이 토해낸 연막탄이 한 치 앞을 분간할 수 없게 만들었으나 양군의 선두 전차간의 거리가 1킬로미터 이내로 줄어들자 러시아군 진영으로부터 하나 둘씩 검은 연기를 뿜어내며 기동을 멈추는 전차들이 발생하기 시작했다.

짧은 시간이 더 흐르자 전투는 제로거리 직격탄이 난무하는 혼전으로 치달았고 기계화 보병들의 대전차 미사일까지 가세해 혼란을 부채질했다. 양측 모두 전선통제기를 동원했음에도 불구하고 양군 사령부는 연막탄과 피탄된 전차들에서 뿜어 나오는 연기로 인해 전황의 개략적인 파악조차 불가능했다.

오후에 들어가면서 러시아군의 2개 기갑사단이 추가로 투입되자 터키군 역시 엘리스타 동쪽으로 우회했던 현무-13전차사단을 투입해 한 치의 양보도 없는 치열한 난전을 계속했다.

저녁까지 계속된 소모전은 터키군의 아르마비르 유류보급창에서 엄청난 버섯구름이 솟아오르며 서서히 승부가 갈리기 시작했다. 터키군의 후방으로 투입된 러시아의 스페나츠 여단이 터키군의 전차 유류보급창 한 곳을 폭파한 것이었다. 연료 소모가 심한 전차부대의 특성상 연료 부족은 곧바로 전차 기동력의 약화를 가져왔고 터키는 유류 보급을 위해 전 부대를 전선의 60킬로미터 후방인 디프로예까지 후퇴시키는 수모를 맛보아야 했다.

첫날의 전투로 러시아군은 전차 140대가 완파되고 5,300명의 전사자를 낸 반면, 터키군은 전차 160대 완파, 전사 6,900으로 외견상으로 보아도 패전을 기록한 것이나 마찬가지였다. 그나마 현무-13전차가 단 6대만이 격파당해 성능의 우세를 입증한 것에 만족해야 했다.

전투는 디프로에로 후퇴해 부대를 정비한 터키군이 성능이 입증된 현무-13전차를 선봉에 세우고 반격을 시작하면서 다시 팽팽한 접근전의 양상으로 변해가고 있었다.

1972년 7월 30일 11:00 사우디아라비아, 아덴만, 바브엘만데브 해협 동쪽 60킬로미터

중사도 함대 소속 해모수-15호의 함장 안혁태 준장은 비좁은 바브엘만데브 해협의 외곽까지 가득 메워버린 수십 척에 달하는 사우디아라비아 함대의 모습을 난감한 눈빛으로 바라보고 있었다. 3천 톤이 넘어 보이는 함정은 단 2척밖에 없었지만 비좁은 지역을 가로 막고 있으니 불문곡직 돌파를 해버릴 수도 없었다. 함께 이동해온 호위함들과 수송선은 아덴만 밖에서 아예 해안으로 접근조차 하지 못하고 있었다. 순양함 2척도 함께 왔으니 마음먹고 돌파를 강행하면 못할 것도 없었으나 호위하고 있는 해병 32사단이 문제였다. 자칫 수송선에 직격탄이라도 한 발 맞으면 수천 정예병의 생목숨을 바다 속에 처박는 불상사가 일어날 것이기 때문이었다.

"젠장! 이것들이 좁은 해협에 몰려 있다고 하기에 봉쇄를 예상하기는 했지만 겁없이 위협사격까지 할 줄은 몰랐는데……."

뒷목을 쓰다듬는 그에게 레이더실 담당 장교가 말했다.

"제독님, 아군 함대 북쪽 250킬로미터에서 적기로 보이는 항공기 8기가 접근합니다. 대응할까요?"

"젠장! 한 술 더 뜨는구먼. 일단 함대를 아덴만 밖으로 물린다.

사령부의 지시를 기다리자. 빌어먹을! 사령부의 지령은 아직 도착하지 않았나?"

"그렇습니다. 기다리라는 말뿐입니다."

해모수-15호가 천천히 변침을 시작하자 10여 척의 구축함과 호위함들도 뒤따라 변침을 시작했다. 안혁태가 말했다.

"레이더실! 접근하는 적기의 기종은 뭔가?"

"수호이-25입니다."

"뭐야? 원거리 대함 공격 능력도 없는 것들이잖아? 별일이네. 무시해라. 그리고 사격통제실! 만일 50킬로미터 이내로 접근하면 격추시켜버려라. 젠장! 화풀이라도 해야겠다."

안혁태의 얼굴에 짜증스러움이 한껏 배어나왔다. 다시 무전실의 보고가 들어왔다.

— 제독님! 소말리아 반도 동쪽의 소코트라 섬 해역에 매복하던 원잠 룡무에서 적 로미오급 잠수함 2척이 포착되었다는 보고가 들어왔습니다. 아군 수송함대로 접근 중이랍니다. 룡무가 공격 승인을 요청하고 있습니다.

"아주 골고루 하는구만! 빌어먹을. 잠수함은 이야기가 좀 다르지. 좋아! 지금 즉시 격침시켜라!"

— 알겠습니다. 공격 승인합니다.

모든 수송선단에 가장 위험한 상대가 잠수함이기도 했지만 물속에서 가라앉은 놈에 대해서는 모른다고 잡아떼면 그만일 것이었다. 그의 얼굴에 화풀이 대상을 찾았다는 듯한 사악한 미소가 떠올랐다.

1972년 7월 30일 11:10 아라비아해,

소말리아 반도 서쪽 250킬로미터 해저

사우디아라비아가 1970년에 도입한 러시아의 로미오급 잠수함 타이마1의 함장 나세르는 소코트라 군도의 작은 섬 그늘을 벗어나 제국군 수송함대에 접근해가고 있었다. 로미오급 잠수함은 러시아의 수중 만재수량 1,830톤 급 중거리 초계용 잠수함으로 연안 작전을 위주로 투입되는 최대 잠수수심 300미터의 중형 디젤 잠수함이었다.

잠수함 2척만으로 대잠 직승기까지 동원되어 있는 막강한 제국 함대에 실제 공격을 가하지는 못하지만 겁은 얼마든지 줄 수 있었다. 나세르의 머릿속에는 어뢰사거리까지만 접근해 액티브 핑 딱 한 방만 쏘아주고 해저로 잠적할 생각으로 가득 차 있었다. 남의 나라 해역을 제집 드나들 듯 마음대로 드나드는 제국 놈들에게 비록 허장성세일지라도 사우디 해군이 건재하다는 것을 증명해 보이고 싶었던 것이다. 그러나 이런 그의 허세가 그와 승무원 51명의 운명을 결정지었다.

나세르가 속삭이듯 나직이 말했다.

"소나실! 제국 함대와의 거리는?"

"40킬로미터입니다."

"조금 더 접근한다. 기관 미속 전진!"

나세르가 다시 미속 전진을 명령하는 순간 소나실에서 다급한 비명 소리가 들려왔다.

"으악! 함장님! 적 어뢰입니다! 200노트가 넘는 엄청난 속도입니다. 어뢰 접근! 5시 방향! 거리 5킬로미터! 2기는 본함! 2기는 타이마2를 향합니다!"

외부에는 전혀 알려지지 않았던 제국 해군의 신형 어뢰 흑상어였다. 나세르는 허겁지겁 긴급 기동을 명령했다.

"기관 전속 전진! 우현 전타! 기만체 발사! 접촉 예상 시간은?"

"15초 정도 남았습니다!"

"젠장! 무슨 놈의 어뢰속도가 200노트라니……. 서둘러라! 어서!"

"적 어뢰! 기만체를 그대로 통과합니다! 접촉 10초전! 9, 8, 7……."

나세르의 얼굴에 어두운 그림자가 스쳐갔다.

1972년 7월 31일 09:10 서울, 경복궁

"이란과 사우디가 일전 불사로 나왔다는 이야기인가?"

피곤에 절었는지 조인태의 목소리가 갈라져 나왔다.

"네, 각하. 아덴만을 봉쇄하고 위협사격까지 가해왔다는 보고입니다. 또 로미오급 잠수함 2척이 수송선단에 접근하다 아군에게 격침당했다는 보고도 있었습니다. 게다가 이란에서 입수한 정보와 문건에 따르면 극렬 이슬람 원리주의자들을 지원해서, 중사도 내 원유 지대와 공군기지에 대한 테러 공격 계획이 양국 정부에 의해 구상되고 지원되었던 것으로 볼 수 있습니다."

"테러 계획이 양국 정부에 의해 계획되고 지원되었다는 것은 확실한 정보인가?"

윤찬혁의 목소리가 기어들어갔다.

"그것이…… 확실하긴 합니다만 대외적으로 공포할 수는 없는 내용입니다."

"왜?"

"호메이니의 참모 중 한 사람에게서 빼낸 정보인데 그 과정에서 경호원 한 사람을 사살하고 정부 고위급 인사를 납치한 상황이 되어버려서 공개하기는 어려운 상황입니다. 죄송합니다, 각하."

조인태의 얼굴이 잔뜩 찌푸려졌다.

"그럴 만한 이유가 있겠지만 불쾌한 것은 어쩔 수 없구먼. 외국에서 사람을 상하게 하거나 납치하는 일은 삼가도록 몇 번씩이나 강조하지 않았나? 자꾸 이런 식으로 일이 진행되면 종국에 가서는 일을 잘하고도 욕을 먹게 되어 있어. 게다가 중요인사가 사라진 상황이면 그쪽에서도 경계를 할 것이 아닌가? 다시 한 번 강조하겠네. 되도록 자제를 하게나."

"죄송합니다, 각하."

"그건 그렇고, 비서실장! 국제평화유지국 군사분회와 국회 파병 동의안은 어떻게 되었나."

"군사분회 건은 지지부진한 상황입니다. 상임국인 터키가 전쟁 당사자이다 보니 의견들이 상당히 엇갈리고 있습니다. 게다가 독일이 반대 의사를 분명히 했습니다. 중동국가들의 반발도 만만치 않은 상태이고요. 서울주재 터키 대사가 추가적인 무기구입과는 별도로 중동국가들이 선전포고를 할 경우, 대한제국 단독으로라도 개입해달라는 요청을 해온 상태입니다. 소요 비용은 부담을 하겠다는 뜻도 함께 비쳤습니다."

"국회는?"

"워낙 반전여론이 높다 보니 중사도 출신 의원들을 제외하면 우리 여당 쪽에서도 반대하는 의원들이 속출하고 있습니다. 이대로 상정하면 부결되기가 쉬울 것 같습니다."

사실 터키가 패전할 리도 없는 터키와 러시아의 전쟁에 제국이 참전한다는 것은 말이 되지 않았다. 게다가 이란과 사우디아라비아 등 중동국가들의 책동을 공개할 수도 없는 상황이었으니 지금 당장 참전을 한다는 것은 제국이 선공을 하는 꼴이었다. 당연히 국회의 동의를 얻어내기는 불가능했다.

"허참, 되는 일이 하나도 없구먼. 알겠네. 하기야 우리가 선공하는 것은 어차피 어려운 일이지."

"그렇습니다. 또 각하 직권으로 개전을 하시거나 이대로 상정을 해보실 수도 있습니다만 추후에 상당한 정치적 부담을 떠안으셔야 할 겁니다."

"그렇겠지. 일단 중동국가들의 상황을 조금 더 지켜보도록 하세. 그리고 윤 실장은 터키가 요청한 재래식 무기 판매를 모두 승인해주도록 하게. 최대한 빨리 원하는 만큼의 무기를 공급하게. 그렇게라도 힘을 실어주어야 할 게야."

"네, 각하."

"또 가능하면 테러리스트들을 체포해서 이란과 사우디가 테러를 사주했다는 증거를 잡아내보도록 하게. 그것이 있어야 쉽게 국회의 동의를 받아낼 수 있고 추후 명분 싸움에서도 유리한 고지를 점할 수 있을 것이야."

"네, 알고 있습니다. 최선을 다하겠습니다."

"김태환 위성통제실장, 파나마 쪽은 어떤가?"

"아르헨티나 해군이 콜롬비아 서해안 부에나벤트라 항에 정박했다가 다시 북상하기 시작한 상태이며 콜롬비아군과의 국경분쟁이 극에 달해 있습니다. 소대 단위 이상의 교전도 발생한 모양입니다."

조인태는 눈을 감고 생각에 잠겼다. 중동과 남미, 인도차이나에 걸쳐 한꺼번에 이상 징후가 폭증하고 있는 것이 어딘가 모르게 지난 2차 세계대전 발발시와 동일한 상황으로 치닫고 있는 느낌이었다. 서유럽 지역이 빠져 있기는 하지만 자칫 세계대전으로 비화될지 모르는 어수선한 상황이었다. 그리고 무엇보다 가장 좋지 않은 것은 그 모든 이상 징후가 제국 영토에서 가까운 곳이거나 제국군 주둔 인접 지역이라는 점이었다. 그가 중얼거렸다.

"무언가 우리가 놓치는 게 있는 것 같아. 너무 갑작스러운데다 모든 상황이 전부 제국령을 목표로 하고 있어."

윤찬혁이 말했다.

"각하, 사실 제가 걱정하는 것도 같은 맥락입니다. 그리고 지난 100년 동안 러시아와의 관계가 지극히 좋지 않았고 더구나 중동의 혼란을 원치 않아야 할 독일이 터키와 러시아의 전쟁에 대해 중립을 지키겠다는 뜻을 밝힌 것은 의외라 할 수 있습니다. 결국 독일이 전체 국면을 배후 조종하는 주범이거나 CFR 등 내부세력의 압력을 받아 한발 뒤로 물러선 것일 수도 있다는 뜻입니다."

"하긴 독일 입장에서도 우리의 압력 때문에 아프리카의 그 많은 식민지를 모조리 독립시켜주게 된 감정의 앙금이 상당히 남아 있기는 할 게야. 하지만 국제적 여건으로 보아도 독립을 시켜주어야 할 상황이었고 독일 세력이 아프리카에서 모조리 쫓겨난 것도 아니지 않은가?"

독일은 아프리카 식민지들을 마지못해 독립시켜주면서 자국 기업들을 그대로 현지에 남겨두었고 모로코를 비롯한 거의 대부분의 국가에 친독일 정권을 구성해놓고 있었다. 윤찬혁이 다시 말했다.

"아무리 그래도 직접 관할하는 것과는 차이가 있을 겁니다. 최근 알제리와 모리타니에서 가속되고 있는 스페인 세력의 분발도 신경이 좀 쓰일 것이고요. 어쨌거나 독점을 하고 있던 지역에서 타국과 경쟁을 해야 한다는 것은 기분 나쁜 일이지요."

"그것 참. 일단 비전은 그쪽에 초점을 맞추어 집중적으로 조사를 좀 해보도록 하게. 걸리는 것이 너무 많아."

"알겠습니다, 각하."

각료들이 집무실 문을 나서자 경복궁 정문 앞에 모여든 반전 시위대 100여 명의 합창 소리가 집무실 안까지 은은하게 들려왔다.

1972년 8월 1일 07:00 터키, 이스마엘리아

마침내 8월 1일 새벽, 1천여 대의 레오파드 전차와 T-72 전차가 사막을 가로지르며 하늘 가득 흙먼지를 일으키기 시작했다. 사우디아라비아가 국왕 암살 사건의 책임자 처벌을 주장하며 터키에 대해 선전포고를 하고 터키 국경을 넘어 알자후프를 공격하기 시작한 것이었다. 뒤이어 이란과 이집트도 터키에 선전포고를 하고 하마단과 이스마엘리아 공략에 나서면서 전쟁은 걷잡을 수 없이 확산되기 시작했다. 3개국의 공군기들 역시 터키의 전술 목표 공습을 위해 사막의 하늘을 수없이 가로질렀고 세 개의 국경에서 일제히 공격을 받게 된 터키군은 첫날부터 알자후프를 제외한 모든 전선에서 후퇴를 거듭하고 있었다.

특히 개전과 동시에 이집트군의 병력이 집중된 이스마엘리아는 포격과 공습으로 아비규환을 이루고 있었다.

이스마엘리아 동쪽의 팀사호湖를 가로지르는 간선도로는 전차의 하중을 견딜 수 있는 수에즈 운하 유일의 다리였고 어차피 수에즈와 포트사이드의 제국 해군기지를 공격할 수 없는 이집트군의 입장에서는 교통의 요충인 이스마엘리아를 확보하면 이집트군이 직접 시나이 반도로 진군, 알자후프 공략에 나선 사우디아라비아군과 합류할 수 있는 확실한 육로를 확보하는 셈이었다.

수에즈 운하 통제를 위해 파견된 이수호는 전투가 발발하기가 무섭게 제국인 5명이 모여 사는 운하 통행관제센터 숙소로 급히 차를 몰았다. 본국의 소개령으로 가족들은 이미 포트사이드의 제국군 기지로 피난을 떠난 상황이지만 기술자들은 운하의 통제를 위해 남아 있어야만 했다. 그러나 이제 전쟁이 벌어진 상황이니 운하의 통행은 불가능할 것이고 목숨이 위태로운 마당에 더 이상 자신이 남아 있어야 할 이유는 없었다.

숙소 건물 앞에 차를 세운 이수호는 새벽에 교대를 마치고 정신

없이 잠들어 있을 동료들을 깨우러 숙소 쪽으로 잰 걸음을 놀렸다. 폭음 소리와 함께 느껴지는 은은한 진동이 제법 가깝게 느껴졌다. 숙소 입구에는 두 사람의 동료가 졸린 눈을 비비며 포성이 들리는 시내 쪽을 바라보고 있었다. 이수호가 소리쳤다.

"한수야! 결국 전쟁이 터졌다! 지금 당장 떠나야 돼! 여기 더 있다가는 공연히 사단을 만날 수도 있을 것 같다. 챙겨 놓은 식량하고 연료 들고 나와! 어서!"

순간 숙소로 달려가던 이수호의 몸이 반대편으로 튕겨져 나갔다. 눈앞은 엄청난 화염이 뒤덮여 있었다. 직원들이 취미 삼아 키우던 배추 밭에 나동그라진 이수호가 아련한 통증이 전해지는 어깨를 쓰다듬으며 급히 숙소를 확인했다. 몇 초전까지만 해도 그에게 손을 흔들던 동료들의 모습은 어디에도 보이지 않았다. 남은 것은 하늘을 찌르는 검은 연기와 불길에 휩싸인 숙소의 잔해뿐이었다.

1) **스커드B** 걸프전을 통해 전술 탄도탄의 대명사가 된 러시아의 단거리 이동형 전술 지대지 탄도 미사일. A/B/C/D의 4종류가 있으며 정식명칭은 SS-1B/1C/1D/1E이다. 설계의 시작은 1957년. 1960년대 중반부터 스탈린 중전차나 화물차량에 탑재해 운용했다. 길이 11.16미터, 직경 0.88미터, 중량 6,370킬로그램, 탄두 고폭탄, 화학탄 (전술핵 장착가능), 관성유도, 사정거리 300킬로미터, 오차 반경 450미터.

2) **방패1** 대한제국이 제공한 1세대 방공 미사일 체계. 항공기 및 전술 탄도탄 요격용 미사일. 명중률: 항공기 80퍼센트, 탄도탄 70퍼센트, 탄길이 4미터, 직경 0.4미터, 속도: 마하 5, 중량 735킬로그램, 신관: 근접 및 접촉신관, 탐지거리 170킬로미터, 능동유도, 제작사: 한솔.

3) **참새1** 대한제국 1세대 공대공 미사일. 전장: 3.64미터, 직경: 0.2미터, 중량: 225킬로그램, 속도: 마하 3, 사정거리 30킬로미터, 제작사: 한솔.

4) **아톨 AA-2D** 아톨Atoll 대공 미사일. 1970년대 초에 AA-2를 개량해 만든 러시아의 대표적 공대공 미사일. 전장 2.82미터, 직경

0.13미터, 중량 75킬로그램, 사정거리 3킬로미터, 탄두 11킬로그램, 적외선 신관, 적외선 유도이나 목표의 후방에서만 공격이 가능하다.

5) **송미령**宋美齡(쑹메이링, 1901~2003) 광둥성廣東省 출생. 저장재벌浙江財閥 송씨가宋氏家의 막내. 미국 웨슬리 대학을 졸업하고 1927년 장개석蔣介石(장제스)과 결혼, 대미 관계 조정에 수완을 발휘하였다. 국민정부 입법위원, 항공위원회 위원, 당 비서장 등 역임. 1936년 서안西安사건 때 직접 서안으로 들어가 주은래周恩來와 단독 면담을 감행, 장개석을 석방시킨다. 1950년, 대만으로 건너간 후에는 국민당 중앙평의위원 등을 역임한다.

6) **스페츠나츠**Spetsnaz 1950년대 초에 창설. 참모본부 첩보부GRU 소속, 정식명칭은 Spetsialnoye nazranie이다. 여단의 기본 조직은 육군과 해군 소속의 2개 군이며 각 군은 사령부 VIP 1개 중대, 3~4개 공정대대, 1개 통신 중대, 소형 잠수정을 포함한 2~3개 전투수영대대 및 기타 지원부대로 이루어져 있다. 1개 여단의 병력은 1,000~1,300명 정도이며, 현재 135개 여단이 존재하고 있는 것으로 추정된다. 적진 침투 후 사보타지, 테러, 요인 암살, 폭파, 정보 수집, 적 후방 교란이 주 임무이다. 1968년 체코 사태시,

최초 잠입한 스페츠나츠 1개대대만으로 프라하 공항을 점거, 이어지는 제103친위공정사단이 안전하게 착륙하도록 교두보를 확보한 실적을 가진 구소련의 정예부대이다. 아프간에도 침공 초기부터 투입되어 게릴라 거점 공격에 수없이 투입된다.

7) **헬륨3** 효율이 높고 오염이 없으며 핵융합 원자로에서도 방사능 부산물이 전혀 없는 청정에너지 자원. 지구에는 존재하지 않으며 달에 약 100만 톤의 헬륨3이 존재한다고 알려져 있다. 이는 지구의 전력 소비량을 수천 년간 공급할 수 있는 규모이다.
위스콘신대 융합기술연구소의 제럴드 교수는 헬륨3의 톤당 가격이 40억 달러에 이르며 약 30톤의 헬륨3이면 미국이 1년간 사용하는 전력 소비량을 대체할 수 있다고 주장한다. 아폴로11호가 1969년 달에 착륙했을 때도 헬륨3을 채취한 바 있었으나 당시에는 헬륨3의 가치를 모르다가 1986년 에너지원으로 사용할 수 있다는 사실을 확인한다. 미국은 지금도 헬륨3 핵융합 원자로 개발을 추진하고 있다(2004. 1. 18자 로이터통신 기사 인용).

8) **SA-6** 1965년부터 실전에 도입되어 운용되기 시작했으며 1967년의 모스크바 퍼레이드를 통해서 일반에 공개되었다. ZRK-SD Kub(Kvadrat)로 알려지기도 한 이 방공 미사일 체계는 구소련

에서 운용하던 S-60(57미리) 레이더 직사포를 대체하기 위해 개발된 것이다. 길이 5.8미터, 직경 0.335미터, 중량 599킬로그램, 탄두 59킬로그램 고폭, 접촉 및 근접신관, 반능동 레이더, 유효사거리 4~24킬로미터, 유효고도 50미터~12킬로미터.

9) **카자크** 15세기 후반, 러시아 중앙부에서 남방 변경 지대로 이주하여 자치적인 군사공동체를 형성한 농민 집단. '코사크'라고도 한다. 스스로를 러시아어인 '카작Kasak'이라고 불렀는데 터키어의 '자유인自由人'을 뜻한다. 선거에 의해 수장首長을 선출하며 모든 중요한 문제를 합의로 결정하는 민주적인 공동체로 러시아, 폴란드, 타타르 등과 싸워 꾸준히 영역을 확대한다. 18세기에 이르러 유력 수장首長들이 러시아 귀족화되면서 제정 러시아의 전투부대로 편성된다. 역사에 등장하는 강력한 러시아 기병은 대부분이 카사크족이라 할 수 있다. 러시아 혁명시에는 중립을 지킨다.

10) **타타르 스테이크** 몽고의 타타르족이 다진 양고기를 말안장 아래에 넣고 다니다가 적당히 눌리면 파와 소금으로 양념을 해서 먹었는데, 이것이 상인들을 통해 유럽으로 건너가 타타르 스테이크라는 이름으로 팔렸고 함부르크의 한 상인에 의해 함부르크 스테이크 이름을 바꾸게 된다. 고기를 잘게 다져서 간을 해 구운 것

으로, 오늘날의 함박 스테이크이다. 또한 많은 독일인이 이민 열풍을 타고 미국으로 건너가게 되면서 1940년대에 들어 맥도날드가 둥근 빵 사이에 이 고기를 끼워 판매한 것이 햄버거이다.

11) **수호이-25** 근접지원기가 요구하는 아음속 저공기동성과 강력한 무장, 양호한 조종석 시계, 비포장 활주로 이용 능력을 지닌 러시아의 1970년대 주력 공격기. 장폭고: 17×15.7×5미터, 중량: 9.5톤, 최고속도 마하 0.8, 전투행동반경: 650킬로미터, 무장: AA-2D(Atoll) 및 AA-8(Aphid) 공대공 미사일, 레이저 유도폭탄, AT-6 대전차 유도탄, 30미리 기총.

12) **원잠 룽무** 제국 신형 공격원잠. 만재수량 7,700톤, 최고속도: 30노트(수중), 장폭고: 115×10×9미터, 승무원: 90명, 무장: 순항 미사일 12기, 청상어 12발, 흑상어 20발.

13) **로미오급 잠수함** 구소련이 1961년까지 건조한 디젤 잠수함. 중국의 밍급 잠수함의 기본형이다. 만재수량: 1,830톤(수중), 최고속도: 13노트(수중), 장폭고: 76.6×6.7×5.2미터, 승무원: 51명.

14) **흑상어** 대한제국 최신형 초고속 어뢰. 어뢰 전방에 초공동超空

洞, Super Cavitation을 발생시킴으로써 일반적 수중 실현 가능 최고 속도 시속 130킬로미터보다 3배 정도 빠른 속도를 달성한다. 전장 4미터, 직경 0.3미터, 중량 700킬로그램, 사정거리 50킬로미터, 최고속도 시속 380킬로미터, 초공동을 이용한 고속어뢰는 2000년 8월 북해에서 침몰한 러시아의 핵잠수함 K-141 쿠르스크에 최초 시험 장착된 것으로 추정.

15) **레오파드1** 1965년부터 양산된 독일 전차. 105미리 강선포와 APDS탄으로 무장. 구소련의 125미리 활강포에 대비한 화력 열세를 극복하기 위해 1979년 120미리 활강포를 탑재한 레오파드2를 개발한다. 장폭고: 7.7×3.7×2.46미터, 105미리 강선포, 7.62미리 기관총 2정. NBC 방호가능, 전투중량 42톤, 승무원 4, 최고속도 시속 65킬로미터, 수직장애물 1.15미터, PER 1-R17 열영상 조준경(2.5킬로미터 관측 가능).

동풍東風

1972년 8월 3일 01:10 지중해, 포트사이드 남서쪽 210킬로미터 상공

2만 미터 고공으로 순항하던 대한-24 전폭기 2개 편대 8기가 서서히 고도를 낮추며 두 개의 편대로 갈라지기 시작했다. 김상우 대위는 새삼스럽게 입 안이 바짝 말라붙는 느낌이었다. 조금 전 이함할 때만 해도 40여 기의 전폭기가 머리 위에 떠 있어서 왠지 모르게 든든했고 목표 상공인 이곳까지는 항법장치를 이용해 아주 쉽게 이동을 해왔다. 그러나 이제부터는 무전기도 마음대로 사용하지 못할 뿐더러 날개의 항법등까지 꺼버린 상태로 선도기를 따라 저공비행을 시도해야 할 판이었다. 잠시 후부터는 아예 혼자서 목표를 찾아 이동해야 했다. 그나마 다행인 것은 아군기의 이동이 적의 레이더에는 그저 바다 새 몇 마리가 날아다니는 것으로 나타난다는 점이었다. 최소한 요격 미사일 걱정은 할 필요가 없었다.

그의 계기판에 편대장의 전문이 떠올랐다.

—첫 번째 목표는 카이로 인근의 적 레이더 기지와 대공방어체계다. 우리 전갈편대는 레이더 기지 12곳을 맡는다. 10초 후부터 최초 교전 계획에 따라 각각의 목표에 흑궁 두 발씩을 먹인다. 발사 후에는 집결지 '아'에 집결해 귀함한다.

"확인!"

김상우가 나직이 중얼거리자 계기판 한쪽에 푸른 등이 한 차례 점멸했다. 전문을 확인했다는 보고가 편대장기에 송신되는 모양이었다. 기체의 고도가 300미터 이하로 내려오자 그는 미사일 발사 안전판을 젖혀놓고 조종간을 고쳐 잡으며 다시 말했다.

"적외선 영상!"

순간 그의 방호구(헬멧)보호창에 인근 지형의 모습이 초록색 영상으로 떠올랐다. 레이더 관제를 실시하고 있을 것인데도 목표한 적 레이더 기지의 위치는 그의 눈앞에 붉은색으로 점멸하고 있었다. 목표 고정만 해놓고 발사한 다음 두 번째 목표로 이동하면 그만일 것이었다.

"목표 고정!"

삑!

그의 목소리와 함께 노란색 목표 고정 신호가 영상 위로 겹쳐졌다. 그가 다시 속삭이듯 말했다.

"발사!"

두 발의 흑궁 미사일이 기체에서 떨어져나가는 진동이 느껴지자 김상우는 천천히 기체를 들어올리며 40킬로미터 정도 떨어진 두 번째 목표를 탐색하기 시작했다.

1972년 8월 3일 05:10 중사도, 후푸프 서쪽 40킬로미터, 사우디아라비아 국경

2개 사단 400여 대의 현무-14전차가 정렬한 네푸드 사막의 새벽은 전차의 배기구에서 흘러나오는 뜨거운 열기로 벌써부터 자욱한 아지랑이를 피워 올리고 있었다. 대한제국 제10, 11 기갑사단과 육군 15사단 전 부대의 무전기에서 굵직한 음성이 흘러나왔다.

— 나는 '작전 동풍東風'의 서부 전선 지휘를 맡은 제10기갑 사단장 이진영이다! 오늘 새벽 0시에 대한제국은 제국 민간인들을 폭살한 사우디아라비아와 이집트에 선전포고를 했다! 자정까지 전투를 중단하고 철군하라는 제국의 경고를 이들은 무시했다. 이에 따라 오늘 새벽, 리야드 인근을 포함한 사우디와 이집트 전 지역의 전술목표에 대한 전격적인 공습이 단행되었다. 현재로서는 사우디아라비아의 4개 기계화사단과 수도 방위사단만이 아군의 리야드 공격에 저항할 수 있는 유일한 부대였다.

이진영은 잠시 뜸을 들이며 미소를 머금었다. 사실 조금 낯간지러웠지만 대원들의 사기를 올리기 위한 방편으로 이만한 것도 없을 것이었다. 그가 힘차게 외쳤다.

— 오늘! 우리는 제국에 도전하는 어리석은 자들에게 교훈을 내린다! 가라! 그리고 제국의 힘을 보여줘라!

— 우와아!

우르릉.

전차장들의 우렁찬 함성 소리가 사막의 하늘을 한차례 뒤흔들고 나자 400여 대의 전차가 일제히 말라붙은 대지를 쥐어뜯기 시작했다. 이어 80대의 코만치 직승공격기가 갈색의 날렵한 동체를 들어 올려 뿌연 새벽하늘을 가득 채우며 굉음을 뿌려대기 시작했다. 미세한 흙먼지가 은은하게 시야를 가렸다. 전차사단의 뒤를 따르는 기계화 보병 장갑차들의 긴 행렬이 삭막한 사막의 모래밭을 더더욱 살풍경한 모습으로 바꾸어놓고 있었다.

중동지역 전체의 제압을 상정해 입안立案된 '작전 동풍'의 시작이었다.

포탑 위에서 전방을 관측하던 강성구 대위는 서서히 뜨거워지는 태양을 감당하지 못하고 포탑 안으로 들어와 출구를 닫아걸었다.

"어휴. 벌써 이렇게 덥냐. 밖에서는 단 10분도 버티기 힘드네."

포수인 이광선이 피식 웃음을 터뜨렸다.

"크크. 그렇게 더위를 타셔가지고 어디 중사도 전차장 노릇 하시겠어요? 노인네 대위님, 보약을 좀 드시던지 하세요."

"야! 이 병장! 그만 까불고 주포 가동 시작해라. 18킬로미터 전방에 사우디 전차사단 등장이다. 대전차 유효사거리 안에 들어온 지 오래됐어. 조금 있으면 사격 명령 떨어질 거다."

"넵! 알아 모시겠습니다. 주포 가동!"

우웅―.

이광선이 사격 통제 안전판을 해제하자 은은한 주포 가동음이 들려왔다. 동축가속포를 장착해 사거리가 60킬로미터까지 확대되고 격발 소음조차 거의 없는 현무-14였지만 이광선에게 무엇보다 반가운 일은 장약 사용을 하지 않음으로 인해 시계가 깨끗한 상태로 유지된다는 것이었다. 이광선이 재빨리 숫자로 구성된 암호 몇 개를 입력하자 조준판 왼쪽 상단에서 장전 신호가 점멸하기 시작했다.

"날탄 일 발 장전!"

이광선의 힘찬 복창 소리를 들으며 강성구가 느긋한 표정으로 무전기를 잡았다.

"대대장님! 일탄 사격합니다! 목표! 전방 8킬로미터. 적 선두 전차!"

—승인한다! 연속 사격! 대대! 사격 개시!

"발사!"

수십 발의 날탄이 포구를 이탈해 엄청난 속도로 튀어나갔다. 그러나 폭음은 전혀 들리지 않았고 몇 초가 지나가자 강성구의 조준판에 하나 둘씩 격파 신호가 잡히기 시작했다.

1972년 8월 3일 23:10 베트남, 랑손 북서쪽 25킬로미터, 중화민국 국경

김태훈과 한영숙과 비전 특수부대원 5명이 탑승한 백호-13 직승기 2기가 위장강 줄기를 따라 빠르게 이동하고 있었다. 김태훈은 좁은 구름 사이로 쏟아져 내리는 달빛을 받아 반짝이는 위장강을 내려다보았다. 강기슭으로는 심하게 늘어진 열대우림이 한낮의 뜨거운 햇빛을 이겨낸 나뭇잎과 덩굴들을 수면 위까지 길게 드리워 안식의 시간을 가졌고 멀리 윈구이 고원의 흐릿한 능선 윤곽이 시야를 어지럽히고 있었다.

1시간여를 저공비행하던 직승기가 갑작스럽게 방향을 바꿔 나직한 야산의 공터에서 공회전을 시작했다. 얼굴까지 검게 도색한 대원들이 신속하게 직승기에서 뛰어내려 달빛 그늘 속으로 사라졌다. 김태훈은 직승기에서 뛰어내리며 한영숙이 들으라는 듯이 제법 큰 소리로 중얼거렸다.

"에휴, 그냥 보고하면 될 걸 꼭 두 눈으로 확인을 해야 한다는 똥고집은 뭐람? 쩝……."

지난 7월 31일 양리웨이 상장은 김태훈으로부터 무기를 넘겨받으며 중화민국군 배치도 이외에 몇 가지 확인되지 않은 정보를 그에게 던져주었다. 그중 가장 심각한 것은 국경 바로 인근의 핑상에 중화민국군의 화학무기가 상당량 배치되었다는 미확인 정보였다.

개략의 위치도 알고 있으니 첩보인 상태 그대로 본사에 전달해도 문제가 없을 것이고 지시를 기다려 행동을 취해도 큰 문제가 없으련만 한영숙은 양리웨이가 지나가는 말투로 툭 던져놓은 중화민국의 화학무기 배치 문제를 꼭 확인해야 한다고 고집을 부렸다. 김태훈이 설득을 위해 서너 시간을 붙들고 늘어졌으나 계급이 깡패였다. 결국 파견대원의 절반이나 되는 5명의 대원을 이끌고 국경을 넘기로 한 것이었다. 그의 등 뒤에서 이동하던 한영숙의 눈매가 사나워졌다.

"김 소령! 그렇게 불만이면 지금이라도 혼자 돌아가세요. 나 혼자서도 대원들과 이동하면 문제없을 테니까요."

김태훈은 움찔 어깨를 들썩였다. 이 여자는 화만 나면 이름이 아니라 계급이 붙어 나왔다.

'여차하면 계급으로 찍어 누를 심산이겠지. 빌어먹을! 어쩌다가 나이도 어린 상전, 그것도 여자하고 붙어다니는 신세가 되어버렸냐? 젠장!'

"알았어요, 알았어. 불만 없으니까 가면 되잖아요, 가면!"

김태훈이 두 손을 휘저으며 황급히 말했다.

한바탕 비라도 쏟아질 듯한 낮은 구름이 서쪽으로 몰려가고 있었다. 허벅지까지 차오르는 실개천 몇 개를 건너면서 젖을 대로 젖어버린 군복은 열대의 습한 공기까지 더해지며 속옷마저 축축하게 만들어버렸다. 이런 날씨에서 작은 상처라도 입는다면 순식간에 곪아터져 무슨 일을 당할지 알 수 없었다. 온몸의 신경조직을 팽팽하게 잡아당긴 상태로 두 시간이 넘는 강행군을 계속하다 보니 가쁜 숨은 턱까지 차올랐고 발끝이 자꾸만 나무둥치에 걸리기 시작했다. 김태훈은 앞쪽에서 묵묵히 통로를 개척하는 대원들과 뒤따르는 한영숙의 모습을 훔쳐보며 혹시라도 자신의 체력을 얕보지 않을까 걱정이 되기 시작했다.

'젠장. 체력 단련을 다시 하든지 해야겠군. 여자보다 못한 체력이라니…….'

자신의 방탕한 생활을 탓하는 순간 최전방에 통로를 개척하던 강 하사가 주먹을 쥐어 보이며 한쪽 무릎을 꿇었다. 김태훈은 낮은 자세로 전방으로 신속하게 움직였다. 강 하사가 말했다.

"소령님! 아편농장입니다. 하지만 아편농장치고는 배후 건물의 규모가 너무 큰 것으로 보입니다. 게다가 바로 앞이 발목지뢰지대인 것 같습니다."

"발목지뢰?"

"군데군데 상당히 폭넓게 설치된 것 같습니다."

"젠장! 시간 걸리겠군."

김태훈은 야시경의 배율을 5배로 끌어 올렸다. 20여 미터의 발목지뢰지대가 끝난 곳에는 나직한 야산 중턱을 깎아 만든 일견 폭 100여 미터에 길이 500~600미터는 족히 넘어갈 것 같은 제법 넓은 규모의 아편농장이 보였고 농장의 배후 둔덕에는 아편 가공 공장으로 보이는 폭 500여 평 규모의 조립식 건물이 자리 잡고 있었다. 건물의 지붕은 대공은폐를 의식한 듯 담쟁이 넝쿨과 유사한 열대식물로 뒤덮힌 상태였다.

그가 보아온 동남아시아의 모든 아편 가공시설이 목조로 만들어졌다는 것을 생각하면 대단한 파격이었다. 창고의 출입문으로 보이는 철문 앞은 모래주머니로 구축된 기관총진지였고 출입문 옆으로 반쯤 뜯어진 '有害物質' 딱지가 붙은 대형 드럼통 50여 개가 세워져 있었다. 드럼통 뒤에서 간간이 기관총을 멘 평상복 차림의 동초들이 화물차량 서너 대와 일행이 은폐하고 있는 지역까지 이어진 비포장도로의 초입을 순찰하는 것도 눈에 들어왔다. 어느새 다가왔는지 한영숙이 그의 귓전에 대고 속삭이듯 말했다.

"확실히 아편농장은 아닌 것 같네? 강 하사. 안에 들어가 볼 수 있을까?"

"글쎄요. 뒤쪽으로 돌아가봐야 정확히 알겠지만 창문이 없는 것으로 보아 경계병들을 제거하지 않고는 어려울 것 같습니다."

김태훈이 조용히 말했다.

"그렇다고 여기까지 와서 무슨 설비인지 확인을 안 할 수는 없으니 시도는 해보도록 하자. 강 하사! 지뢰지대를 우회해서 건물 쪽으로 이동한다. 가자."

김태훈이 야시경을 걷어내며 일어서려 하자 강 하사가 그의 어깨를 잡아 눌렀다.

"소령님, 뭔가 움직임이 있습니다."

"그래?"

야시경을 다시 눈앞에 고정하자 철문의 오른쪽 모서리에 달린 소형문의 일부가 열리면서 흰색 작업복을 입은 사내와 짙은색 중화민국 정규군 복장의 군인 두 사람이 밖으로 나서며 담배를 빼무는 것이 보였다. 김태훈이 재빨리 배낭을 뒤져 원거리 도청기를 꺼내들었다. 거리가 100여 미터에 불과하니 충분히 들릴 것이었다. 수신기를 귀에 꽂아 넣고 전원을 올려 방향을 고정하자 건너편의 대화가 확연히 들려왔다. 다행히 익숙한 광동어였다. 그래도 5분여를 끈질기게 기다리고 나서야 원하는 대화를 잡아낼 수 있었다.

—배양은 끝난 건가?

—거의. 다음 달이면 마무리가 될 테니 그때 송코이강으로 이동시키면 될 거야. 강에다 풀어만 놓으면 알아서 하노이 인근까지 번

질 테니 그때가 공격을 시작할 때겠지.

— 그럼 얼마 남지 않았군. 러시아 놈들이 정말 희한한 물건을 만들어냈어. 후후. 이름이 뭐라고 했지? 보툴리누스?

— 맞아. 그리고 자네 말이야…….

김태훈은 도청기의 전원을 껐다. 보툴리누스가 무언지는 모르지만 이곳에서 대규모 배양을 하고 있는 모양이었다. 더 이상 들을 필요도 없었다. 그가 말했다.

"중령님, 돌아갑시다. 원하는 정보를 얻은 것 같아요."

"그래요? 화학무기가 맞나요?"

"아니요. 더한 겁니다. 보툴리누스라는 생화학 무기라는군요."

순간 한영숙의 목소리가 딱딱하게 굳어졌다.

"예? 보툴리누스요?"

"네, 그게 뭔지 알아요?"

"네, 인체에 가장 치명적인 독 중 하나에요. 아직은 베트남에 해독 혈청이 없을 거예요. 게다가 본국에도 많은 양은 없을 겁니다. 최대한 빨리 돌아가야겠어요. 본사에 급히 보고가 되어야 할 사안이에요."

보툴리누스는 보툴리누스라는 균에서 생성되는 독소로 사실상 인체에 가장 치명적인 독 중 하나였다. 수인성 전염병으로 시각과 근육에 작용하여 신체 작용을 저하시키며 일반적으로 감염 후 6시간에서 2주 사이에 증상이 나타나 24시간 내에 호흡 곤란으로 사망하기도 하는 지독한 놈이었다. 제국에 항혈청이 존재하긴 할 것이었으나 단시간 내에 수만 명이 사용할 정도의 많은 분량 확보는 불가능했다. 김태훈이 대원들을 돌아보며 말했다.

"돌아간다. 급한 사안이니 힘들겠지만 강 하사가 개척을 해야겠다. 서둘러라!"

1972년 8월 4일 04:30 베트남, 랑손 북서쪽 25킬로미터, 중화민국 국경

다시 시야 한쪽 귀퉁이에서 붉은 빛이 솟아올랐다.

드르르르륵— .

익숙한 AK-47소총의 자동사격 소리였다. 김태훈은 잽싸게 몸을 굴려 쓰러진 고목 뒤로 몸을 낮췄다. 공기를 들이마시는 것도 힘이 들 만큼 숨이 가빠왔고 심한 오한이 밀려왔다. 몸을 두세 바퀴 굴려 고목의 오른쪽 끝으로 이동한 김태훈은 고개를 내밀고 탄창 한 개를 모조리 비워버렸다.

"시펄. 개새끼들! 지독하게 쫓아오네!"

마음이 급해 중화민국 국경을 서둘러 통과하려던 것이 화근이었다. 대원 한 사람이 철조망에 줄줄이 매달린 깡통 하나를 건드리면서 시작된 쫓고 쫓기는 정글의 추격전은 30분이 넘도록 지독스럽게 계속되고 있었다. 추격전으로 인해 여기저기 생겨난 작은 상처들 때문에 걸음을 멈출 때마다 모기들이 10여 마리씩 달려들어 피를 빨아댔다.

한영숙을 데리고 먼저 이동한 대원들은 어디로 갔는지 보이지도 않았고 오로지 강 하사와 자신만이 추격을 지연시키며 약속된 직승기 접선지로 달리고 있었다. 그가 몸을 일으키며 다시 외쳤다.

"강 하사, 뛰어!"

김태훈은 다가서는 중화민국 국경수비대원 두 사람을 사살하고 정글 안쪽을 향해 탄창 하나를 모두 비워버린 뒤, 강 하사를 따라 달리기 시작했다.

파바방!

수십 발의 총탄이 눈앞에서 나무줄기를 부러뜨렸다. 그는 개활지 초입의 개울 속으로 나동그라졌다. 접선지는 이제 얼마 남지 않았으나 이제부터는 개활지였다. 강 하사 역시 10여 미터 떨어진 곳에서 나무둥치 밑에 머리를 처박고 있었다. AK-47의 총탄 세례는 그칠 줄 모르고 이어졌다. 탄띠를 더듬어보았으나 남아 있는 탄창이 없었다.

'제기랄!'

호흡을 가다듬으며 어깨 탄띠에서 수류탄을 뜯어내 안전핀을 뽑아냈다. 천천히 셋을 세자 멀지 않은 거리에 서너 개의 그림자가 보였다. 개활지 가장자리를 우회해 강 하사 쪽으로 접근하는 것 같았다. 그는 누운 자세 그대로 팔 힘만으로 수류탄을 개울 밖으로 걷어 올렸다.

"에라! 이거나 먹어라! ×새끼들아!"

콰광!

굉음과 함께 파편이 비산하고 나자 잠시 정적이 감돌았다. 그는 그대로 누운 채 자신의 가쁜 숨소리를 들었다. 이게 끝인가? 갑작스레 대학 시절 자신을 차버린 옛 애인의 얼굴이 떠올랐다. 젠장,

하필 그 얼굴이 떠오를 건 뭔가? 이쯤이면 한 중령은 무사히 접선지까지 도착했을 것이고…… 화학무기에 대한 것은 본사에 무사히 전달된다고 보아도 무방하겠지? 이제는 홀가분하게 싸울 수 있을 것 같았다. 하지만 문제는 남아 있는 무기가 손에 든 권총 한 자루뿐이라는 것이었다. 그가 가라앉은 목소리로 중얼거렸다.

"젠장! 한 중령 한번 자빠뜨리는 것이 소원이었는데 그건 어렵게 되어버렸군. 쿡쿡."

앙다문 이빨 사이로 웃음이 새어나오자 방탄복 위로 한 방을 얻어맞은 옆구리가 다시 쑤셔왔다. 노리쇠를 당겨 총탄 한 발을 꺼내 쥔 그는 다시 한 번 깊게 심호흡을 하고 개울 위로 머리를 내밀었다. 2~3미터 앞에 두세 개의 그림자가 움직이는 것이 보였다. 방아쇠를 계속해서 당겨 남아 있는 10여 발의 총탄을 모조리 쏟아내버렸다.

탕! 타다탕!

순식간에 움직이던 그림자들이 쓰러졌으나 아직도 움직인다는 느낌이 들었다. 김태훈은 한 발 남은 총탄을 약실에 쑤셔넣고 대검을 뽑아 개울을 기어 올라갔다. 문득 강 하사 쪽을 돌아보았으나 움직임은 전혀 보이지 않았다.

'네미럴! 미안하다, 강 하사.'

감상에 젖어 있을 시간은 없었다. 어차피 같이 지옥행이 될 테니 외롭지는 않을 터였다. 낮은 포복으로 쓰러진 중화민국 병사에게 다가간 그는 엎어진 병사의 옆구리 아래 깔린 AK-47소총을 끌어내며 미소를 머금었다. 다시 탄띠를 더듬어 꽉 찬 탄창 하나도 빼냈다. 이제는 해볼 만하다는 희망이 솟기 시작했다.

순간 몸을 돌리는 그의 눈앞에 두 개의 검은 그림자가 들이닥쳤다.

카카캉!

얼결에 방아쇠를 당겼다. 그러나 앞선 한 놈이 그의 소총을 밀어내며 그의 오른손을 움켜잡았다. 김태훈은 잡힌 오른손을 젖 먹던 힘까지 모조리 동원해 강력하게 잡아당기며 왼쪽 팔꿈치로 그림자의 턱을 올려붙였다.

빠각!

무언가 부러지는 소리가 들리며 팔꿈치에 엄청난 통증이 엄습했다. 이를 악물며 그림자의 목을 비틀어버리고 급히 주변을 돌아보았다. 어딘가 있어야 할 나머지 한 놈은 보이지 않았다. 아마도 얼결에 발사된 총탄에 사살된 모양이었다.

다시 어둠 속에서 총소리를 듣고 몰려오는 중화민국군의 어수선한 발자국 소리가 들리기 시작했다. 잽싸게 소총을 집어든 그는 소리가 들리는 방향을 향해 남아 있는 총탄을 모조리 날려버리고 강하사가 쓰러져 있는 나무둥치 뒤로 뛰어내렸다. 가쁜 숨을 몰아쉰 후 강 하사의 코에 손가락을 대어 보니 엷은 호흡이 느껴졌다. 살아 있기는 한 모양이었다.

“학학. 빌어먹을 자식! 명도 길다. 후후.”

나직이 중얼거리던 그의 눈에 강 하사의 탄띠에 남아 있는 수류탄 한 개가 눈에 들어왔다. 머리 위로 총탄이 수없이 비산하고 있었지만 이제는 관심밖이었다.

"학학. ×팔. 정말 힘드네. 이젠 강 하사 이 자식 때문에 죽지도 못하는 거냐? 젠장!"

욕설을 내뱉은 그가 수류탄의 안전핀을 뽑으려 하는 순간, 밤이 순식간에 사라져버렸다.

'뭐지?'

직승기의 강력한 전조등, 제국 기관포 특유의 묵직한 폭발음이 쏟아졌다.

드드득! 드드득!

대한-13 직승기 2대가 남쪽 기슭의 어둠 속에서 튀어나오며 기관포를 난사했고 개활지 건너편의 다른 직승기에서 검은 복장의 병사들이 뛰어내리고 있었다. 그의 손에서 수류탄이 슬며시 빠져나갔다. 머릿속에 떠오르는 생각은 오로지 한 가지뿐이었다.

'살았다!'

1972년 8월 4일 11:25 서울, 종로

박태일은 삼우상단의 본사건물 42층 꼭대기에 위치한 자신의 사무실로 천천히 걸음을 옮겼다. 승강기에서부터 사무실로 이어지는 10여 미터의 복도에는 그의 초상화와 정부로부터 받은 액자, 상패가 줄지어 걸려 있었다. 액자의 사진 속에는 박태일이 수십 년간 지내온 세월의 흔적이 묻어 있었다. 전대 수상과 함께 말을 타는 사진을 필두로 현직 수상인 조인태와 식사하는 모습까지, 수많은 실력자들과 즐거운 한때를 보내는 사진들이었다.

전쟁 준비가 한창이던 30년대 말, 청계천의 10여 평밖에 되지 않는 비좁은 공장에서 볼트, 너트를 생산하는 조그만 선반가공업으로 창업한 삼우상단은 정부의 중소기업 육성책의 보조를 듬뿍 받으면서 급속도로 성장했고 전쟁이 끝나자 발 빠르게 태평양으로 진출해 서호주와 필리핀에 대규모 알루미늄 광산을 선점하면서 대기업으로 성장하는 발판을 마련했다. 그로부터 다시 30여 년이 지난 지금 대형 여객기 3기종과 비호계열 직승기 2기종, 천무계열 미사일 2종을 독점 생산하며 수십 개 계열회사를 거느린 세계 20대 대형상단 중 하나로 군림하고 있었다. 사실상 그 누구도 함부로 건드릴 수 없는 아성을 쌓아 올린 셈이었다.

그러나 나이가 들어가면서 사회적 지위가 눈에 띄게 상승되자 전세계를 돌아치며 활동하던 그의 시야는 차츰 좁아지면서 최근에는 제주도의 주말 별장과 서울 삼청동의 2억 원짜리 호화주택으로 한정되어 갔다. 어디를 가든 전장全長만 8미터가 넘어가는 전용승용차 '전설傳說'을 타고 다녔고 제주의 별장과 삼우상단 본사를 연결하는 직승기와 전용비행기만이 그의 유일한 교통편이었다.

이처럼 주변에 넘쳐나는 아름다운 여성들과, 세속에서 이야기하는 화려한 성공에도 불구하고 63세의 박태일은 자신의 생활에 만족하지 못하고 있었다. 그의 머릿속은 자신의 능력과 인품에 대해 충분한 존경을 받지 못하고 있다는 생각으로 가득 차 있었고 결국 주변의 모든 일들에 냉소적으로 일관하며 사소한 일에도 쉽게 화를 내는 기성세대 노인으로 변해갔다. 사무실 앞에 앉아 있던 이십대 중반의 여비서가 자리에서 일어나 깍듯하게 머리를 숙이며 말을 건넸다.

"회장님, 손님이 기다리고 계십니다."

아마도 지난주에 약속을 잡은 독일 루프한자 항공 관계자일 것이었다. 루프한자는 지난해에만 신형 327여객기를 10기씩이나 구입해간 제법 큰 고객이라 할 수 있었다. 그는 가볍게 고개를 끄덕이며 또 다른 여비서가 개방해놓은 사무실 옆의 작은 회의실로 들어섰다. 회의실 안에는 두 사람의 백인이 찻잔을 들고 앉아 있었다. 그가 만면에 웃음을 띠고 말했다.

"어서들 오십시오. 오래 기다리시게 해서 죄송합니다. 급한 볼일이 좀 있어서요."

조금 키가 작은 쪽의 사내가 자리에서 일어서며 손을 내밀었다.

"아닙니다, 회장님. 반갑습니다. 아인트만입니다."

유창한 제국어였다. 세 사람이 자리를 잡고 앉자 여비서가 들어와 호주산 홍차를 내놓고 사라졌다. 다시 아인트만이 입을 열었다.

"아시다시피 귀사가 판매한 327기 문제로 방문한 것입니다. 지난 일주일간 귀사 연구소의 기술자들과 사고 경위를 검토한 끝에 기체 결함으로 최종 평가가 되었습니다. 죄송스런 이야기이지만 이는 전적으로 귀사의 책임이라고 결론이 난 것입니다."

박태일의 얼굴이 한없이 찌푸려졌다. 어제 보고받은 내용이긴 했지만 막상 고객의 입에서 기체 결함 이야기를 듣고 보니 기분이 상하는 것은 어쩔 수 없었다.

'빌어먹을! 두고 봐라! 은광공업 이 ×자식들 기필코 도산시켜 주고 말겠다.'

지난달 17알 리스본 공항에서 발생한 항공기 불시착 사건은 탑승객 67명이 사망하고 163명이 부상당하는 대형 사고였다. 문제는 그 항공기가 삼우가 판매한 루프한자 항공 소속 여객기 327기였다는 것이었다. 문제의 심각함을 인식한 박태일은 원인 분석을 핑계로 기체의 문제 부위를 은밀히 삼우상단 항공 연구소로 이송해 검사를 계속했었다. 물론 할 수 있는 모든 수단을 총동원해 보험회사가 눈치채지 못하도록 손을 쓴 후였다. 그런데 어제 보고 된 연구소의 최종결론은 '기체의 3번 바퀴 완충장치가 제대로 작동을 하지 않아 착륙기동 중 진동을 흡수하지 못해 일어난 사고' 였다.

피해자들에게 내주어야 할 보상금도 큰 문제였지만 삼우로서 가장 심각한 문제는 이제까지 판매한 모든 항공기의 운행을 중단하고 전면적인 수리 내지 점검을 해야 한다는 것이었다. 사실상 상품의 문제점을 고스란히 인정하는 셈이니 당장 판매에도 문제가 생길 것이었고 327기를 운용하는 30여 개 항공사의 운행 중단 기간의 모든 손해를 부담해야 하는 문제도 심각했다. 사후점검을 핑계삼아 천천히 작업을 진행하면 큰 문제가 되지 않을 것이었고 잘하면 항공회사들에게 비용을 떠넘길 수도 있을 터였으나 이대로 공식적인 발표가 된다면 완충장치를 납품하는 은광공업은 둘째 치고 자칫하면 삼우 항공 자체가 문을 닫아야 할지도 몰랐다. 더구나 지난해부터 계속되는 노조와의 불화 때문에 최근 시작된 중동 전쟁 특수로 얻은 폭발적인 생산량 확대도 회사 경영에 큰 도움을 주지 못하고 있었다. 회사가 설립된 이래 가장 힘든 시간이 지나가고 있었다. 아이트만이 다시 말했다.

"어려우시겠지만 이번 사건에 대한 책임은 귀사에서 후속조치를 진행하셔야 할 것 같습니다. 저희도 최선을 다해 돕겠습니다. 하지만 다른 방법도 한 가지 있다고 할 수 있습니다."

"다른 방법?"

박태일이 의아한 표정으로 묻자 조용히 앉아 있던 30대 금발의 사내가 말했다.

"우리가 귀사의 책임을 덮어드리고 정비 불량으로 처리하면 보험회사에서 후속 조치를 하게 될 수도 있다는 말입니다."

박태일의 얼굴이 순간적으로 굳어졌다. 그냥 자신들의 손해로 처리를 하겠다는 것은 무언가 원하는 것이 있다는 뜻일 것이었다.

"그 경우 삼우가 조치해드려야 할 것은 뭡니까?"

금발의 사내가 엷은 미소를 머금었다.

"과연 대기업의 총수답게 판단이 빠르시군요. 저희가 원하는 것은 귀사 천무-13 미사일의 판매와 능동유도 장치의 기술 이전입니다. 그렇지만 저희도 그에 상응하는 금전적인 보답을 해드리게 될 겁니다."

박태일은 잠시 눈을 감고 생각에 잠겼다. 솔직히 회가 동하는 것도 사실이었지만 삼우가 개발한 천무-13 미사일의 능동유도 장치는 마하4의 속도로 순항하면서도 명중오차 1미터 이내를 유지하는 최신 기술이었고 당연히 제국 정부의 금수품목 중 하나였다. 금수순위도 50위 안에 들어가는 대단한 물건이었다. 또한 한 번 발을 들여놓으면 약점을 잡힌 상황에서 헤어나기도 상당히 어려울 것이었다. 박태일이 말했다.

"생각해보겠습니다. 하지만 내가 마음대로 할 수 있는 물건이 아니에요. 정부에서 관리를 하는 물건들입니다. 더구나 추진기는 타사의 물건입니다."

아이트만의 옆에 앉아 있던 30대의 젊은이가 그의 답변을 예상했다는 듯이 가볍게 웃으며 자리에서 일어났다.

"당연하겠지요. 하지만 방법을 찾으실 수는 있을 겁니다. 생각이 정리되시면 연락을 주십시오. 다음 주까지는 발표를 보류하고 기다리지요."

1972년 8월 5일 06:05 아덴만, 바브엘만데브 해협, 모카, 사우디아라비아 해군기지

살만 중령은 푸르스름하게 밝아오는 새벽의 신선한 공기를 만끽하고 있었다. 항상 느끼는 일이지만 이 시간의 공기는 심신을 맑게 정화해주는 느낌이었다. 해협의 절벽을 따라 달리는 그의 등 뒤로 해협을 경계하던 수십 척의 해군 함정들이 하나 둘씩 잠에서 깨어나 아침을 준비하는 모습도 보였다. 좁은 해협에 워낙 많은 숫자의 함정이 몰려 있는 탓인지 제국의 선전포고로 리야드를 비롯한 전국에 비상이 걸려 있는 상황인데도 유독 모카항港과 바브엘만데브 해협은 조용하기만 했다.

해협의 좁은 길목에 위치한 모카항은 200~300년 전까지만 해도 세계 최고를 자랑하는 양질의 커피를 수출함으로써 '모카커피'라는 고유명사를 남기기까지 하며 성세를 누렸으나 항만 입지 조건이 더 좋은 북쪽의 알호데이다항이 번성하면서 인구 10만이 채 못 되는 작은 도시로 쇠퇴해 이제는 해협을 경계하는 군사시설만이 존재하는 조그만 군사도시일 뿐이었다. 하지만 살만은 이런 소도시의 아침 풍경이 더 마음에 들었고 그가 새벽마다 30분씩을 투자하는 조깅에는 이보다 더 좋은 곳을 찾아보기 어려울 듯싶었다.

해협이 내려다보이는 300미리 야포 포대를 지나쳐 막 동쪽으로 방향을 바꾸려 하는 순간 해협으로 낙하하는 짙은 회색의 낙하산 네 개가 그의 눈에 들어왔다. 퍼뜩 제국군 특수부대의 공격이라는 생각이 든 살만은 황급히 포대 인근의 경계병에게 소리쳤다.

"초병! 적 특수부대의 공격인 것 같다! 부대에 비상을 걸어라! 어서!"

"네! 중령님!"

초병 하나가 포대 뒤쪽의 경계초소로 달려가는 순간, 네 개의 낙하산에 매달린 물체가 하얀 섬광을 일으키며 일제히 폭발했다. 그런데 당연히 폭발과 함께여야 할 폭음이 들리지 않았다. 곧이어 해협을 비추던 대형 조명등 10여 개가 몇 차례 껌벅대더니 차례로 터져나갔다. 해협에 떠 있던 전투함들의 조명등들도 마찬가지로 모조리 꺼져버렸다. 해협 인근을 초계하던 경비정들까지 천천히 기동을 정지하기 시작하자 당황한 살만이 해안 절벽으로 달렸다. 초병이 고함을 질렀다.

"중령님! 전화도 불통이고 전기도 들어오지 않습니다! 모카 시내도 정전인 것 같습니다!"

"젠장! 이게 무슨 일이야? 상병! 너는 지금 즉시 연대본부에 이 사실을 알리고 기지 전체에 비상을 걸도록 해라! 어서 가라!"

"네!"

그러나 다음 순간, 살만은 살기 위해 포대를 벗어나 전력으로 달려야만 했다. 새벽의 미명을 뚫고 수십 개의 하얀 빛줄기가 해협으로 내리 꽂히는 것을 목격했기 때문이었다.

콰르릉!

제일 먼저 천지를 뒤덮는 폭음과 화염이 해안 포대를 휩쓸어버렸고 곧이어 기동조차 하지 못하는 함정들이 차례로 소형 미사일 한 발씩을 얻어맞으며 불꽃을 피워 올리기 시작했다. 해변 한구석에 처박혀 사방을 뒤덮은 사신의 손길을 천행으로 피한 살만은 악몽이 지나가고도 몇 분이 더 지나고 나서야 겨우 머리를 들어올릴 수 있었다. 하지만 한쪽 고막이 터져나간 그에게는 아무것도 들리지 않았다. 눈앞에 보이는 것은 오로지 폭격이 할퀴고 지나간 참혹한 흔적뿐이었다.

포탄의 유폭이 더해진 해안 포대는 이미 눈앞에서 사라져버렸고 해협에 머물던 100여 척의 전투함 중 살아남은 것은 기동력을 잃은 연안경비정 20~30척에 불과했다. 제법 규모가 있어 보이는 함정들은 모조리 검은 연기를 뿜어내고 있었다. 불과 5분여 만에 사우디아라비아의 모든 해군력과 이집트의 홍해 함대가 깨끗이 사라져버린 것이다. 게다가 전화와 전기가 모조리 먹통이 되어버려서 이 참사를 인근 부대에 알려줄 방법도 전무했다. 살만이 고개를 떨어뜨리며 뇌까렸다.

"제기랄! 이건 전투가 아니잖아……."

다시 서쪽 하늘에 제국군의 시커먼 직승공격기 수십 대가 모습을 나타내기 시작하자 살만은 항복부터 떠올렸다. 저항은 무의미했다.

1972년 8월 5일 11:15 사우디아라비아, 리야드 상공

이동규 소령은 거실 바닥의 양탄자처럼 하얗게 발밑에 깔린 새털구름을 감상하며 4기의 대한-15 전투기 편대를 이끌고 리야드 상공을 초계하고 있었다. 대한-15는 대한-14 이후 한동안 신형 기체를 개발하지 않던 제국 정부가 독일과 러시아 공군의 신형 기체들이 속속 나타나자 대한-14를 획기적으로 개량해 선보인 차세대 전투기였다. 본토와 중사도에 가장 먼저 배치된 이 기체는 많은 부분이 대한-14와 범용으로 설계되어 있어서 신형 기체를 몰면서도 대부분의 조종사들이 적응에 큰 어려움을 느끼지 않았다. 도리어 대한-14의 거대한 덩치에 비해 상대적으로 체구가 조금 작은 편이어서 오히려 선회기동이 더 용이해진 느낌이었다. 그러나 사막의 뜨거운 태양은 최상의 공조 성능을 지닌 대한-15의 조종석을 무색하게 만드는 엄청난 열기를 기체에 쏟아 붓고 있었다.

이동규의 방호구에 같은 조(윙맨) 정 대위의 목소리가 들려왔다.

—어휴, 편대장님! 무지하게 뜨겁네요. 게다가 오늘도 연료만 낭비하고 돌아갈 것 같은데요? 레이더에 나오는 신호들은 모조리 우리 항공기들뿐입니다.

초기 제압공습 때 엄청난 타격을 받은 사우디아라비아 공군기들은 며칠째 흔적도 보이지 않았다. 사실 사우디아라비아의 하늘에서 제국 공군에 저항할 만한 세력은 메디나 산악지역 계곡에 숨어 있는 독일산 토네이도 전폭기 60여 대밖에는 남아 있지 않았다. 그나마도 조종사들의 기체 적응 훈련 부족인지 이제까지의 전투에는 모습조차 드러낸 적이 없었고 간간이 보이는 미그기들만이 제국 공군 전투기 조종사들의 유일한 낙이었다. 다시 정 대위의 목소리가 들렸다.

—그나저나 오늘 새벽에 모카 점령전이 시작된다고 했으니 조만간 메디나 공군기지도 처리가 될 텐데 그 이후엔 뭐하죠?

"인마, 전쟁이 무슨 장난인 줄 아냐? 언제 토네이도가 튀어나올지 모르니 정신 바짝 차리고 있어! 우리한테는 별거 아닌 놈들이지만 지상군에게는 치명적인 전폭기이니 아차해서 놓치기라도 하면 지상군이 위험할 수도 있단 말이다."

—에구, 알았습니다. 그냥 지루해서 해본 말이에요, 참내.

"알았으면 조용히 레이더에나 집중해라. 최근에 러시아제 SA-6 게인풀도 사우디에 제법 배치된 모양이더라. 고도 1만2천 이하로 내려갈 때는 몸조심해야 할 거다."

—넵! 소령님.

그런데 편대가 리야드 북쪽의 아나이자 상공을 지날 무렵 바다갈매기에서 긴급한 호출이 들어왔다.

—올빼미 편대! 올빼미 편대! 여기는 바다갈매기 13이다! 이상.

"말하라! 이상."

—메디나에서 토네이도로 보이는 항공기 30대가 이륙했다. 목

표는 리야드 공세에 참여하고 있는 아군 지상군인 것 같다. 리야드 쪽으로 이동 중이다. 적기와의 거리는 600킬로미터, 고도 300미터. 초저공비행 중이다. 지원 부대가 도착할 때까지 편대 단독으로 요격해라. 이상.

"알았다. 이상."

이동규가 무전기를 편대 회선으로 돌리며 말했다.

"모두들 들었지? 소원대로 몸 좀 풀 수 있을 것 같다. 하지만 이 기체로는 처음 겪는 실전이니 조심들 해라. 남쪽으로 선회한다. 이상!"

— 알았습니다! 이상!

편대가 기수를 돌린 지 20분이 채 되지 않아 이동규의 계기판에서 적기의 출현을 알리는 경고등이 들어오기 시작했다. 거리 80킬로미터. 아직은 '참새2'의 사정거리에 들어오지는 않은 상황이었다. 이동규가 입을 열었다.

"편대! 교란기ECM 가동! 적기와의 거리가 35킬로미터가 되면 5초 간격으로 참새 2발씩 3회 연속 발사하고 산개한다. 산개 후에는 조별 근접전으로 남아 있는 적기를 요격한다. 이상!"

— 네! 편대장님!

잠시 계기판 한쪽의 교란기 가동신호를 지켜보던 이동규가 목표고정 경고음이 들려오자 날카롭게 외쳤다.

"거리 35킬로미터! 참새 발사!"

편대 기체하부의 폭탄창이 열리며 8발의 참새2가 천천히 가속을 시작했다. 이어 16개의 하얀 선이 사막의 희뿌연 하늘을 가로

질렀다.

1972년 8월 5일 11:40 사우디아라비아, 리야드 서쪽 110킬로미터 상공

칼리드 중령은 처음 토네이도를 조종하게 되었을 때만 해도 세상의 모든 것을 다 얻은 듯 기쁨을 감추지 못했다. 전폭기임에도 불구하고 현재의 사우디아라비아 주력 전투기인 미그-23과 비교해도 공중전 능력이 전혀 뒤지지 않는 최신형 기체였기 때문이었다. 터키와 러시아의 대규모 공중전에서 대한-13과 미그-23이 대등한 전투를 벌였으니 기체수에서 월등하다면 제국군의 주력 전투기인 대한-14와도 해볼 만하다는 생각이었다. 지금이야 대지 무장을 주렁주렁 달고 나왔으니 기동에 조금 문제가 있을 터였으나 미그-23 전투기 8대가 뒤를 받치고 있으니 그리 큰 문제는 아니었다. 리야드 서쪽으로 펼쳐진 아라비아 순상지楯狀地를 묵묵히 내려다보던 칼리드가 대대의 주의를 환기시켰다.

"칼리드 중령이다! 우리는 지금 리야드를 위협하고 있는 대한제국 기갑사단을 공격하기 위해 출격했다. 현재 리야드 상공에는 제국군 전투기들이 무수히 날아다니고 있을 것이다. 따라서 최대한 저공으로 전장에 진입해서 재빨리 공습을 마치고 귀환해서 피해를 줄여야 할 것이다. 미그기들은 편대의 호위에 최선을 다해라. 이상!"

칼리드가 무전 송신을 막 마치는 순간 선두에서 진행하던 미그기 편대장의 다급한 목소리가 그의 헬멧을 때렸다.

—적 미사일 출현! 모두 24기입니다! 미사일 출현! 거리 8킬로미터

"젠장! 편대! 제티슨! 제티슨! 편대이탈! 산개하라!"

칼리드가 목이 터져라 소리를 지르자 토네이도의 대지공격용 폭탄 100여 개가 모조리 사막 한 가운데로 떨어져나갔고 하나 둘씩 후연기(애프터버너)를 켜며 최대한 가속, 산개하기 시작했다.

산개를 시작한 지 몇 초 지나지 않아 수십 개의 새하얀 선들이 토네이도 편대에 덮쳐왔다. 엄청난 화염이 지상을 뒤덮고 있는데도 제국군 미사일들은 지상의 화염을 따라가지 않고 곧바로 방향을 바꿔 산개하는 아군기들을 노리고 있었다. 5G 이상의 엄청난 가속도를 감수하며 급상승 중인 그의 기체에도 삑삑거리는 락온 경고음이 신경을 있는 대로 긁어대고 있었다.

"빌어먹을! 뭐야! 저놈의 미사일은! 편대, ECM 온! 최대 출력으로! 급강하 기동!"

칼리드의 토네이도가 급격히 기수를 꺾으며 지상으로 내리꽂혔으나 미사일은 여유롭게 회전하며 빠른 속도로 거리를 줄이고 있었다. 자신보다 2배는 빠른 속도인 것 같았다. 보편적으로 대공 미사일은 급상승과 급강하 모드를 제대로 따라잡지 못한다고 들었으나 이놈의 미사일은 급격한 루프를 자연스럽게 소화하고 있었다. 2~3초가 더 지나 기체와의 거리가 2미터 이내로 가까워지자 근접 신관이 작동되면서 미사일 머리 부분이 떨어져 나갔다.

투두둥!

수십 개의 자탄이 그의 기체에 꽂히고 잇달아 기체 중앙에 꽂힌

고폭탄 탄두가 폭발하면서 기체는 삽시간에 반동강으로 갈라져 날개 없이 허공을 유영했다. 칼리드는 지체없이 탈출 장치를 잡아 당겼다.

"제기랄! 맞았다! 탈출한다!"

가슴을 찍어 누르는 엄청난 충격에 눈을 뜬 칼리드는 자신이 구사일생으로 낙하산에 매달려 있다는 것을 깨달았다. 급강하 기동 중에 요격당한 상황이어서 탈출 장치가 제대로 작동하기를 기대하기 어려웠으나 다행히도 독일의 기술은 믿음을 저버리지 않았다. 어쨌든 사지에서 벗어난 것이다.

검은 연기가 여기저기서 솟구치고 있는 것으로 보아 격추된 아군기가 최소한 15기 이상 추락한 듯싶었다. 하지만 그의 좌우로 서너 개의 낙하산만이 더 보일 뿐 더 이상의 낙하산은 보이지 않았다. 대부분 탈출조차 하지 못하고 추락한 셈, 머리 위로 엄청난 속도의 제국 전투기 2기가 지나갔다. 어떤 놈들인지 보고 싶었지만 낙하산을 통제하느라 고개를 돌릴 여유는 없었다. 오른쪽 가슴이 쑤셔오기 시작했다.

"갈빗대 두어 개는 작살난 모양이군. 제기랄! 신형기로 첫 출격에서 피격 기록이라……. 꼴 좋구나. 칼리드. 빌어먹을!"

1972년 8월 5일 19:55 터키, 암만

포대 전술교육을 위해 터키로 들어왔다가 전쟁에 휩쓸려버린 양기호 대위는 암만 인근에 배치되었던 방패1 방공포대의 철수 준비를 서두르고 있었다. 사우디아라비아군의 일부가 리야드 방어를 위해 빠져나갔지만 이집트군과 공동 작전이 가능해진 팔레스타인 지역의 전투는 극심한 지상군의 병력 차이로 인해 일방적인 후퇴 양상으로 진행되었고 이제는 암만까지 위험해져버려서 방공포대는 더 이상 암만에 남아 있기 어려웠다. 어차피 제국 공군의 제공권 장악으로 인해 이집트-사우디 연합군의 공습은 거의 찾아보기 힘들었기 때문에 터키 사령부도 선뜻 방공포대의 다마스쿠스 이전을 승인해준 것이었다.

방패용 레이더 체계를 걷어내는 터키 병사들에게 잔소리를 끓여붓던 양기호에게 평소 말을 트고 지낼 정도로 가깝게 지내던 터키군 방공포대장 차드 소령이 다가와 말을 건넸다. 능숙한 제국어였다.

"거, 잔소리 좀 작작해라. 잘하면 애들 잡아먹겠다."

"후후. 그건 자네도 마찬가지 아닌가. 그나저나 다마스쿠스는 여기보다 조금 덜 덥겠지?"

"그렇긴 해도 별 차이는 없을 거야. 아다나까지 올라가면 확실히 틀려지겠지만 다마스쿠스까지는 그게 그거야."

"휴, 이놈의 전쟁. 이제 겨우 시작이니……. 쩝."

"너무 실망 말게나. 다마스쿠스는 내 집이 있는 곳이니, 내 가끔 초대도 할 생각이니까. 하하."

"그래? 그건 반가운 일이네? 참, 자네도 아내가 두세 명 되나?"

"이 사람아. 그건 아랍인들에게서나 찾아볼 수 있는 풍습이야. 터키는 이슬람 수니파가 대부분이지만 일부일처제일세. 나는 그것과 언어 때문에 아랍인들과 유태인의 저항이 생긴다고 생각하고 있네. 정부가 터키어 사용과 일부일처제를 강요하고 있어서 말이야."

"흠…… 어쩔 수 없는 일 아닌가. 단일 언어나 일부일처제는 당연한 것 같은데?"

"이 사람아. 그건 자네 생각이고. 이슬람은 근본이 달라."

"이슬람 문화를 탓하고 싶지는 않아. 그래도 이상한 것은 사실일세."

"자자. 쓸데없는 이야기는 그만하고 우리도 짐을 챙기세. 지상군도 내일부터 암만을 버리고 철수를 시작한다고 하더라고."

양기호가 눈을 치켜뜨고 물었다.

"뭐? 왜? 전황이 그렇게 안 좋은가?"

"좋지 않은 소식이 하나 더 있네. 이스라엘이 텅 비어 있던 예루살렘을 점거했다는 소식이야. 자신들의 성지가 있기 때문에 예루살렘에서 전투가 벌어지는 것을 용납할 수 없다나? 뭐, 그런 성명을 발표했다는군. 사령부에서는 그일 때문에 난리가 난 상태일세. 사실상 이스라엘이 터키에 선전포고를 한 것 아니냐는 분석이 지배적이야. 그러다 보니 암만이 위험하다고 판단한 거지. 분위기상 육군도 다라까지 후퇴할 것 같아."

"다라? 거기가 어딘데?"

"대충 요르단 주와 시리아 주의 경계라고 보면 될 거야."

"젠장. 우리나라에서도 시끄럽겠군. 그럼 나도 내 짐을 챙겨야겠네. 이따 보세."

이스라엘이 예루살렘을 점거했다는 건 여러모로 시사하는 부분이 많았다. 엄연한 터키의 영토를 이스라엘이 무단으로 점령한 것이니 선전포고라고 해도 과언이 아니었다. 그러나 시기가 너무나 절묘했다. 팔레스타인 전선의 전황이 암만에서 철수를 고려할 정도로 지극히 좋지 않은 상황이다 보니 터키가 손을 쓸 수 없는 상황이 되어버린 것이었다.

사실 이스라엘의 계산은 간단했다. 자신들은 아무런 피해 없이 쉽게 예루살렘을 손에 넣었지만 차후에 터키가 예루살렘을 수복하려 하면 요르단강을 도하하면서 엄청난 피해를 감수해야 할 것이었고 설사 전쟁이 끝난 후 여건이 좋지 않아져 이스라엘이 어쩔 수 없이 예루살렘에서 철수를 해야 한다고 하더라도 군의 예루살렘 철수를 놓고 정치적 타협을 시도해 터키로부터 뭔가 양보를 얻어낼 수도 있다는 계산이 깔려 있었다.

이스라엘이 슬그머니 전쟁의 와중에 끼어들어 이익을 챙기기 시작했다.

1) **흑궁** 공대공 및 대공 미사일 체계 제압용 공대지 미사일. 길이 2.5미터, 직경 0.12미터, 중량 90킬로그램, 속도 마하 4, 사정거리 10킬로미터, 35킬로미터 2종, 10킬로그램 고폭 파편탄, 반능동 레이더. 근접 및 접촉신관.

2) **현무-14** 현무-13전차를 개조해 능동장갑을 보강하고 동축가속포Coaxial coil gun를 장착한 제국 주력 전차. 기본 제원은 현무-13과 동일. 동축가속포는 포강 주위에 일련의 코일을 가진 가속장치와 폐회로를 구성, 자장을 이용해 탄자를 발사한다. 구성은 원동기 동력전환 장치, 동력조절장치, 가속장치로 구분되며 탄자의 초속을 3,000m/s까지(고체장약 한계속도 2,000km/s) 가속한다. 승무원 3명, 사거리 60킬로미터, 발사 시계장애 무無. 현재 미국에서 개발 중.

3) **코만치** 제국군 무장정찰 및 대전차 공격 직승기. 중량 4톤, 장폭고: 13×12×4미터, 최고속도 시속 400킬로미터, 항속거리 2,500킬로미터, 승무원 2명, 무장: 대전차 미사일 18기, 30미리 기관포, 야간 작전 수행체계, 스텔스.

4) **대한-15** 대한제국 쌍발 단좌 차세대 전투기. 장폭고: 17×10×5미터, 중량 17톤, 최고속도: 마하 3.5, 항속거리 6,500킬로미터, 전투행동반경: 2,800킬로미터, 스텔스, 후연기(애프터버너)가동 없이 마하2 달성. 대공무장 기체격납.

5) **참새2** 대한제국 2세대 공대공 미사일. 전장: 4미터, 직경: 0.2미터, 중량: 125킬로그램, 속도: 마하 4, 사정거리 45킬로미터, 제작사: 한솔.

인도차이나

1972년 8월 6일 17:05 터키 케르만샤

천여 년의 역사를 자랑하던 페르시아의 고도古都 케르만샤가 시뻘건 화염에 불타고 있었다. 불과 300여 대의 현무 전차와 5개 사단의 병력으로 자그로스 산맥의 험한 지형을 이용해 끈질기게 저항하던 터키 4군단이 이란의 집요한 물량공세에 괴멸 당하자, 이란군의 집중적인 포격이 케르만샤 외곽에 밀집된 터키군의 진지로 방향을 돌린 것이었다.

다리우스의 베히스툰, 사산 왕조의 타케보스탄……. 모든 것이 포연砲煙과 함께 잿더미로 변해가고 있었다.

무려 40만의 병력을 동원한 이란 원정군은 이집트, 사우디아라비아와는 달리 제국의 간섭을 받지 않는 상황에서 비교적 순조롭게 케르만샤까지 진격할 수 있었다. 그리고 케르만샤의 함락이 눈앞으로 다가온 지금, 조금만 더 진격하면 전쟁의 실질적인 목표 나프테샤 유전을 손에 넣을 수 있었다. 터키로서는 4군단이 괴멸되고 나면 사실상 바그다드까지도 무인지경이 되는 최악의 상황이었다. 더구나 1971년 말부터 메소포타미아강 유역에서 극성을 떠는 반군까지 이란군에 가세하는 상황이 되면 순식간에 바그다드까지 이란군의 손에 떨어질 수도 있을 터였다.

오후 내내 계속되던 포격이 멈추자 200여 대의 T-72전차를 앞세운 이란군 선봉 기갑사단이 마침내 케르만샤 외곽의 대전차 방어진을 뚫고 시내로 진입하기 시작했다. 일주일 이상 버텨오던 케르만샤 전선이 무너지는 순간이었다. 터키군은 시가전을 시도하며 주력부대의 후퇴를 유도하고 있었지만 상황은 여의치 않았다. 급기야 날이 어두워지면서 군단사령부마저 이란 전차들에게 유린되자 쌍방을 합쳐 3만 이상의 전사자가 발생한 8일간의 케르만샤 공방전이 그 끝을 보이기 시작했다.

전력을 온전히 유지한 채 케르만샤에서 퇴각한 터키군은 불과 1개 사단에 불과했고 4만 이상의 병력이 전사하거나 이란군의 포로로 전락했다. 이란군의 피해도 만만치 않았으나 바그다드까지는 거의 무인지경, 자그로스 산맥이 끝나고 나면 티그리스 강변까지는 전차를 이용한 전격전이 충분히 가능한 순상지에 가까운 고원평야지대였다. 이란의 일차적 목표 나프테샤 유전 접수는 사실상 달성한 것이라고 보아야 했다.

케르만샤를 돌파한 이란군의 전차부대는 패퇴하는 터키군 패잔병들을 따라 신속하게 서진西進을 계속했다.

1972년 8월 7일 14:10 천화공국, 지난

공산당 서기장이자 총리로 천화공국의 전권을 틀어쥔 주은래周恩來는 지난 20년간 꾸준히 자금을 쏟아 넣었던 이른바 싼첸三錢 씨의 제5연구원 연례보고를 듣고 있었다. 오성홍기가 그려진 미사일들이 슬라이드 화면 안에서 하늘로 치솟고 있지만 주은래의 머릿속에는 폐허뿐인 베이징에서 지난으로 수도를 옮겨야만 했던 뼈저린 과거사만이 들어차 있었다. 전쟁이 끝난 베이징은 제국군의 지속적인 포격으로 사실상 초토화되어버렸고, 더구나 적국과의 국경에 인접한 베이징을 수도로 유지하기에는 여러 가지로 무리가 뒤따랐다. 어쩔 수 없는 선택, 천화공국은 수도를 난징으로 이전할 수밖에 없었다. 이제 그 오욕汚辱으로 점철된 치욕의 역사를 다시 뒤집을 때가 왔다.

장시간 자신만의 세계에 몰두하던 주은래는 회의실의 실내조명이 환하게 들어오자 깊은 상념에서 깨어났다.

"계속하시오, 원장."

주은래의 가라앉은 목소리에 싼첸 씨의 수장격인 왜소한 체격의 첸쉐썬이 자리에서 일어나 입을 열었다.

"지금까지 보신 것과 같이 이제 우리 천화공국의 지대지 미사일은 사거리 3,000킬로미터를 넘어섰습니다. 아직 정확도 면에서는 다소 미흡한 편이지만 지난달 말 마무리된 핵폭탄의 위력을 고려하면 정확도는 무시할 수 있을 정도라 할 수 있습니다. 다만 정상적인 규모의 핵 실험을 해보지 못한 것이 아쉬울 뿐입니다."

주은래는 보고에 열을 올리고 있는 첸쉐선의 얼굴을 물끄러미 올려다보았다. 문득 그가 없었다면 작금의 현실이 얼마나 비참한 상황일까 하는 생각이 들었다. 인접국에서는 미사일과 인공위성들이 날아다니는 판국에 그저 황하의 홍수 걱정만 하고 있는 최빈국에서 벗어나지 못하고 있을지도 몰랐다.

사실 세 사람의 전錢 씨(첸쉐썬錢學森, 첸싼창錢三强, 첸지錢驥)는 1956년, 첸쉐썬이 유학에서 돌아옴과 동시에 주은래의 전폭적인 후원을 받으며 제5연구원을 설립해 로켓과 미사일, 인공위성 등팡홍東方紅을 개발하는 등 21세기 역사에서도 중국의 우주계획을 주도한 대단한 천재들이었다. 게다가 첸쉐썬이 독일 유학에서 돌아오면서 유치한 유럽의 엄청난 자금은 첸쉐썬의 천재성과 함께 현재의 천화공국을 만들어온 또 하나의 기둥이었다. 미소를 머금은 주은래가 다시 말했다.

"그럼 우리가 보유한 대륙간 탄도 미사일에도 핵을 장착할 수 있는 것인가?"

"물론입니다. 그러나 플루토늄의 양이 워낙 부족해서 중화민국에서 보내온 양을 합해도 50킬로톤 15기에 불과하게 될 겁니다."

"어쩔 수 없지. 그것만이라고 해도 제국에는 충분한 위협이 될 수 있을 것이야. 수고들 했네. 중화민국에도 통보 해주고 최대한 빨리 전력화를 하도록 하게."

"감사합니다. 그럼 저희는 이만 나가보겠습니다."

세 사람이 자리를 털고 일어나 밖으로 나가자 주은래가 회의실을 메운 10여 명의 군 고위 장성들을 하나하나 돌아보며 입을 열었다.

"이제 20년에 걸친 노력의 대가를 받을 때가 되었소. 오랜 오욕의 역사를 뒤로 하고 우리 중원의 한족이 다시 아시아의 대권을 돌려받을 때가 된 것이오. 나는 어제 중화민국의 송미령 국방의장과 최종 협의를 끝냈고 화살은 이미 시위를 떠났소. 각 군 장성들은 개전에 한 치의 착오도 없도록 준비에 만전을 기하도록 하시오. 이상이오."

"네! 서기장 동지!"

1972년 8월 7일 08:10 서울, 경복궁

"그러니까 중화, 천화 양국의 움직임이 심각할 정도라는 이야기인가?"

조인태의 얼굴에 깊은 짜증이 배어나왔다.

"그렇습니다, 각하. 지난 7월에 실시했던 대륙간 탄도탄 실험이 성공을 거둔 것으로 보이며, 동 7월 23일에 원저우 원전에서 추출된 플루토늄 상당량이 제5연구원으로 이동되는 것을 확인했습니다. 또한 라오스 국경과 산둥 반도 일대, 그리고 베이징 인근의 몽골 지역에 300만 이상의 병력을 집중시키고 있습니다. 특히 라오스 국경은 아편밀매를 차단한다는 구실로 라오스 영내 30킬로미터에 위치한 풍살리까지 병력 투입이 되고 있는 실정입니다."

"끙……."

조인태가 깊은 한숨을 내쉬자 윤찬혁은 잠시 호흡을 가다듬었다. 이제부터 어려운 이야기를 꺼내야 했기 때문이었다.

"또한 중화민국의 경우에는 베트남의 랑손과 인접한 핑샹 인근에서 대규모 생화학무기를 배양하고 있는 것으로 확인되었습니다. 하노이 공격에 사용할 것이라는 정보입니다."

"확실한가?"

"그렇습니다. 송코이강에 투입할 것으로 보입니다. 해서 이 부분에 대해서는 소각작전을 기안했습니다. 승인해주셨으면 합니다."

"소각?"

"현지에 비전 특수부대 요원들이 남아 있으니 즉시 대응할 수 있습니다."

윤찬혁의 목소리가 조심스러워졌다. 조인태는 선거 이전부터 비전의 무리한 해외활동에 대해 상당한 불만을 표시하고 있었고 당선과 동시에 비전의 해외활동에 대해 제동을 걸기 시작했었다. 덕분에 비전의 모든 해외작전이 '요원의 목숨이 위협 받지 않는 한, 사람을 상하게 하지 않는다'는 대전제 안에서 이루어졌고 그에 따라 시간과 효율 등에서 많은 어려움에 봉착해 있었다.

하지만 이번 일은 사안이 달랐다. 이대로 방치하게 되면 엄청난 피해가 발생할지도 모르니 어떻게 하든 승인을 얻어내고 싶었다. 그래서 아주 우회적 단어인 '소각'이라는 단어를 사용한 것이다. 그러나 수상의 입에서 '사람을 죽이는 일을 승인한다'는 말을 얻어내는 것은 애초에 지뢰밭 통과와 다를 것이 없었다. 아니나 다를까 조인태의 언성이 전에 없이 높아졌다.

"특수부대를 투입하고 소각을 하면 분명히 사람이 죽어나갈 것 아닌가? 게다가 외국의 문제야. 외국의 문제로 외국의 영토에 제국군을 투입하는 것은 안 되네. 이건 원칙의 문제일세. 또, 자칫 우리가 선공했다는 오해를 받을 수도 있어.”

“각하! 엄청나게 많은 베트남 사람들이 죽어나갈 겁니다. 그리고 언제 우리에게 사용할지 모르는 적국의 화학무기입니다.”

“안 돼! 국제평화유지국에 이 문제를 정식으로 상정하도록 하게. 베트남에도 정보를 주고. 아니야. 그렇게 되면 우리가 전쟁을 부추기는 셈이 되나? 젠장! 어쨌든 병력 투입은 안 돼! 다른 방도를 찾아봐!”

윤찬혁은 속으로 한숨을 삼켰다.

‘쾅! 지뢰가 터졌군. 후후.’

수상의 입에서 욕설까지 튀어나온 마당이니 일단은 후퇴를 해야 했다.

“알겠습니다, 각하. 병력 투입을 취소하고 다른 방법을 찾아보겠습니다.”

윤찬혁의 입에서 긍정의 말이 나오자 조인태의 음성도 자연 잦아들었다.

“고맙네. 내 입장도 좀 생각을 해주게나. 다른 사안은?”

“베트남 국경 해안 지역으로 50만 이상의 중화민국군 병력이 집중되어 있습니다. 이건 전쟁이라고 보아야 합니다. 또 중화민국의 병력이 장쑤성의 옌청 일대에 100만 이상 진주하고 있는데도 천화공국이 렌윈강에 주둔하던 병력을 웨이핑으로 이동시킨 것도 특기할 만합니다. 합참의 의견은 ‘산둥 반도의 아군 기지를 노리는 것’이라는 분석이 지배적입니다. 이에 대한 대비를 해야 할 것으로 보입니다.”

"일단 지금 즉시 산둥 반도 주둔군에 갑호 비상경계를 발령하고 오늘 오후에 합참과 각료회의를 소집하세. 합참에게는 구체적인 대응책을 준비하라고 하게."

"알겠습니다, 각하. 그럼 저는 이만 돌아가겠습니다."

"수고했네. 조심해 가게나."

수상 집무실을 나선 윤찬혁은 아이 둘 가진 아줌마치고는 아직 미모를 잃지 않은 30대의 수상 비서실 여직원에게 농담 한 마디를 던지고 경복궁 정원을 천천히 걸어 나왔다. 작전 승인을 받지 못했음에도 불구하고 그의 얼굴에는 작은 미소가 걸려 있었다.

'당연히 병력 투입은 안 된다고 하실 것이었으니 불만은 없어. 후후. 하지만 나는 분명히 '병력 투입' 만 안 한다고 했거든? 그렇다면 요원 투입은 상관이 없다는 뜻이렷다? 하노이 지부 요원들이 고생을 한 번 더 해야겠네.'

윤찬혁은 애초에 승인을 받을 생각이 없었다. 위험한 병력 투입도 고려 대상이 아니었다. 그저 수상에게 이야기를 꺼내 반대를 하면 슬그머니 후퇴하며 다른 방법을 쓰겠다고 한 후, 그냥 나올 생각이었다. 처음부터 가장 쉬운 방법인 기화탄 투하로 마음을 결정했고 난사군도 주둔 공군사령관인 후배를 찍어 눌러 이미 이야기를 마쳐놓았던 것이다. 전리권 부근의 고공에서 소형 기화탄을 투하하면 중화민국군의 레이더에 추적당하지 않을 뿐더러 흔적 없이 인근을 모조리 날려버릴 수 있을 터였다. 다만 문제라면 이놈의 기화탄이 레이저 유도로만 작동되는 통에 누군가 조준을 하고 있어야 하는 문제가 있을 뿐이었다. 정원을 나서는 그의 발걸음이 가벼

워졌다.

1972년 8월 7일 13:50 사우디아라비아, 홍해,

마스투라항 북쪽 50킬로미터 해안

대한제국 최강함대 중 하나인 근황친위 함대 3함대의 화력은 사우디아라비아의 마스투라 해안 경비대장 마하드 대령의 상상을 완전히 초월하고 있었다. 마하드는 제국 해군기들이 해안 포대와 진지를 폭격하기 시작할 때만 해도 메디나로 들어가는 초입인 이곳 마스투라 해안에서 상륙하는 제국군의 예봉만은 충분히 막아낼 수 있으리라고 판단했었다. 제국군이 상륙하려 하는 지점은 근 2천이 넘는 병력이 해안진지를 구축해놓은 곳이었으니 가능성이 충분했다. 설사 상륙군을 저지하지 못한다 하더라도 인근 수비대와 메디나의 주력부대가 이동해올 시간 정도는 충분히 벌 수 있으리라는 판단이었다. 하지만 상황은 그의 생각과는 전혀 다르게 전개되고 있었다.

해안을 가득 메우고 있던 대공포는 한 발도 쏘아보지 못한 채 이름도 알 수 없는 산탄 포격에 잿더미로 변해버렸고 곧이어 날아온 전폭기들의 소형 미사일에 벙커 속에 숨어 있던 포대들까지 산산조각으로 깨져나갔다. 오로지 참호와 쉘터 속에 죽은 듯이 엎드려 있는 보병들만이 보이지도 않는 제국군의 상륙을 초조한 얼굴로 기다리고 있었다. 해안의 조그만 야산 참호 속에서 해안 포대 벙커들에 작렬하는 제국군의 미사일을 넋을 놓고 바라보던 마하드가 힘없이 돌아서며 말했다.

"무전병! 메디나의 사령부에 연결해라. 이래가지고서는 오래 버티기 힘들 것 같다. 저지가 어렵다고 통보해라."

무전병을 대신해 중위 계급장을 달고 있던 장교 하나가 고개를 절레절레 흔들며 대답했다.

"대령님, 여기서 최선을 다해 방어하는 수밖에 없을 것 같습니다. 폭격이 시작되기 조금 전부터 무전기가 전혀 작동되지 않습니다."

"뭐?"

"20분째 교신 시도를 하고 있습니다만 잡음밖에는 잡히지 않고 있습니다. 말로만 듣던 전파방해인 모양입니다, 젠장."

할 말을 잃은 마하드가 장교의 얼굴을 멍하니 바라보는 순간 끝없이 계속될 것 같던 함포와 미사일 공격이 거짓말같이 사라졌다. 마하드가 중얼거렸다.

"빌어먹을! 이제 본격적인 상륙 시작인가?"

전의를 상실한 그의 눈에 보이는 것은 수평선을 가득 메운 상륙정과 전차, 그리고 기관포와 로켓으로 참호를 두들기는 100여 기의 검은색 공격헬기의 모습뿐이었다.

1972년 8월 9일 17:10 사우디아라비아, 메디나 동쪽 80킬로미터

마스투라항에 전차가 하역되기가 무섭게 밤을 꼬박 새워 메디나까지 이동한 19기갑사단장 이진범 준장은 전차 포탑 위에 올라서서 망원경을 이용해 황량한 나지드 산맥 줄기를 올려다보고 있었다. 제법 규모가 큰 산맥임에도 불구하고 메디나 지역을 제외하면 녹색은 거의 존재하지 않았다. 다만 곳곳에 널려 있는 깊은 계곡과 갑자기 푹 주저앉은 거대한 침강계곡들이 쉽지 않은 산맥임을 증명하고 있었다. 이진범은 문득 사우디군의 잔존 항공대 전부와 서부 주력군 일부가 주둔한다는 것을 알고 있음에도 불구하고, 그리고 이 황량한 메디나 상공에 정찰위성을 아예 고정으로 배치해 24시간 감시하면서도 활주로의 존재를 찾아내지 못한 이유를 알 듯도 싶었다. 이미 30여 차례나 반경 100여 킬로미터를 이 잡듯이 뒤져댄 공중정찰에서도 적의 흔적조차 찾아내지 못했다.

"하기야 저런 계곡 안쪽에 철저히 대공은폐 상태로 숨어 있으면 찾아내기가 여간 어려운 것이 아니겠지. 이거야 원. 그나저나 어디서부터 시작을 한다?"

포신에 기대어 서 있던 참모 윤원경 중령이 지나가는 투로 이야기했다.

"우선 수색대로 인근을 뒤지면서 저공 무인 정찰기를 띄워보죠? 그리고 메디나의 대규모 오아시스 몇 군데도 점거를 해놓은 상황이니 천천히 숨통을 조여 가면 되지 않겠습니까? 너무 급하게 생각하지 마십시오, 장군님."

"물론 쉽게 생각하면 그럴 수 있네. 하지만 터키의 상황이 너무 좋지 않아. 더 이상 밀리게 되면 러시아 전선에도 타격을 받을 것이네. 알다시피 친위 함대가 같이 이동해왔지만 공군 전력에 큰 도움이 되지는 못해. 게다가 우리 공군은 사우디와 시나이 반도 인근의 제공권을 장악하고 아군을 보호하는 것만으로도 기체가 쉴 틈이 없어. 메디나를 최대한 신속하게 정리 해놓아야 공군이 마음 놓고 이란과 이집트 전선을 헤집을 수 있다는 뜻이야. 시간이 별로 없어."

"그렇긴 하지만 서두르시면 예상치 못한 피해를 입을 수도 있습니다."

"그거야 그렇지. 그러니까 고민을 하고 있는 것 아닌가? 자네 생각은 어때? 자네라면 어디에 숨어 있을 것 같은가?"

윤원경이 힐끗 산맥 쪽을 돌아보고는 포탑 위에 펼쳐진 작전지도 한 구석을 가리키며 말을 꺼냈다.

"일단 적기가 가장 많이 출몰했던 곳이 이곳 침강절곡 지역이고, 복잡한 지형 덕에 대규모 지상 작전도 쉽지 않을 뿐더러 지하수로가 지나가는 곳이기도 합니다. 중동 지역에서 기지 건설의 첫 번째 고려사항인 물이 해결된다는 뜻이지요. 저라면 여기 '알하나' 에 기지를 건설할 겁니다."

알하나는 나지드 산맥에서 시작해서 메디나를 통과해 홍해까지 흘러드는 대규모 지하수로가 지표 가까이 올라와 있는 곳으로 침강절곡 3개가 거미줄처럼 얽혀 있는 대단히 복잡한 지형이었다.

"내 생각하고 비슷하구먼. 좋아! 그럼 내일 새벽부터 그 절곡을 중심으로 지역 반경 30킬로미터에 공중강습 수색대를 투입해보세. 준비를 시키도록 하게."

"알겠습니다, 장군님. 해병 수색대 1개 중대를 20개 지역으로 분산 투입하겠습니다."

1972년 8월 10일 05:55 중화민국, 핑샹 동쪽 30킬로미터

김태훈은 풀잎으로 도배가 되어 있는 사제 철모를 조금 들어올리고 하늘을 올려다보았다. 하늘은 아직도 미명을 벗어나지 못했지만 다행히 구름은 많아 보이지 않았다.

은신호 안에서 2시간 정도의 짧은 휴식을 취한 두 사람이 마지막으로 은폐한 곳은 목표 아편농장에서 15킬로미터 떨어진 작은 야산이었다. 거리도 안전하다고 여겨질 만큼 충분히 떨어진 상태였고 무엇보다도 직선으로 농장 건물의 지붕을 조준할 수 있는 최상의 위치였다.

잠시 흩어지는 옅은 새소리를 감상하던 김태훈이 엎드린 자세 그대로 총신을 두어 번 두드리자 바로 옆의 짙은 녹음 한 구석이 조금씩 들썩이기 시작했다. 문득 한영숙의 위장술이 자신보다 한 수 위라는 생각이 들었다. 분명히 옆에 있다는 것을 알고 있는데도 그녀의 모습을 구분해내기가 쉽지 않았다. 한영숙이 물었다.

"왜요?"

"나야 어쩔 수 없었다지만 그쪽은 이 지겨운 곳이 뭐가 좋다고 또 따라나섰어?"

한영숙이 피식 웃음을 터뜨렸다.

"후후. 이젠 반말이 조금 익숙해진 모양이네요. 그야 내가 이 작전의 책임자니까요. 분명히 내가 상관일 텐데요? 그리고 하나보다는 둘이 낫잖아요."

"에효…… 내가 말을 말아야지. 사실 작전 시간이 가까워져서 부른 거야. 3분전이거든."

김태훈의 말이 끝나기가 무섭게 위성무전기에서 작은 호출음이 들려왔다.

—번개 둘! 번개 둘! 여기는 번개 하나! 이상.

김태훈이 귓가의 무전기에 손을 가져가며 말했다.

"이 사람들도 양반되기는 틀렸네. 후후. 여기! 이상."

—2분 후 목표 상공에 도달한다! 조준 요망! 이상.

"알았다. 대기하라. 이상."

김태훈은 미리 단단한 곳을 골라 고정해놓았던 레이저 조준경을 다시 한 번 확인했다. 조준경 안의 아편농장은 아직 잠에서 완전히 깨어나지 못하고 있었다. 몇몇 초병들만 졸린 눈을 비비며 흐느적거리고 있었다. 김태훈은 문득 이들도 누군가의 자식이고 남편일 것이라는 생각이 들었다.

'젠장! 어쩔 수 없지. 언제나 전쟁은 이런 것이니……. 내세에는 군인으로 태어나지 않기를 바란다.'

짧은 상념을 털어버린 김태훈이 조준기 방아쇠를 당기며 말했다.

"조준 완료! 시작해라. 이상!"

—알았다. 투하 5초전! 3, 2, 1, 투하!

고도 100킬로미터의 고공을 질주하던 개천-1 전술공격기의 폭탄창이 열리며 길이 4미터의 폭탄 하나가 허공을 갈랐다. 무서운 속도로 자유낙하 하던 폭탄은 고도 30킬로미터를 통과하자 동체의 후미에서 X자형 후미익을 펼쳐 속도를 줄이며 관성유도를 시작했다. 그리고 고도 5킬로미터를 통과하면서 레이저 반사파를 추적하기 시작했다.

폭발은 순간적이었다. 투하로부터 불과 2분이 채 안 되어 내리꽂힌 기화탄은 폭발이 이루어졌다 싶은 순간, 반경 5킬로미터 이내의 공기를 무시무시한 속도로 빨아들였다. 이어 모든 것을 익혀버릴 듯한 후끈한 열기가 두 사람이 은폐해 있는 곳까지 덮쳐왔다. 2~3초 동안 눈을 감고 있던 두 사람이 다시 눈을 떴을 때는 조준경 안에 남아 있는 것이 아무것도 없었다. 아편이 무성하던 둔덕과 공장, 빽빽이 들어선 밀림들은 온데간데없고 나직한 능선 하나와 반경 1킬로미터 정도의 구덩이 하나만 존재하고 있었다. 김태훈이 귓가의 무전기 단추를 누르며 말했다.

"작전 종료. 돌아가도 좋다. 이상."

— 알았다. 귀환한다. 번개 둘도 무사히 귀환하기 바란다. 이상.

"우리도 돌아갑시다. 여기 오래 있어서 좋을 것은 하나도 없으니."

한영숙이 머리 위까지 덮어쓰고 있던 위장망을 걷어내며 말했다.

"네, 움직이죠."

1972년 8월 10일 10:45 사우디아라비아, 메디나 동쪽 83킬로미터

사막의 태양은 지옥의 불길과 전혀 다를 것이 없었다. 오전 내내 햇빛에 완전히 노출된 채 절곡 '다'의 인근을 수색하던 해병 32사단 수색대 조해석 소위는 직승기에서 내린 지 무려 네 시간 만에 찾아낸 작은 그늘 밑에서 혀를 길게 빼물고 있었다. 아무리 제국 최고의 정예부대라 자부하는 해병 수색대라고 해도 사막 적응 훈련도 제대로 받지 못한 상태로 첫 실전에서 그림자의 길이가 가장 짧은 시간을 확실히 체험하게 되자 걷는 것조차 힘에 부쳤다. 게다가 중사도에 도착한 지 사흘 만에 다시 마스투라에 상륙하는 통에 취침 시간 적응도 채 되지 않은 상태였다. 그래서인지 조금만 무리해서 움직여도 당장 체력에 문제가 생기고 있었다. 그나마 이번 파병과 함께 새로 지급된 실험용 사막전투복이 체온을 떨어뜨려주고 있어서 근근이 버티는 셈이었다.

수통을 꺼내 입술을 살짝 적신 조해석이 지도를 꺼내 들자 1분대에서 가장 고참인 김 병장이 옆자리에 털썩 주저앉으며 입을 열었다. 먼지가 풀썩 피어올랐다.

"소대장님, 이거 정말 대단한 더위네요. 이제 어디로 가죠?"

"글쎄다. 이쪽 절벽 위는 대충 수색이 끝난 것 같으니 절벽 아래쪽을 돌아보는 것이 좋을 것 같다. 아래쪽은 오후가 되면 그늘도 조금 생기겠지. 여기서 한 시간만 더 돌아다니면 총 맞아 죽는 게 아니라 데어 죽을 것 같다. 후후."

"휴, 잘 생각하셨습니다. 저도 죽을 맛입니다. 그리고 조금 전에 동쪽 절벽 아래 쪽에서 무슨 소리가 들리는 것 같았는데 제대로 확인을 못했습니다. 확인도 할 겸 그렇게 하는 것이 좋을 것 같습니다."

"그래? 소리가 들렸다고?"

"예, 바람 소리인 듯해서 그냥 이동했습니다. 다시 확인해보지요."

가볍게 고개를 끄덕인 그가 어깨 탄띠 안쪽에 매달려 있는 작은 손잡이를 꺼내 보이며 물었다.

"참! 김 병장, 너 이거 어떻게 사용하는 건지 아냐? 듣긴 했는데 생각이 전혀 안 난다."

온몸에 더덕더덕 붙어 있는 장비들의 용도와 사용법은 근 두 시간씩이나 교육받았는데도 정확하게 머릿속에 남아 있는 것이라고는 그저 자신이 보는 것이 철모의 무전기를 통해 사령부 전산기로 직접 전달된다는 것뿐이었다. 형상기억 어쩌구 하는 방탄복인 이놈은 관절 부위만 제외하면 모조리 방탄 처리가 되어 있다는 것과 어느 정도는 체온조절 능력도 가지고 있다는 것, 그리고 초기형 차세대 전투복이며 실전에 사용되는 것은 이번이 처음이라 추후 야전에서의 활용도 평가 보고서를 제출해야 한다는 정도가 그나마 더 기억할 수 있는 전부였다. 그래서 처음에는 자신이 실험용 쥐가 된 듯해 기분이 썩 좋지 않았으나 막상 사막 한가운데 떨어지고 보니 이놈을 입지 않았으면 단 10분도 걷지 못할 뻔했다는 생각이 들 정도였다. 어쨌거나 보고서를 제출해야 하니 사용법이라도 정확히 기억해야 할 터였다. 김 병장이 웃음을 터뜨렸다.

"푸훗! 뭐하시는 겁니까? 소대장이 그것도 모르시면 어떻게 해요?"

"인마. 실험용 생쥐라 기억력이 부족해서 그런다. 왜? 젠장! 다른 것은 모두 사용을 해봤는데 이놈만 사용 못 해봤다. 그리고 이 사막에서 내가 물에 빠질 일 있냐?"

"후후. 그렇긴 하네요. 그냥 손잡이 떼어내서 잡아당기기만 하면 돼요. 그럼 탄띠 안에 있는 액체가 기화해 부풀어 올라 수중에 떠 있을 수 있게 한대요."

아무리 수영을 잘 하는 해병대원이라고 해도 30~40킬로그램씩이나 되는 군장을 메고 물 위에 떠 있는 것은 사실상 불가능했고 수상 작전 중 생기는 불의의 사고로 인한 어이없는 희생을 줄이려는 사령부의 배려인 듯싶었다.

"별거 아니었네? 알았다. 그리고 이만 출발하자. 너무 오래 쉰 것 같다."

"그러죠."

두 사람이 자리를 털고 일어서자 휴식을 취하던 분대원들도 천천히 이동을 준비하기 시작했다.

김 병장이 소리를 들었다던 절벽은 그리 멀지 않았다. 10여 분을 이동해 도착한 절벽 선단을 배회하던 대원들이 지표 일부가 깨져 나가 비교적 경사가 약한 절단면을 찾아내자 조해석은 든든해 보이는 바위 하나에 밧줄을 단단히 묶어 늘어뜨리고 지체 없이 하강을 준비했다.

다행히 절곡의 깊이는 그리 깊지 않았다. 밧줄을 타고 대략 50여 미터를 하강하자 무너져 내린 흙더미가 쌓여 40도가 조금 넘는 경사를 이루며 절곡 바닥으로 향하고 있었다. 분대원 둘을 절곡 위쪽에 남겨놓은 조해인은 대원들과 함께 이미 끝나버린 밧줄을 버리고 경사진 흙더미를 신속하게 미끄러져 내려갔다.

그는 절곡 바닥에 도착함과 동시에 빠르게 주변 상황을 점검했다. 워낙 강하게 내리쬐이는 햇빛 때문에 그늘 속의 사물을 분간하는 데 조금 시간이 걸렸지만 금방 절곡 아래쪽이 대단히 넓다는 것을 확인할 수 있었다. 절곡의 위쪽은 폭이 30~40미터에 불과했지만 한쪽 절벽이 안쪽으로 상당량 패여 들어가 아래는 70~80미터에 달하는 대단히 넓은 통로를 형성하고 있었다. 조해인이 뺨에 하얗게 붙어 있는 소금기를 털어내며 감탄사를 터뜨렸다.

"햐! 이거 아래는 상당히 넓고 시원하네. 잘하면 뭔가 잡아낼 수도 있을 것 같다."

조해인은 잠시 고민하다가 비교적 폭이 넓어진다 싶은 북쪽을 향해 이동을 지시했다. 한 시간 정도 전진을 하면서 똑같은 풍경이 지겨워진다 싶어질 무렵, 선두의 김 병장이 한쪽 무릎을 꿇으며 전진 중단 신호를 보내왔다. 빠르게 선두로 이동한 조해인의 눈앞에 사막 특유의 희뿌연 하늘이 펼쳐졌다. 한쪽 절벽이 사라지며 비스듬히 연결된 다른 절곡과 합류되어 절벽이 사라진 쪽이 50여 미터 정도 다시 가라앉아 있었던 것이다. 더 이상 전진은 불가능했다. 김 병장이 실망스런 목소리로 말했다.

"젠장, 아무것도 없잖아. 반대쪽으로 가볼 걸 그랬나요?"

조해인이 눈앞의 보호판을 걷어 올리며 말했다.

"아니, 잘 왔어. 저쪽 절벽 아래 자세히 좀 봐라."

조해인의 분대가 위치한 절곡과 30도 정도의 어정쩡한 각도로 연결된 건너편 절곡의 어두운 그늘 속으로 분명히 포장된 것으로 보이는 폭 50미터 정도의 도로가 가라앉은 절벽을 향해 이어져 있는 것이 보였다. 더 안쪽으로는 지표가 갈라지다 중단된 듯, 상부가 점차 줄어들어서 삼각형의 꼭지점 형상으로 지표가 가려진 높이 200미터가 넘는 엄청난 규모의 동굴이 시커먼 입을 벌리고 있었다. 동굴의 그늘 속으로 몇 대의 전차와 대공포가 배치되어 있었고 1개 소대는 됨직한 초병들의 움직임도 눈에 띄었다.

조해인의 얼굴에 미소가 피어올랐다. 개전 이래 정찰위성과 정찰기 수십 대를 총동원해 줄기차게 찾아다니던 사우디아라비아의 메디나 공군기지 입구를 마침내 발견한 것이었다. 이제는 19기갑의 전개와 공군의 폭격이 시작되길 기다려 사령부의 지시에 따르면 될 일이었다. 조해인이 분대원을 돌아보며 말했다.

"후후. 꼭꼭도 숨어 있었네. 이런 곳으로 이착륙을 하니 찾아낼 재간이 있나. 어쨌거나 이제 곧 지겨운 사막을 벗어날 수 있게 된 것 같다. 사령부에 화면 전송 받았는지 확인해라. 그리고 우리는 어차피 건너가지도 못 하니 여기에 매복해서 작전이 진행되는 것을 확인한다. 은폐할 곳을 찾아라!"

고개를 살짝 끄덕인 김 병장이 철모의 무전기 단추를 누르고 말했다.

"사령부! 여기는 바다사자 셋! 화면 전송 받았나? 이상."

—잘 받았다. 바다사자 셋은 현지에서 추가지시를 기다려라. 이상.

"알았다. 바다사자 셋. 대기한다. 이상."

1972년 8월 11일 00:20 중화민국, 핑샹, 베트남 국경

국경에서 조금 떨어진 은신호에서 휴식을 취하며 낮 시간을 보낸 김태훈과 한영숙은 미리 보아놓은 베트남 국경선 외곽에 주저앉아 완전히 바뀌어버린 국경의 상황에 당혹감을 감추지 못하고 있었다. 잠입해 들어올 때만 해도 텅 비어 있던 국경선 부근은 겹

겹이 둘러쳐진 인의 장막으로 발 디딜 틈조차 보이지 않았던 것이다. 최소한 여단급은 되어 보였다.

"젠장! 이게 어떻게 된 거야? 언제 중화민국군이 여기까지 배치된 거지?"

김태훈이 욕설을 내뱉으며 야시경을 걷어 올리자 한영숙이 말했다.

"어쨌거나 이래서는 이 지역에서 국경을 넘기는 힘들 것 같네요. 일단 어디 은신할 곳을 찾아서 본사에 연결을 해보죠. 직승기 접선시간을 맞추기도 불가능할 거예요."

"그래야 할 것 같네. 빌어먹을! 전투원들도 데려오지 못했는데 이런 상황이라니……."

순간, 투덜거리던 김태훈의 목소리가 고막을 찢을 듯한 포격 소리에 움찔하며 잦아들었다. 그의 귀에도 그리 낯설지 않은 러시아제 122, 152미리 야포와 다연장 로켓포의 발사음이었다. 놀란 김태훈이 황급히 국경 쪽을 돌아보자 남쪽 하늘에서 수없는 불꽃이 점멸했다. 양쪽 다 줄기차게 포격을 해대는 상황, 이어 국경에서 대략 3~4킬로미터 정도 떨어진 중화민국군 진영에서 수많은 다연장포들이 시뻘건 섬광을 뿜어냈다.

전쟁이 터져버린 것, 개전을 위한 핑계거리가 절실히 필요했던 중화민국은 오후에 확인된 새벽의 아편농장 폭발이 베트남군 특수부대의 소행이라고 강력하게 주장하며 곧바로 선전포고를 했고 이날 자정을 기해 50만의 병력이 일제히 국경을 넘어 남하하기 시작한 것이었다. 대량 살상을 중단시키고 중화민국의 개전기도를 조금이라도 늦추기 위해 시도한 화학무기 공장 소각 작업이 거꾸로 한발 빠른 인도차이나 전쟁의 막을 올려버린 셈이었다.

"제기랄. 벌써 전쟁이 터진 건가? 그때는 분명히 다음달 정도라고 들었는데……."

"뭔가 잘못된 것 같네요. 어차피 이 와중에 직승기가 접선지점까지 들어오기도 어려울 것이고 이 지역은 이제 엄청나게 위험한 곳이 되어버렸어요. 일단 하노이로 자력 탈출을 하겠다고 본사에 통보를 하고 곧바로 움직이는 것이 좋을 것 같군요."

허탈한 심정이 된 김태훈이 내뱉듯이 말을 끊었다.

"젠장! 어쨌거나 움직이지. 위성 전화를 사용할 수 있는 지형을 찾아보는 게 좋겠어."

김태훈과 한영숙이 위성전화를 사용할 수 있을 만한 고지를 찾아다니는 동안 계속된 첫날의 전투는 베트남군의 완벽한 패배였다. 가장 심각한 타격은 첫 번째 포격전에서 베트남의 북부군 군단사령부가 중화민국군 다연장 로켓포에 피폭되어버렸다는 것이었다. 회의 중이던 장성들이 순식간에 몰살해버리자 급한 대로 영관급의 지휘관들이 부대의 통제에 나섰으나 중화민국군의 대규모 포격이 머리 위에 쏟아지는 와중에 조직적인 반격을 생각한다는 것은 사실상 불가능했다. 전투는 처음부터 중화민국의 일방적인 우세로 기울고 있었다.

처음 포격이 시작된 지 단 두 시간 만에 약 4천여 명의 베트남군이 전사했고 먼동이 터올 무렵, 마침내 중화민국군 보병이 랑손과 몽카이로 물밀듯이 밀려들었다. 저지선의 참호 속에서 포격을 견

더낸 베트남군이 치열하게 저항했으나 전세를 돌리기에는 역부족이었다.

결국 아침 8시가 지나자 랑손은 시체만이 가득한 무덤으로 변해버렸고 몽카이 역시 사신의 손길을 벗어나기 어려운 상황이었다. 이어 미명을 뚫고 베이하이 공군기지로부터 날아든 중화민국군의 Q-5 판탄 공격기 100여 기가 하노이 공항을 비롯한 전술거점에 폭격을 시작하자 국경의 베트남군은 어찌 손쓸 겨를도 없이 순식간에 무너져 내렸다. 단 하루 만에 베트남 북부 주력군의 대부분이 괴멸되면서 50만 중화민국군은 하노이까지 무인지경으로 질주하기 시작했다. 비극의 시작이었다.

밤 9시가 조금 넘은 시각, 김태훈은 암담한 눈빛으로 송코이강을 가로지르는, 하노이에서 남쪽으로 내려갈 수 있는 유일한 다리인 '롱 비엔'을 내려다보고 있었다. 폴도머 브리지라고도 불리는 이 교량은 프랑스 식민 시절 총독인 폴두메르에 의해 가설된 19개의 상판을 가진 1.7킬로미터의 철교와 도로 복합교량이었다. 베트남 전쟁 당시 이 다리를 놓고, 파괴하려는 미국 공군과 지켜내려는 북베트남의 치열한 공중전으로 유명한 곳이기도 했다. 하노이를 돌아 흐르는 송코이강이 하이퐁으로 흘러내려 만들어낸 삼각주 상공과 하노이 상공이 이 유명한 베트남 공중전, 이른바 롤링썬더 작전과 라인베커 작전의 주무대였다.

그런데 당시 미군이 수천 톤의 폭탄으로도 파괴하지 못해 애를 태워야 했던, 강의 북안北岸으로부터 남안南岸 중간의 섬까지 연결된

롱 비엔의 중앙이 완전히 사라져 있었다. 하노이 외곽까지 중화민국군이 밀려 내려오자 베트남군이 궁여지책으로 교량을 파괴한 것일 터였다.

김태훈과 한영숙이 천신만고 끝에 하노이에 도착했을 때는 이미 시내까지 완벽한 전쟁터였고 그들이 인근 야산에서 롱 비엔을 관측하고 있는 지금도 시내 한복판을 흐르는 송코이강을 경계로 치열한 포격전이 전개되고 있었다. 우려했던 것이 현실로 다가서는 순간이었다. 한영숙이 한숨을 내쉬며 말했다.

"휴, 이 강을 건너야 베트남군 지역으로 들어가는데…… 어렵겠죠?"

"저 흙탕물 속에서 2킬로미터를 헤엄칠 자신 있어? 설사 가능하다 해도 아마 강 중간쯤에서 벌집이 되어 있기 십상일 거야. 양안兩岸으로 수십만의 병력이 눈을 시뻘겋게 뜨고 감시를 하고 있는 판에…… 쩝."

"본사에서도 이렇게 빨리 하노이가 함락되리라고는 생각하지 못했던 모양이에요. 이제 어쩌죠? 난 이제 더 움직일 힘도 없다고요."

"휴, 그건 나도 마찬가지이긴 한데……. 일단 어디 은신해서 쉴 곳을 찾아보자고. 뭘 좀 먹기도 해야겠고."

"먹을 게 남아 있긴 하구요?"

"하다못해 과일이라도 따서 곱창을 속여보자고. 일단 강 상류 베이트리 쪽으로 이동하면서 적당한 곳을 찾아보자. 방법이 없잖아."

"곱창을 속여요?"

"아무 거나 뱃속을 좀 채워놓자는 이야기야. 그저 웃자고 한 이야기고. 후후."

"참내. 알았어요. 기운을 좀 내보자고요. 후후."

한영숙이 피식 웃음을 내뿜으며 자리를 털고 일어나는 순간 후두둑하며 빗줄기가 철모를 두드리기 시작했다.

"빌어먹을! 골고루 하네."

비는 그야말로 억수같이 쏟아지고 있었다. 순식간에 서너 발자국 앞도 제대로 볼 수 없을 정도로 쏟아지는 폭우는 뜨거운 날씨 덕에 빗물까지 데워져 따뜻하다는 느낌이었다. 덕분에 장시간 빗물에 노출되어도 체온이 떨어져서 고생하지는 않을 것이었다. 김태훈이 물었다.

"비가 와서 좋은 게 뭔 줄 알아? 딱 하나 있어."

"지금 말하기도 힘들어요. 어서 쉴 곳이나 찾아요."

한영숙의 기어들어가는 목소리에 김태훈이 미소를 머금었다.

"기운 내라고 하는 이야기야. 일단 오늘밤은 모기 걱정 안 해도 되잖아. 후후. 그리고 힘들더라도 지금 도하를 시도하는 것이 좋을 것 같아."

사실 비가 내려서 좋은 것은 지독하게 덤벼드는 모기의 공격조차 잠재워 준다는 것과 시계가 지독하게 나쁜 상황이니 당장 오늘밤 강을 건널 기회를 제공할 수도 있다는 것이었다.

말없이 강변을 향해 걷던 두 사람은 머리 위를 날아다니는 불꽃의 숫자가 급격히 줄어들고 있다는 것을 느꼈다. 곧 전투가 끝날 듯싶었다.

마지막으로 남겨놓은 초콜릿 두 개를 나눠 씹으며 상류인 서쪽을 향해 꾸준히 이동하던 두 사람은 새벽 세 시가 넘어서야 경계병이 별로 없어 보이는 한적한 강변을 찾아낼 수 있었다. 하지만 강변으로 다가서기가 무섭게 키 작은 덤불 속에서 보초인 듯한 두 개의 그림자가 어른거렸다. 김태훈은 조용히 자신의 소총을 등 뒤로 넘기고 권총에 소음기를 끼웠다. 강변은 아직도 폭우가 토해내는 잡음과 포성으로 지독하게 시끄러웠고 시계 역시 지극히 불투명했다. 낮은 포복으로 10여 미터를 전진하자 나뭇잎 사이로 천천히 움직이는 두 개의 그림자가 뚜렷하게 보였다. 그는 호흡을 가다듬으며 방아쇠를 두 번 당겼다. 그림자들의 목줄기에서 짧게 피가 튀어 올랐다. 김태훈은 비스듬히 쓰러지는 그림자들의 뒷머리에 한 발씩을 더 박아 넣어 확인 사살을 하고 강변을 향해 빠르게 움직였다. 한영숙이 뒤따라 달리는 것이 느껴졌다.

드르르륵!

강변에 도착했다 싶은 순간 익숙한 AK-47 연사 소리가 들리며 한영숙이 덤불 속으로 쓰러졌다.

"젠장! 다른 놈이 있었나?"

김태훈이 한영숙의 옆으로 구르며 총구의 불빛을 향해 소총을 난사해버리자 짧은 외마디 소리가 들리며 총성이 사라졌다. 김태훈이 천천히 셋을 센 후 낮은 자세를 유지하며 한영숙에게 다가가자 작은 신음 소리가 들렸다. 김태훈이 나직이 말했다.

"괜찮아요?"

"끙…… 이게 괜찮아 보여요? 가슴과 왼쪽 무릎 아래에 정통으로 맞은 것 같아요. 다리는 부러진 것 같아. 젠장!"

"어디 봅시다."

그가 한영숙의 다리를 만지자 그녀가 짧은 비명을 내질렀다.

"악!"

'젠장. 어렵게 되었군. 일단 강은 건너야 하니…….'

김태훈은 일단 전투복 상의를 찢어 단단히 지혈을 하고 주변을 둘러보았다. 강변 곳곳에 뿌리째 뽑혀져나간 나무들이 걸려 있는 것이 눈에 들어왔다. 포격에 날아간 것일 터였다. 김태훈은 그중 만만해 보이는 나무둥치 하나를 골라 한영숙이 쓰러져 있는 곳까지 끌어다놓고 정신을 잃은 그녀를 안아다 나무에 단단히 고정했다. 간간이 들리는 그녀의 작은 신음 소리가 유난히 안쓰럽게 느껴졌지만 곧 날이 밝을 것이니 시간이 부족했다. 지금이 아니면 기회는 없을 것이었다.

"조금만 참아. 어떻게 하든 병원에 데려다놓을 테니까. 그리고 이렇게 얌전하니까 훨씬 더 예뻐 보이네. 앞으로도 이렇게 좀 얌전해보라고. 후후."

김태훈은 미소를 흘리며 나무뭉치를 강 한가운데를 향해 밀어내고 자신도 나무에 몸을 맡겼다. 수면을 두드리는 빗소리가 유난히 크게 느껴졌다.

1972년 8월 12일 07:10 서울, 남산 위성정보통제실

전날 새벽부터 발칵 뒤집혀버린 정보통제실은 수상과 합참수뇌부의 모임으로 인해 지독하게 어수선한 상태였다. 통제 상황실로 들어설 때만 해도 윤찬혁은 아편농장 건으로 인해 수상의 집중포화를 예상하고 다소 주눅이 들어 있는 상태였으나 예상외로 직격탄은 그리 심하게 날아오지 않았다. 그저 사후에 옷 벗을 각오를 하라는 정도였다.

'그 정도라면 얼마든지 각오가 되어 있습니다, 각하. 후후.'

"윤 실장!"

잠시 자신만의 생각에 빠져 있던 윤찬혁이 수상의 부름에 움찔하며 머리를 들었다.

"네, 각하."

"지금 베트남 현지 전황은 어느 정도인가?"

"김태환 통제실장이 보고 드린 것처럼 어제부터 현지의 날씨가 극히 좋지 않은 관계로 위성을 통한 정보가 부족한 형편이어서 정확한 판단을 할 수는 없습니다. 하지만 어제 저녁 하노이에서 철수한 현지요원들의 보고로는 하노이에서 치열한 전투가 벌어지고 있다고 합니다. 하노이도 오래 버티기는 어려울 것으로 보인다는 보고입니다. 또 2시간 전에 천화공국 남부 6군단이 라오스 침공을 단행해 루앙남타까지 진격한 상태랍니다. 전세는 거의 일방적이어서 바엔티안의 비전요원들도 태국으로 철수를 고려하고 있는 상황입니다."

"이거야 원, 베트남 정부의 대응 계획은 나온 것이 있나?"

"티우의 국민당 정권이 워낙 무능한 상황이라 특별한 대책도 없는 모양입니다. 다만 호치민 사후, 붕괴 위기에까지 몰려 있던 베트남 노동당의 분발이 그나마 희망입니다. 하이퐁과 하노이 남부를 막아선 부대는 노동당원들로 구성된 민병대입니다."

1969년 호치민胡志明이 사망하자 베트남 노동당은 다음 대의 대권을 놓고 서너 개의 분파로 갈라져 치열한 암투를 벌였고 그 와중에 태국의 지원을 등에 업은 티우가 손쉽게 정권을 장악한 상태였다. 하지만 티우는 전 국민의 존경을 받던 호치민의 노동당을 극복하지 못했고 기본적인 정국 수습조차 실패해, 유기적인 국력 결집은 고사하고 군대의 이동마저 지방 군벌이 좌지우지하는 최악의 상황으로 치닫고 있었다. 조인태가 물었다.

"현 노동당의 가장 유력한 지도자는 누구인가?"

"보 위엔 지압이라는 사람입니다. 호치민의 오랜 동지이자 유능한 군인입니다. 북부 지역에서는 국민의 상당한 지지를 받고 있다는 평가입니다."

"흠…… 그럼 차라리 보르네오가 그를 지원하도록 유도해보게. 어차피 우리가 지원을 하기에는 부담이 가는 처지니까 말일세. 사이공(현재의 호치민)에 사람을 보내서 한번 만나보도록 하게."

"네, 각하."

"그리고 라오스는 어떻게 하지? 그냥 놔둔 상태에서 평화유지국에 군 파견 상정을 할 수는 없지 않은가?"

잠자코 두 사람의 이야기를 듣고 있던 합참의장이 입을 열었다.

"그렇긴 합니다. 그렇지만 당장은 태국이 라오스 전선에 참전할 기세여서 시간이 급하지는 않을 것 같습니다. 태국에 무기 지원을 좀 하면서 사태 추이를 지켜보시는 것이 좋을 듯합니다."

"그래요? 그럼 잠시 그 문제는 덮어둡시다. 중사도의 상황은 어떻습니까?"

"아직도 전체적으로는 터키가 밀리고 있는 상황이긴 합니다만 메디나 공군기지의 위치가 확인됨에 따라 조만간 이란 전선에 대한 공군의 지원이 가능할 것 같습니다. 다만 기지의 규모가 워낙 큰 데다 전차와 직승기의 사용이 불가능한 지하에 숨어 있어서 투입부대의 피해가 클 것으로 예상됩니다. 이에 따라 싸울아비의 사용 승인을 현지 사령관이 요청해왔습니다."

"싸울아비? 그건 아직 중사도에 배치가 되지 않은 것 아닙니까?"

"그렇습니다. 하지만 근황친위 함대가 투입되었으니 당연히 사용 가능합니다. 이란전선의 상황이 급박하니 사용을 승인하시는 것이 타당할 듯합니다."

"아! 그렇군요. 일단 다른 곳의 상황부터 확인을 하고 승인 여부를 결정하십시다. 팔레스타인 쪽은 어떤가요?"

윤찬혁이 대답했다.

"이집트와 사우디아라비아군이 요르단 주의 대부분을 장악한 상태입니다. 터키는 다라를 중심으로 방어선을 구축하고 있습니다. 하지만 이것은 이스라엘이 예루살렘을 점령하면서 암만의 배후가 불안해진 터키군이 어쩔 수 없이 후퇴한 것이지 패전에 의한 철수는 아닙니다. 게다가 포트사이드의 해군 함재기들이 간간이 지원을 하고 있는 입장이어서 이란 전선에 비하면 상당히 안정되어 있다고 볼 수 있습니다. 메디나 문제가 해결되고 근황친위 함대가 수에즈까지 진출하게 되면 이쪽도 쉽게 안정을 찾을 것 같습니다."

"비전의 의견은 어떤가? 지금 싸울아비를 공개해도 될 상황인가?"

"공개에 대해서는 반대입니다만 지형적으로 지하에 있는 기지여서 당분간 다른 국가에 공개되지는 않을 것으로 보이니 주변 지형에 미치는 영향이 작은 소형 싸울아비 '나'를 사용한다면 반대하지 않겠습니다."

"그래요? 비전도 반대를 하지 않는다면 싸울아비 나형의 사용을 승인하겠소. 최초 사용이니 사용 시간을 잘 선택해서 조용히 처리하길 바라겠소."

조인태의 승인이 떨어지자 합참의장의 얼굴이 환하게 밝아졌다.

"감사합니다, 각하. 그리고 윤 실장, 고맙소."

"그런 말씀 마십시오, 의장님. 저도 제국인입니다. 아군의 피해를 줄이는 것이 우선이지요."

"하하. 어쨌든 말이오."

두 사람의 이야기가 길어질 듯하자 조인태가 말을 끊었다.

"자자, 일단 그 문제는 이 정도로 마무리 짓고 천화, 중화 양국의 처리에 대해서 상의를 해봅시다. 이 두 나라의 팽창이 어느 정도까지를 그 대상으로 하고 있느냐가 문제인데……. 단순히 베트남과 라오스를 영향권 안에 두겠다는 뜻만은 아닌 것 같아서 말이오. 김태환 실장, 새롭게 포착된 두 나라 군대의 특별한 변화는 없소?"

회의실 안에서조차 위성사진을 들여다보고 있던 김태환이 화들짝 놀라며 대답했다.

"죄송합니다, 각하. 급히 보아두어야 할 사진이 있어서요. 일전에 보고 드린 것 이외에는 아직 특별한 변화가 없습니다. 다만 오늘 들어온 위성사진에 산시성 린펀 인근의 산악 지역에 탄도 미사일 기지가 세워지고 있는 것이 확인되었습니다. 이동식 미사일 발사대는 정저우 인근에서 상당수 발견되고 있습니다. 이 내용은 오늘 중으로 전략공군 사령부에 통보해 제1타격 목표로 선정해놓겠습니다. 그리고 지나가는 이야기입니다만 두 나라가 작정을 하고 일으킨 싸움이니 제국도 최종 타도 대상 중의 하나가 아닐까 싶습니다. 그런 각오가 아니라면 제국의 의사에 반해가며 실익 없는 전쟁을 일으켰을 리가 없습니다. 그저 제 생각입니다. 참고하셨으면 합니다."

조인태가 고개를 천천히 끄덕여 동의를 표했다.

"내 생각도 김 실장과 같습니다. 합참은 이 점을 분명히 염두에 두시고 충분한 대비를 해두도록 하십시오. 비전과 위성통제실 역시 두 나라에 대한 감시에 소홀한 점이 없도록 해주시기 바랍니다. 이상이오."

1972년 8월 12일 17:58 홍해, 마스투라 서쪽 50킬로미터 해상, 항모 연화산

손중락 중장은 서서히 짙은 갈색으로 물들어가는 아라비아의 하늘을 올려다보고 있었다. 홍해의 바닷가에서 바라보는 아라비아 반도의 하늘은 제국의 하늘색과는 천양지차로 달랐다. 제국의 하늘은 시리도록 푸른색이었지만 아라비아의 하늘은 언제나 희뿌연 갈색으로 덧칠이 되어 있었다. 아라비아 반도는 그야말로 험한 곳이었고 이곳에 사는 사람들은 험한 환경에서 험난한 삶을 살아온 사람들일 터였다. 그리고 잠시 후면 몇 만이 될지도 모르는, 자연을 극복하면서 살아온 수많은 젊은이들이 순식간에 목숨을 잃을 것이다. 하루가 아쉬운 아군의 입장에서는 어쩔 수 없는 선택일 것이었지만 한꺼번에 수만의 생목숨을 앗아가는 일은 군인인 그로서도 그리 하고 싶지 않은 일이었다. 금방 뿜어낸 담배연기가 사막에서 불어오는 뜨거운 바람에 휘말려 흩어졌다.

'젠장, 내가 요청하긴 했지만 정말 하기 싫은 일이구먼. 아무래도 나는 사람으로 환생하기 어렵겠어. 후후. 어쩔 수 없지. 어쨌거나 우리 아이들이 우선이니…….'

손중락이 다시 담배 한 모금을 깊이 빨아들이자 작전참모 한 사람이 그에게 다가왔다.

"제독님, 순양함 양만춘의 보고입니다. 발사 준비가 끝났습니다."

"그래? 그럼 들어가보세."

손중락은 가슴 깊이 끌어다놓은 담배연기를 길게 내뿜고 함교의 난간에 용접해놓은 전용 재떨이에 반 이상 남은 담배를 던져 넣으며 함교 내부로 들어섰다. 부함장 장진석이 말했다.

"제독님, 순양함 양만춘의 3번 발사대, 싸울아비 1발 발사준비 완료. 예정 시간 1분 10초 남았습니다."

손중락이 가볍게 고개를 끄덕였다.

"초읽기 시작하게."

"네, 제독님!"

장진석이 선내방송 회선을 열고 외쳤다.

"양만춘! 싸울아비 나! 발사 초읽기 시작!"

— 양만춘 통제실! 초읽기 시작합니다. 1분전!

함대 전체에 낮은 경보음이 울리고 있었으나 분주히 움직이는 병사들의 모습은 보이지 않았다. 전투 준비를 알리는 고저가 있는 높은 경보음이 아닌 미사일 발사를 전후해서 항상 울려대는 저음의 경보음이니 새삼스러울 것도 없을 터였다.

— 30초전!

손중락은 새삼 욕설이 튀어나오는 것을 결사적으로 찍어 눌렀다.

'젠장! 편안히들 가시게. 부디 고통이 없기를…….'

— 10초전! 7, 6, 5……1, 발사!

순양함 양만춘의 상갑판 옆구리에서 하얀 꼬리를 단 길이 4.9미터의 날렵한 미사일 한 기가 일직선으로 솟구쳤다. 2~3초간 상승을 지속하던 미사일은 후미에서 폭 50센티미터의 평형 날개가 튀어나오며 갑자기 방향을 전환, 수면으로 내려와 순항하기 시작했다. 세계 최초의 하프늄 핵탄두인 싸울아비-나가 그 모습을 드러낸 것이었다. 순양함 양만춘의 통제장교의 목소리가 손중락의 귓전을 어지럽혔다.

— 싸울아비 순항 시작합니다.

— 후연기 가동! 3초 후 음속 돌파합니다! 3, 2, 1! 음속 돌파!

손중락은 천천히 눈을 감았다.

'명복을…….'

1972년 8월 12일 18:03 사우디아라비아, 메디나 동쪽 83킬로미터

압둘 소령은 제국군이 상륙한 이래 습관이 되어버린 절벽 초입의 활주로 점검을 시작하고 있었다. 언제 제국군이 들이닥칠지 모르는 급박한 상황이 며칠째 계속되다 보니 기지의 모든 항공기가 이착륙해야 하는 유일한 통로인 이곳의 방어가 신경이 쓰이지 않을 수 없었다. 그래서 처음엔 한두 번만 하던 것이 이제는 하루 3회, 고정적인 일과가 되어버렸다. 식사 시간 전에는 반드시 활주로 끝까지 점검을 하고나야 소화가 되는 듯싶었다. 더구나 오늘은 오후 내내 뭔가 잊은 것이 있는 것처럼 안정이 되지 않았고 공연히 불안함이 느껴져 조금 일찍 활주로로 나선 것이었다.

그의 얼굴에는 여전히 짙은 근심이 서려 있었다. 기지의 위치가 노출된 것도 아니고 지상군 1만과 전차 50여 대가 진입로 방어에 들어갔으니 그리 위험한 상황도 아니었건만 공군기지에서 항공기가 출격을 하지 못하니 그야말로 미칠 지경이었다.

러시아제 군용 무개차량을 몰고 활주로를 달리던 압둘은 동굴이 점차 밝아지자 차량을 활주로 한쪽에 세워놓고 동굴의 출구를 향해 천천히 걸음을 옮겼다. 4대의 T-72전차가 동굴 그늘 속에 숨어 있었고 동굴 밖으로 30여 대의 대공포대가 갈색 위장망 밑에 몸을 낮추고 있었다. 평소와 전혀 다를 것이 없는 한가한 모습이었으나 어딘지 모르게 병사들의 얼굴에는 짙은 긴장감이 묻어나왔다. 제국군 수색대가 머리 위를 휘젓고 다닌다는 것을 잘 알고 있을 것이니 당연한 반응일 터였다. 상병 계급장을 단 병사 하나가 그를 발견하고 급히 군례를 했다.

"이상 없습니다, 소령님!"

간단히 고개를 끄덕여 답을 한 압둘이 막 동굴 밖으로 나서는 순간, 작은 물체 하나가 그의 눈길을 잡아끌었다. 형체가 보인다 싶은 순간, 느닷없는 충격파가 온몸을 휘감았다. 그의 몸은 단숨에 허공을 날아 절벽에 부딪혀 쓰러졌다. 또 다시 한참을 굴러 동굴의 초입에 설치된 모래주머니에 걸리고 나서야 등을 바닥에 댈 수 있었다.

간신히 상체를 일으켰으나 몸에 힘이 들어가지를 않았다. 귀에서 축축한 습기가 느껴졌다.

'제기랄!'

소리는 전혀 들리지 않았지만 상황은 알 것 같았다. 대공 위장망이 휘말려 동굴 안으로 사라진 대공포 서너 대가 절벽 아래로 밀려 떨어져나갔고 10여 대는 아예 동굴 안으로 말려들어갔다. 수십 톤에 달하는 전차조차 움찔거리며 동굴 안으로 조금씩 끌려들어가고 있었다. 다음 순간, 눈앞이 하얗게 변해버렸다. 묵직한 땅울림이 그의 등 어름을 훑고 지나갔다. 그것이 그가 느낀 모든 것이었고 그것이 끝이었다.

우르릉!

엄청난 굉음과 함께 반경 5킬로미터의 지표가 10여 미터 이상 솟아오르며 인근의 모든 절곡이 무너지기 시작했다. 하늘 끝까지 피어오른 흙먼지가 어두워져가는 아라비아의 하늘을 다시 짙게 덧칠하고 있었다. 개전 이래 10일 이상 끈질기게 저항하며 제국 공군의 발목을 잡던 사우디아라비아의 메디나 공군기지가 단 10여 초

만에 1만5천 명 젊은 목숨의 초대형 무덤으로 변해버린 것이었다.

최초의 빛이 지평선을 가른 뒤, 10여 분이 경과하자 항모 연화산의 함교에서 내다보이는 아라비아의 하늘이 조금 더 칙칙한 갈색으로 변하기 시작했다.

1) **베히스툰**Behistun 비스틴의 옛이름. 고대 페르시아의 왕 다리우스 1세가 메디아 왕국의 수도 엑바타나와 바빌론을 연결하는 교통의 요충 케르만샤의 150미터 절벽 면에 페르시아어, 엘람어, 바빌로니아어 등 3개 국어로 비문과 부조浮彫를 새기게 함으로써 만들어진 유적. 다리우스의 계도系圖, 찬탈자 가우타마 제압, 반란의 진압, 신神에 대한 감사 등이 기록되어 있다. 고대 페르시아어 등 설형문자 해독의 대단히 중요한 사료이다.

2) **주은래**周恩來 장쑤성江蘇省 화이안淮安 출생. 톈진에서 5 · 4운동에 참가해 투옥, 퇴학당하고 1920년 프랑스로 건너가 파리대학에서 정치학을 공부한다. 1927년 상하이上海 봉기 주도. 이후 반공 쿠데타를 피해 우한武漢으로 도피. 1931년 말 광시성廣西省의 군사부장 및 정치위원 역임. 세계대전 기간 동안 우한 공산당 대표로 국민정부의 국방위원회, 군사위원회 등의 요직 역임. 1949년 공산정권 수립 후 문화대혁명을 거쳐 27년간 총리를 지낸다.

3) **Q-5 판탄** 중국이 소련의 MIG-19(J-6)를 근간으로 설계, 제작한 쌍발 공격기. 1970년 작전 배치. 중국명 강격기-5Qiangjiji-5. A-5, A-5I, A-5Ⅱ, A-5M 등 다양한 기체가 존재한다. 단좌 후퇴익, 장폭고: 16.77×9.7×4.5미터, 중량 6.398톤, 최고속도 마하

1.12, 항속거리 2,000 킬로미터, 무장: 23미리기총, MK-82, 듀란달 등 대지 공격무장 및 공대공 미사일 PL-2, PL-2B, PL-7.

4) **호치민**胡志明 베트남의 혁명가이자 정치가. 구舊베트남 민주 공화국 초대 대통령(재임 1946~1969). 2차 세계대전 후 봉기에 성공하고 초대 정부주석으로 취임. 동년 미국의 지원을 업은 프랑스가 베트남 전역을 장악하려 하자 그는 온건주의라는 비난을 무릅쓰고 프랑스와 타협해 인도차이나 연합으로 남기를 시도했다. 하지만 1946년 11월 프랑스가 하이퐁의 주거 지역을 포격해 민간인 6,000명을 사살함으로써 30년에 걸친 인도차이나 전쟁이 시작된다. 그의 주도하에 베트남은 1954년, 유명한 디엔비엔푸 전투에서 프랑스군을 괴멸시키는 데 성공하지만 곧이어 미국이 참전해 남북 베트남으로 완전히 분단되고 만다. 이후 남북 간의 지지부진한 분쟁은 1964년 통킹만 사건을 기화로 다시 확전일로를 걸었고 결국 1973년 미군이 철수하면서 북베트남의 승리로 돌아간다. 평생을 독신으로 보낸 호치민은 승리를 보지 못하고 1969년 9월 3일 심장병으로 사망한다. 후에 베트남인들은 사이공시의 이름을 호치민시로 바꿔 그에 대한 존경과 애정을 표시했다. 줄곧 공산주의 운동을 지도했지만 호치민은 민족주의자의 색채가 짙었다. 공산주의자임에도 불구하고 그에게는 제3세계 민족해방운동의 가장 위대한 지

도자라는 경칭이 항상 따라다닌다.

5) **싸울아비 나** 소형 하프늄 순항 미사일. 50킬로톤 하프늄 탄두 탑재. 전장: 4.5미터, 직경 0.4미터, 중량 1톤, 마하 4로 지상 50미터 이내를 순항. 사정거리 1,500킬로미터. 이론상 하프늄은 동일 중량 원자폭탄 2배 이상의 화력을 낸다(원자폭탄의 폭발력은 TNT의 250,000배). 하프늄은 자연계에 6종이 존재하며 원자로 내부의 완급조절용 재료로도 사용한다. 수소탄은 원자탄 기폭이 선행되어야 하고 원자탄은 우라늄 10킬로그램이 넘어야 하는 제약이 있지만 하프늄은 크기에 구애를 받지 않는다. 방사능 오염 우려 역시 없다.

피폭

1972년 8월 16일 17:40 요동 반도, 대련

요녕도 최대의 항구인 대련항은 핏빛 저녁노을과 수평선에 걸린 엷은 햇살을 받아 반짝이는 발해만의 탁한 수면에 휘감겨 있었다. 하루 수백 척의 대형 선박이 쉴 새 없이 드나드는 외항은 하루해가 저물어가는 시간임에도 불구하고 아직도 20여 척의 선박이 예인선의 유도를 기다리고 있었다.

일본 선적 화물선 후지마루호의 선장 카이량은 항구의 외곽에 일단 정선한 채 예인선의 유도를 기다리며 대련항 건너편의 군항 여순을 유심히 관찰했다. 함의 정비를 위해 입항했다는 대한제국 여순 함대의 기함인 항모 고성산의 모습이 키 작은 구축함들 틈에 삐죽이 솟아 있었고 함수 쪽에는 제법 규모가 있어 보이는 순양함 두 척도 눈에 띄었다.

항모 고성산은 일반 제원조차 공개되지 않았지만 3만톤 급 핵추진이며, 가장 최근에 건조된 항공모함으로, 발해만을 완전히 장악한 대단히 위협적인 존재였다. 사실 지상 공군기지가 널려 있는 근해의 작전에서 항공모함의 필요성이 그리 크다고 할 수는 없었지만 천화공국의 입장에서는 발해만의 해상 세력을 순식간에 날려버릴 수 있는 괴물인데다, 황하를 따라 수도인 지난까지 직접 돌입할 수 있는, 눈앞에 들이댄 예리한 칼이었다. 신경이 쓰이지 않을 수 없었다. 더구나 원래는 천화공국의 내해라고 해야 할 발해만을 봉쇄하고 있는 대한제국 주력 함대인 여순 함대의 최신예 기함이라는 상징적인 의미도 가지고 있었다.

카이량이 비릿한 미소를 머금었다.

'하루만 더 그대로 거기 있어라. 다시는 하늘을 보지 못하게 해주마. 흐흐.'

카이량은 후지마루의 입항 유도를 시작하는 예인선을 힐끗 돌아본 후 하갑판으로 연결되는 계단을 내려가기 시작했다. 이제부터는 예인선이 끌어주는 대로 따라가면 그만이니 항해사 혼자서도 충분히 조함을 할 수 있을 터였고 곧바로 입항 수속과 검역 수속을 밟아야 하니 미리 서류를 챙겨 놓을 필요가 있었다. 아차해서 서류 하나만 잘못되어도 몇 시간이면 충분할 하역이 일주일 이상 늘어져버릴 수도 있기 때문이었다.

어차피 대한제국의 요녕 상단이 발주한 천화공국산 대리석 석판이 대부분이니 검역에 특별한 어려움은 없을 테지만 만약 검역에 문제가 생겨 일주일 이상 후지마루가 대련에 묶여버리게 되면 배를 포기해야 하는 상황이 발생할 수도 있었다. 물론 자신의 배도 아닌데다 사례금도 풍족하게 받았으니 그럴 경우에는 배를 버리고 곧바로 친황다오로 달아나버리면 그뿐이었다. 그래도 가능하면 편안하게 항구를 벗어나고 싶었다.

하역을 마친다 해도 일반 화물의 경우, 통상 하루나 이틀 정도는 항구에서 통관을 기다리게 될 것이니 시간적인 여유는 충분했다. 게다가 동고동락하던 선원들의 목숨도 신경이 조금 쓰였다. 의뢰비조로 입금된 엄청난 돈을 만져보지도 못한 채 다른 선원들과 함께 아까운 목숨을 버리고 싶은 생각은 추호도 없지만 이왕이면 살려서 데리고 나가는 것이 한결 마음 편했다.

어스름한 조명을 따라 계단 몇 개를 내려서자 잘 포장된 목재 상자들이 가득한 널찍한 공간이 나타났다. 그가 나직이 외쳤다.

"왕타오! 어디 있나?"

계단 바로 옆에 정렬되어 있던 상자들 틈에서 검은 그림자 두 개가 유령처럼 모습을 나타냈다. 보통 선원들의 움직임은 아니었다. 중키의 그림자가 입을 열었다.

"왜? 이제 도착한 건가?"

"그래. 이제 물건 가동해놓고 자네들은 만약을 대비해 선미에다 탈출선을 준비해두게. 언제 필요할지 몰라."

"알겠네. 그럼 어려운 단계는 모두 끝난 거군."

"그런 셈이야. 그럼 나는 서류 챙겨서 올라가겠네. 할 일이 제법 많아."

"그렇게 하게."

카이량이 어두운 계단을 되짚어 올라가자 그림자들은 대리석 상자들 틈에 끼어 있던 상자 하나의 봉인을 조심스럽게 뜯어내고 뚜껑을 개방했다. 상자의 위쪽에 있는 대리석 석판 한 개를 들어내자 대리석 대신 폭 1.3미터, 높이 1미터 가량의 장방형 은색 상자가 드러났고, 상자 상부의 함몰된 구간에는 작은 작동기판이 설치되어 있었다. 그림자들은 기판에서 몇 가지 조작을 마치더니 신속하게 뚜껑을 닫고 봉인을 감쪽같이 원래의 상태로 되돌려놓았다. 왕타오라고 불리던 사내가 말했다.

"자. 이제 12시간 남았다. 12시간 이내에 100킬로미터 이상 벗어나야 한다. 선원들이 모두 잠들게 되면 곧바로 이동한다."

"그럼 선장은요?"

"목격자는 가능하면 적은 것이 좋겠지. 국장님의 지시도 마찬가지였고. 후후."

1972년 8월 17일 05:55 산둥 반도, 옌타이 공군기지 상황실

— 난입 괴한들의 진압은 끝났습니다. 3번 격납고에 소방대를 집결시켜주십시오. 급유 차량 두 대가 유폭되는 통에 예상보다 큰 화재로 번지고 있습니다.

"빌어먹을! 알았다. 전 소방대는 3번 격납고로 이동하라! 서둘러라!"

소방대의 출동을 명령한 상황실 당직 사령 이택식 중령은 요의尿義를 꾹 눌러 참으며 바다갈매기가 실시간으로 보내오는 웨이핑과

엔칭의 병력 이동 상황을 빠르게 점검하기 시작했다. 본토 사령부에서도 동시에 접보될 것이니 굳이 당직사령이 일일이 확인을 할 필요는 없을 터였다. 그러나 산둥 반도로 집중되고 있는 천화공국의 100만이 넘는 병력이동이 그의 신경을 있는 대로 긁어놓은 상황에서 벌어진 일요일 새벽의 괴한난입 사건은 화장실조차 가기 부담스럽게 만들어버린 것이었다.

다행히 난입한 20여 명의 괴한들은 경비대에 의해 제압이 되었지만 그들의 몸에 두르고 들어온 폭약이 격납고 한 동과 항공유 급유시설 한 곳 등, 기지 일부를 고스란히 날려버린 상태였다. 그나마 지하에 설치된 주 저유고에 손상이 가지 않은 것이 천만다행이었다. 그렇다고는 해도 급유차량기지의 손상으로 인해 항공기 급유 시간이 다소간 늘어나버릴 것이니 당장 정상적인 작전을 수행하기 어려울 터였다.

제3격납고에서는 아직도 검은 연기가 치솟고 있었다. 새삼 그의 입에서 욕설이 튀어나왔다.

"제기랄! 강 소령! 제3격납고 피해 상황은?"

― 격납고 전소입니다. 대한-14 6기 역시 전소된 것으로 보입니다. 다행히 주변 격납고로 불이 번지는 것은 잡은 듯싶습니다.

"그나마 다행이군. 2번과 4번 격납고의 항공기들 중 자력으로 움직일 수 있는 것들은 즉시 안전한 활주로로 이동시켜라."

― 알았습니다. 조치하겠습니다.

한숨을 돌렸다 싶어 뒷목을 한번 쓰다듬으며 자리에서 일어서려는 순간 부사령의 다급한 목소리가 들렸다.

"중령님! 이걸 좀 보셔야겠습니다. 천화공국군의 움직임이 이상합니다."

"뭐?"

바다갈매기가 보내온 화면에는 어제 저녁까지만 해도 별다른 이동 상황이 보이지 않던 산둥 군구 3개 기계화사단 병력이 급격히 국경으로 이동하는 모습이 잡혀 있었고 한단 공군기지에서 출격한 200여 기의 항공기가 옌타이를 향하고 있었다. 다시 욕설이 튀어나왔다.

"썅! 이 자식들이 정말 해보자는 건가? 사령관께서는 지금 어디 계신가?"

"숙소에서 곧바로 파손된 3번 격납고로 나가셨다가 지금 상황실로 오고 계십니다."

"급히 들어오시도록 연락을 드려라! 국경 전역에 파천2상황이다. 천화공국 산둥 군구 전 병력이 국경으로 집결 중이며 공습이 진행 중이라고 말씀드려라. 어서! 급하다!"

화재 경보에 이어 전투 준비를 알리는 경보음이 기지에 울려 퍼지기 시작했다.

"비행단! 전투 준비! 전투 준비! 요격 미사일 포대 가동!"

1972년 8월17일 05:58 요녕도, 대련

30킬로톤짜리 핵탄두가 폭발한 대련과 요동 반도는 순식간에 암흑으로 변해가고 있었다. 대련 상공 1킬로미터까지 버섯구름이 치솟으며 수만 도의 고열이 인근 여순항의 함대와 여순 시내를 덮쳐버렸다. 이어 초속 500미터에 달하는 후폭풍과 엄청난 해일이 요동 반도와 대련을 휩쓸고 지나갔다. 불과 수십 초 만에 대련과 여순은 10만 인명을 훑어간 죽음의 도시로 변하고 만 것이었다. 앞으로도 방사능 오염으로 인해 최소한 10만 이상이 사망할 것이었다.

문제는 거기서 끝나지 않았다. 여순 함대의 순양함들과 연동되던 인공위성 2기의 송수신기가 과부하로 기능을 잃어버렸고 과부하가 걸린 위성의 영향으로 인근의 위성 8기 역시 안전 차폐장치 가동으로 서울의 통제실에서 일일이 기능을 재개시킬 때까지 활동을 중지해버리고 말았다. 순식간에 제국 북서부 지방의 위성 전체가 가동을 중단해 위성통제실은 일시적으로 장님이 된 것이나 마찬가지였다.

남서도의 대북항에서도 대련과 거의 동시에 30킬로톤 핵탄두가 폭발했으나 다행스럽게도 정상적인 폭발이 아니었는지 피해 규모는 대련의 30퍼센트를 조금 밑돌았다. 하지만 인구밀도가 워낙 높은 지역이다 보니 인명 피해는 더 충격적이었다. 첫 번째의 소규모 폭발만으로 10만이 넘는 사람이 죽어갔고 방사능 낙진이 바람을 타고 대북 시내로 향하면서 인구 300만의 대도시 대북의 혼란은 그 극치를 이루고 있었다. 남서도 함대는 여순 함대와 달리 직격탄을 피해 최악의 상황은 면한 상태라고 해야 했으나 폭발 후의 자기폭풍에 휩쓸려 단 한 척의 전투함도 가동하지 못하는, 말 그대로 최악의 상황이었다. 함대는 30년 전의 모습으로 대북항 근해에 주저앉아버리고 말았다. 그렇게 피의 아침이 밝았다.

산둥 반도에서 최초의 교전이 벌어진 것은 새벽 6시 10분, 천화공국의 J-6전투기 20개 편대가 웨이핑 상공을 지나 제국 조차지 국경을 막 넘어서려 할 순간이었다. 100여 기의 방패2 미사일이 하늘을 가르며 산둥 반도의 하늘에 수십 개의 불꽃을 터뜨렸고 미사일을 피해 산개하는 수십 개의 J-6들과 이들을 추격하는 하얀 선들이 상승기류를 타고 산맥 정상에 몰린 모자구름을 배경으로 화려한 곡예비행을 시작했다. 엄청나게 많은 숫자의 천화공국 항공기가 기습적으로 몰려든 상황이었지만 상공의 전투는 예상대로 일방적 살육으로 서전을 장식하고 있었다.

하지만 지상군의 사정은 많이 달랐다. 1,000여 대의 152미리 야포가 일순간에 쏟아낸 수천 발의 포격은 2개 연대에 불과한 제국 육군을 순식간에 괴멸 직전까지 몰고 갔고, 육군은 엄청난 피해를 입은 후에야 국경을 경비하던 자경단 병력과 함께 제1교전계획에 의거 산둥 산맥 산악 지역의 방어기지로 후퇴하기 시작했다.

제1교전계획은 천화공국의 대규모 공격이 시작될 경우 즉시 전선을 포기하고 방어기지로 이동한다는 것이었으나 최전선 야전사령관의 우유부단한 대응으로 인해 400명 이상의 병력 손실을 감수한 후에야 본격적인 방어기지 가동에 들어갔다. 물론 대규모의 전쟁이 벌어지리라고 예상하지는 못했겠지만 갑호 비상령이 내려진 상태에서 늑장대응을 한 통에 안 그래도 좋지 않은 전선의 상황을 더욱 악화시켜버린 것이었다.

곧이어 6개 사단 800여 대의 T-59전차가 일제히 옌타이 국경을 넘어서기 시작했다.

1) **J-6** 1961년 12월, 소련의 MIG-19를 개량해 만든 중국의 주력 전투기. 단좌, 후퇴익. 장폭고: 14.9×9.2×3.88미터, 중량 7.5톤, 최고속도 시속 1,540킬로미터, 항속거리 1,390킬로미터, 전투행동반경 685킬로미터. Radio Compass에 의존해 항법 능력 미약. 무장: 30미리 기총 3문, 250킬로그램 고폭탄 2발, 57미리 로켓 16발, 공대공 미사일ATOLL 2발.

2) **방패2** 대한제국 2세대 방공 미사일 체계. 항공기 및 전술 탄도탄 요격용 미사일. 명중률: 항공기 95퍼센트, 탄도탄 85퍼센트, 탄길이 4미터, 직경 0.4미터, 속도: 마하 5, 중량 535킬로그램, 신관: 근접 및 접촉신관, 탐지거리 500킬로미터, 능동유도, 제작사: 한솔.

3) **모자구름** Cap cloud 산악파에 의해 산맥 정상에 형성되는 구름으로 상승기류에 의해 응결된다. 항상 산마루를 가리고 있기 때문에 비행 중 피해야 하는 지역이다.

4) **T-59** 구소련의 T-54전차를 모방하여 중국이 생산한 전차. 북한의 김일성 69호의 기본형이다. 100미리 강선포, 유효사거리 2킬로미터, 부무장 SGMT 대공포, 승무원 4명, 장폭고: 6.04×3.27×2.59미터, 최고속고 시속 50킬로미터, 항속거리 440킬로미터, 수직장애물 0.79미터, 도하능력 1.4미터, 포구 배연기 및 스노클 장착.

제2차 동아시아 전쟁

1972년 8월 17일 06:40 서울, 합참 상황실

인왕산 중턱을 파고들어 건설된 합동참모본부 상황실의 분위기는 한마디로 초상집이었다. 아직도 참석 예정 인원이 모두 도착하지 못했으나 벌써부터 참석자들의 언성은 높아져만 가고 있었다.

조인태는 한쪽 손으로 이마를 짚은 채 침통한 표정으로 회의탁자를 내려다보고 있었다. 문득 전대 수상이 원망스러워졌다. 자신 역시 전대 수상과 마찬가지인 공화당 후보로 당선이 되기는 했으나 전대 수상 재임기간인 8년과 자신의 재임기간 3년 동안 지속적으로 유지해온 반전, 유화정책이 결국 실패로 판명되어버린 것이었다. 그 역시 자신의 재임 기간 중에는 조그만 전쟁도 일어나지 않기를 원했기에 선대 수상의 정책을 적극적으로 수용해 반전, 유화정책을 선거공약으로 내세웠고 그것이 국민의 지지를 받아 20퍼센트 이상의 엄청난 차이로 민주당 후보를 따돌릴 수 있었다.

하지만 오늘, 공화당의 제1선거공약이자 당의 정책 기조인 반전, 유화정책이 뿌리째 흔들리게 되었다. 무수한 건의에도 불구하고 전대 수상과 달리 꾸준히 비전의 해외활동을 견제해온 것도 이런 결과를 가져오는 데 힘을 보탰을 터였다. 하지만 뚜렷한 도발이 없는 상태에서 전쟁에 대한 국회비준을 요구할 수도 없었고 사실 국회에 상정을 한다는 것도 어불성설이었다. 다만 그 징후를 발견하고도 적극적으로 대처하지 못한 것이 결정적인 실책인 셈이었다. 그것은 확실히 자신의 실책이었다. 안 그래도 최근의 국회의원 선거에서 민주당의 약진이 두드러져 정치적 어려움을 상당히 겪고 있던 터에 수십만의 국민을 죽음으로 몰아가버렸으니 다음 선거는 아예 물 건너갔다고 보아야 했다.

새삼 욕설이 입 안을 맴돌았다.

'젠장! 빌어먹을! 그렇다고 국회의 동의도 없이 다짜고짜 선공을 할 수는 없는 일 아닌가 말이야! 젠장! 젠장!'

어쨌거나 이미 벌어진 일이니 우선 발등에 떨어진 불인 이 빌어먹을 전쟁부터 최대한 인명 피해를 줄이면서 승리로 이끌어야 했다. 조인태는 합참의장이 문을 열고 들어서는 것이 보이자 책상을 두 번 가볍게 내려친 후 입을 열었다.

"아직 참석해야 할 사람들이 다 모이지는 않았지만 사안이 다급해 지금 시작해야 할 것 같소. 사후 발표이긴 하지만 조금 전인 06시 30분에 천화, 중화 양국의 선전포고가 있었소. 금일 오전 05시부터 제국과의 전면전에 들어간다고 하는 성명이오. 정보통제실장! 시작하시오."

조인태의 말이 떨어지기가 무섭게 김태환이 자리에서 일어났다.

"우선 간단하게 상황을 정리해드리겠습니다. 조금 전인 새벽 6시 경, 대련에서 핵폭발이 있었습니다. 대략 30~40킬로톤 급의 탄두가 폭발한 것으로 보이며 여순 함대는 안타깝게도 함대 전체가 괴멸된 것으로 보입니다. 합참과 협조해 긴급히 구호부대를 투입하도록 조치했으나 방사능 오염이 워낙 극심한 상황이어서 구호활동도 지지부진한 상태이며 피해 상황의 정확한 파악이 어렵습니다. 민간인 피해도 만만치 않을 것으로 보입니다. 또한 위성 2기가 피해를 입어 직접 인력을 투입해 송수신기 교체 작업을 해야 합니다. 당분간 사용이 불가능할 것입니다. 또 인근 위성 8기도 안전차폐기 작동으로 인해 즉시 사용이 어렵습니다만 우선 1기는 06시 30분부로 재가동을 시작했습니다. 나머지도 10시간 이내에 재가동을 마치게 될 것입니다. 다음은 산둥 반도의 천화공국 침공입니다. 천화공국 특수부대인 공강군 20여 명의 자살테러 형태의 공격으로 일부 기지에 손상이 있는 상태입니다. 하지만 다행히 결정적 타격은 받지 않은 것으로 보입니다. 1,500대의 전차와 100만이 넘는 천화공국 지상군의 전격적인 공격을 받고 있는 육군은 방어기지를 가동하지 못한 채 상당한 피해를 입은 실정입니다. 하지만 전선의 폭이 극히 좁은데다 일단 방어기지가 가동이 된 상태이니 당장 문제가 되지는 않을 것입니다. 또, 옌청의 중화민국군도 북상을 계속하고 있습니다. 어찌 되었든 적 주력부대의 요격을 위한 신속한 병력 전개가 필요합니다. 남서도의 대북항은 민간인이 엄청난 피해를 입은 상황입니다. 정확한 피해 상황은 보고가 접수되는 대로 별도로 보고하겠습니다. 남서도 함대는 대북항 2킬로미터 외곽에 정박하고 있으나 함대가 정상화되려면 일주일 이상은 시간이 걸릴 것으로 보입니다. 일단 오키나와 전대가 지원을 위해 출항을 준비하고 있으며 신주의 제7전투비행단이 함대의 호위를 맡고 있습니다. 다음, 몽골 국경입니다. 현재 위성의 상황이 좋지 못한 관계로 정확한 상황 파악이 되어 있지 못합니다만 일단 천수(구 친왕다오)와 청우(구 청더)가 공격 받고 있는 것은 확실합니다. 동 전선의 천화공국 병력은 대략 150만이 넘을 것으로 판단됩니다. 몽골군의 병력은 5만이 채 되지 않습니다만 기계화부대 위주로 편성이 되어 있는데다 선양과 진주(진저우)의 공군이 적극적으로 지원해서, 벌써 2차 폭격을 감행중입니다. 급격히 밀려나지는 않을 것으로 보입니다. 이상입니다."

조인태가 다시 말했다.

"합참의 의견을 듣겠소."

"합참의장 강현식입니다. 두 국가 동시 제압을 상정해 입안한 작전계획은 여순 함대의 참변과 남서도 함대의 전력 이탈로 인해 일부수정이 불가피할 것으로 보입니다. 최우선으로 모든 전력의 가동을 승인해주시기 바랍니다. 일단 모든 전력을 가동하는 것을 전제로 말씀드리겠습니다. 공군과 육군의 전력은 건재한 상황이니 입안되어 있는 대로 산둥 반도의 지상군과 480개 전술 목표에 대한 일차 타격부터 시작하고자 합니다. 또한 산둥 반도의 병력 지원 및 지난 공격을 위해 옌타이와 웨이하이에 근황친위군 4개 기계화사단과 해병 5개 사단을 상륙시키고자 합니다. 하지만 여순 함대 대신 근황친위 함대 2함대가 발해만으로 진입해야 할 것 같습니다. 또한 제주 함대의 남서도 진출을 건의합니다."

"승인하겠소. 시간이 없으니 곧바로 시행하시오. 명심해야 할 것은 복수를 생각하느라 냉정을 잃지 말아달라는 것입니다. 전쟁은 애초에 명분 싸움이고 흥분을 하게 되면 그 명분을 잃게 됩니다."

"네, 각하."

"지금 이 시간부로 전국에 파천2를 선포하며 대량살상무기를 제외한 모든 전력의 전면 가동을 승인합니다. 철저히 응징하시오. 다만 민간인 거주 지역의 경우에는 가능하면 정밀 타격을 위주로 작전을 전개하기 바랍니다. 이상이오. 합참은 지금 나가보시오."

"알겠습니다, 각하."

강현식을 비롯한 합동참모본부의 인원이 서둘러 자리를 뜨자 조인태가 다시 입을 열었다.

"외무부 장관!"

"네, 각하."

"장관께서는 보르네오와 필리핀군의 중화민국 상륙을 유도하시오. 조금 있으면 그쪽 정부에서도 신보를 통해 대부분의 상황을 알게 될 테고 이미 어느 정도는 언질을 받아놓은 상황이니 문제는 없을 것이오."

"알겠습니다."

"비전!"

"네! 각하!"

"지금 이 시간 부로 종전에 이를 때까지 중화, 천화 양국을 포함한 모든 국가에 대해 비전의 무력 사용을 허가하겠소. 제한 사항은 없소."

"알겠습니다, 각하!"

"비서실은 곧바로 기자회견을 준비하시오. 서둘러 움직이길 바랍니다."

세계전사가 기록된 이래 최대의 인명 피해를 가져올 제2차 동아시아 전쟁의 서막이 올랐다.

1972년 8월 17일 08:40 산둥 반도, 라요산 북쪽 20킬로미터 상공

김종근 중령의 대한-24 전폭기는 라오산(노산山 1,130m)과 쿤룬산(곤륜산崑崙山, 824m)의 험한 산세를 끼고 산둥 반도 북쪽 해안인 룽커우를 통해 옌타이로 진입을 시도하는 천화공국 제11전차사단을 향해 접근하고 있었다. 오늘 아침에만 벌써 네 번째 폭격이다 보니 이미 해안지역 대부분은 주작의 화염이 온통 점령하고 있어서 지상군은 접근조차 불가능해 보였다. 어차피 해안 전체가 천화공국군 전차와 보병으로 새카만 형국이니 화염이 없는 곳에 대충 떨어뜨리고 돌아가면 그뿐이었다. 김종근이 느긋한 표정으로 자신과 한 조인 이서민 중위를 불렀다.

"야! 이 중위! 너 무협지 좋아했지?"

—예, 그런데요?

"저기 조금 낮은 봉우리가 곤륜파의 본거지라는 곤륜산인데 도관道館 같은 것은 보이지 않네?"

―그거 뻥인가 보던데요? 일부러 등산도 해봤는데 그런 거 별로 없더라고요. 후후. 그래도 산세는 진짜 험하고 뭔가 있어 보이기는 하잖아요.

"그렇긴 하다. 하하. 하여튼 뙤놈들 뻥은 알아줘야 한다니까."

―저기요, 중령님. 이거 아무래도 전면전으로 가는 것 같은데 다른 지역 소식 없어요?

"글쎄다. 나도 다른 지역 소식은 들은 게 없다. 작전 마치고 돌아가면 좀 알아보도록 하지."

―네. 근데 이놈들이 뭘 믿고 달려드는지 통 알 수가 없네요. 후후.

"주은래가 정신이 잠깐 나간 모양이지, 뭐. 후후."

한참을 키득대던 김종근이 해안의 하늘을 검게 물들이고 있는 연기가 급격히 가까워지자 정색을 하고 말했다.

"편대! 편대장기를 선두로 일제히 진입한다. 요격 미사일은 초기형일 것이니 우려할 것이 없지만 T-59의 대공포는 조심하도록. 괜히 어정쩡하게 접근해서 눈먼 대공포 맞으면 개망신이니 말이다. 우리 목표는 오늘 하루만 저놈들이 옌타이로 진입하지 못하게 하는 것뿐이다. 고도 100미터! 초음속으로 전투지역 상공을 통과하며 주작 4기 모두 한 번에 투하하고 이탈한다. 이상!"

―알았습니다.

라오산과 쿤룬산의 고지를 연결해 건설된 대한제국의 산둥기지는 곳곳에 매설된 지뢰 지대와 고속야포는 물론이고 무인 기관총좌까지 무수히 깔려 있는, 천화공국 보병들에게는 말 그대로 사지死地와 같았다. 더구나 험한 산세와 우거진 숲으로 인해 전차는 아예 기동이 불가능했다. 새벽에 실시된 단 한 차례의 공격시도로 순식간에 사단급의 병력을 잃어버린 천화공국군은 결국 병력을 우회시켜, 비교적 저지인 해안을 타고 엔타이 진입을 시도하고 있었다.

그러나 제공권을 확보하지 못한 상태에서 폭이 겨우 5킬로미터도 채 안 되는 해안의 좁은 평야 지대를 근 150킬로미터 이상 이동해야 했으니 제국 공군의 먹음직스런 먹이로 전락할 수밖에 없었다. 게다가 400킬로그램짜리 주작-14 100여 발이 작렬한 펭라이의 좁은 해안 지대는 주작의 네이팜 화염으로 아예 전진이 불가능했다.

—알았습니다. 어차피 연기 때문에 아군기의 접근이 보이지도 않을 겁니다. 탄막을 형성할 시간도 없을 거예요. 걱정 마십쇼.

이서민이 농담을 건네며 마지막으로 김종근의 기체 우현으로 접근했다.

"시끄러 인마! 조심해서 나쁠 것 없다. 편대 후연기 가동!"

불과 5미터 간격으로 폭격 대형을 갖춘 대한-24 4기가 일제히 후연기를 가동하며 주작이 내뿜고 있는 검은 연기의 장벽 속으로 뛰어들었다.

대한-24가 나란히 연기 속을 벗어나면서 떨어뜨린 주작 16발이 화염 지대의 조금 후방에 내리꽂히자 화염에 발이 묶여 있던 천화공국 11사단의 머리 위에 다시 엄청난 불기둥이 솟구쳤다. 이어 4대씩이나 되는 초음속 전투기가 일제히 음속을 돌파하며 뿜어낸 강력한 충격파가 허둥대던 수천 보병들의 고막을 한꺼번에 찢어내 버렸다. 기수를 들어올린 김종근의 레이더에 발해만으로부터 접근하고 있는 대한-42 전략폭격기의 거대한 기체 10여 개가 잡혔다. 개성 전투비행단에서 출격한 녀석들일 터였다. 그가 한숨 돌렸다는 투로 말했다.

"편대! 잠시 폭격 엄호를 해주고 기지로 돌아간다. 우리 일은 끝난 것 같다. 저 녀석들 한번 왔다 가면 당분간 우리가 할 일은 없어질 거다. 아마 쿤룬 쪽에 몰려 있는 포병들만 두들겨주면 될 거다. 후후. 아래 있는 천화공국 놈들이 갑자기 불쌍해지는군."

이 중위가 너스레를 떨었다.

—그럴 겁니다. 한 기가 싣고 있는 폭탄이 100톤을 넘어가니 대략 잡아도 1천 톤이네요? 에구, 아군기니 다행이지. 쩝.

"후후. 편대! 고도를 7천으로 올린다. 귀하신 몸들이니 영접을 해드려야지."

1972년 8월 17일 08:40 산둥 반도, 쿤룬산

리쇼우 중교가 조종하는 MI-24하인드 무장헬기는 10여 기의 헬기편대와 함께 지독하게 저항하는 제국군 포병부대가 위치한 쿤룬의 능선을 향해 계곡을 따라 저공비행을 하고 있었다. 천화공국의 지상군이 옌타이로 진입하기 위해서는 어떻게 하든 쿤룬과 라오의 방어망을 소개해야 했으나 포병이 포문을 열기만 하면 10초도 채 안 되어 쏟아지는 제국군의 대포병 요격은 아군 포병의 적극적인 공세 유지를 불가능하게 했다. 결국 산둥 군구 사령관 지앙류 중장은 적의 포격을 잠재우기 위해 인민해방군 최강인 공강군空降軍 특수부대를 투입하기로 한 것이었다.

문제는 적진 상공의 대공화력이 워낙 막강해 공수형태의 진입이 불가능하다는 것이었다.

결국 사령부는 적의 레이더에 잡히지 않은 채 빠르게 이동할 수 있고 무장병력도 10여 명 이상 수송할 수 있는 MI-24하인드를 투입하기로 결정했다. 그러나 대공화력이 건재한 능선 주변의 적진을 신속하게 제압하고 탑승한 공강군 12명을 내려놓는다는 것은 말이 좋아 작전이지 반쯤은 자살에 가까운 대단히 위험한 시도였다.

물론 사령부에서 라오산 쪽으로 병력을 진입시켜 적의 주의를 분산시켜준다고도 했고, 지금도 포병들이 대포병 사격을 감수하면서 적진을 향해 포격을 집중시키고 있지만 아무리 생각해보아도 접근하는 헬기를 놓칠 정도로 제국의 대공화력이 빈약할 것 같지는 않았다. 잔뜩 긴장한 덕분에 조종간을 쥔 손바닥이 축축하게 젖어왔다.

"제기랄! 꼭 자살하러 들어가는 기분이네. 윗대가리에 앉아 있는 놈들은 하나같이 대가리에 똥밖에 안 들어 있는지 요상한 작전만 생각해낸단 말이야. 젠장!"

리쇼우가 중얼거리자 옆 자리에 앉아 있던 부조종사가 말했다.

"사령부에선 아니라고 우기지만 최초 고지 점령전 때의 전사자가 1만이 넘는다는 소문이에요. 이번 작전도 너무 무리한 작전 같은데, 아직 적의 대공화력이 멀쩡한 상황이잖아요."

"그러게 말이다, 젠장!"

콰쾅!

리쇼우가 욕설을 내뱉는 순간 선두에서 비행하던 하인드 한 대가 갑자기 화염에 휩싸이며 추락하기 시작했다.

"젠장! 시작인가 보다! 그런데 여긴 나무도 없는 지역이잖아! 도대체 어디서 쏘는 거야!"

편대가 진입한 계곡은 폭 20미터 정도의 제법 널찍한 개천이 흐르는 곳이었고 개천 주변은 낮은 덤불숲조차 존재하지 않았다. 보병이 매복할 수 있는 장소가 아니었다. 헬기의 저공침투가 용이한 계곡마다 깔려 있던 제국군의 대 헬기지뢰인 비뢰飛雷가 처음으로 모습을 드러낸 것이었으나 천화공국군으로서는 듣도 보도 못한 마른하늘에 날벼락이었다. 다시 두 기의 하인드가 개천으로 곤두박질치자 부조종사가 외쳤다.

"개천 모래사장 속에서 튀어나오고 있습니다! 무인요격장치인 모양이에요! 후퇴해야 합니다! 고도 올리세요! 어서요!"

순식간에 서너 기가 더 요격당해 추락하고 나자 남은 헬기는 리쇼우의 기체를 포함해 세 기밖에는 없었다. 무전기에서 편대장의 다급한 목소리가 흘러나왔다.

—제기랄! 이탈한다! 적의 매복이다! 고도를 올리고…… 젠장! 맞았다! 추락…….

편대장의 목소리도 끝까지 들려오지 않았다. 편대장기도 후익부분에 주먹만 한 소형 미사일을 맞고 개천 옆 숲 속으로 빨려들 듯 가라앉고 있었던 것이다. 리쇼우는 필사적으로 기체를 들어올리며 한 기 남은 하인드를 따라 쿤륜산 중턱으로 회피기동을 시작했다. 뒤쪽에서 공강군 대원들이 중심을 잃고 쓰러지는 것이 느껴졌다. 그가 발악적으로 고함을 질렀다.

"젠장! 이거 뭐야!"

리쇼우가 고함을 지르는 순간 눈앞에서 한 기밖에 남지 않았던 동료 헬기가 산산이 조각나 순식간에 사라져버렸다. 이번엔 숲 속에서 튀어나온 미사일이었다.

"으악!"

부조종사의 비명 소리에 놀란 리쇼우가 반사적으로 조종간을 틀어 올렸으나 후익이 날아가버린 기체는 허공을 유영하듯 회전하며 울창한 쿤룬의 삼림 속으로 곤두박질쳤다.

1972년 8월 17일 08:50 베트남, 사이공

베트남 정국은 전쟁발발로 온통 난리가 난 상황이지만 한영숙은 객실 테라스를 제법 운치 있게 덮고 있는 한국풍 차일 아래서 수도 사이공의 활기찬 아침을 만끽하고 있었다. 차일은 통풍이 잘 되도록 성기게 얽어 만든 삼베 위에 곰방대를 문 선비의 모습을 그려 넣은 보기 드문 고급품이었다. 아마도 제국에서 수입을 해온 물건일 것이었다.

왼쪽 다리의 약식 석고붕대가 분위기를 망치고 있다는 것을 빼면 최고의 아침이라고 할 수 있었다. 크고 작은 상점과 노점들이 즐비한 호텔 미토 주변은 아직 이른 시간이어서 그런지 오가는 사람들이 그리 많지는 않았다. 그러나 하루의 시작을 준비하는 상점 점원들의 손길은 더없이 분주해 보였다. 객실 안쪽의 침대에는 아직도 게으름을 피우고 있는 김태훈의 모습이 보였다.

문득 며칠 전의 악몽이 되살아났다. 그가 겪은 것에 비하면 그녀의 기억은 악몽이랄 것도 없었으나 어찌 되었건 그녀가 세상에 태어나서 가장 힘들었던 시기를 꼽으라고 하면 지난 열흘간일 것이었다. 정신을 잃었던 그녀가 깨어난 곳은 하노이에서 남쪽으로 30킬로미터쯤 떨어진 남딘의 야전병원이었다. 온몸은 상처투성이에다 다리에는 야전용 싸구려 석고붕대가 더덕더덕 붙여져 천장에 매달려 있었고 옆 침대에는 김태훈이 나란히 누워 잠들어 있었다.

베트남인 간호장교의 말로는 김태훈이 자신을 들쳐 업고 30킬로미터를 걸어서 이동해왔고 몇 마디 그녀의 상태를 이야기해주고는 잠들어버려 12시간째 그대로 누워 있다는 것이었다. 그리고 깨어나 눈을 뜬 그의 얼굴에 맺힌 창백한 미소에 30년간 꿈쩍도 않던 콧대가 부러지고 말았다. 어쩌면 최고의 기억도 그와 함께한 요 며칠이 될지도 몰랐다.

결국 천신만고 끝에 사이공으로 들어와 정상적인 치료를 받은 후, 3일간의 휴가를 얻은 두 사람이 선택한 곳이 바로 이 호텔 미토의 최고급 객실 '주작' 이었던 것이다. 하지만 그것도 본토의 피폭으로 인해 오늘부로 끝일 터였다. 한영숙이 입을 열었다.

"태훈 씨! 일어나! 13시까지 지부로 출두하라는 명령이야. 휴가 끝났어."

김태훈이 부스럭거리는 소리가 들렸다.

"끙…… 에이 설마……. 환자들도 일하라는 명령이야?"

"조금 전에 대련과 대북에서 핵탄두가 폭발했대. 여순 함대는 괴멸이고 남서 함대는 작전 불능인데다 산동 반도와 몽골이 천화공국군에게 공격당하고 있대. 전국에 파천2 발령이고."

"뭐? 핵폭발? 그럴 리가 없잖아? 무슨 수로 탄두를 대련까지 날렸다는 거야?"

"자세한 것은 모르지만 시한장치를 한 탄두를 화물선으로 반입했다는 분석이 지배적이래. 여론은 온통 지난과 홍콩을 공격하라고 난리가 난 모양이더라고."

김태훈이 침대에 누운 자세 그대로 화상수신기를 켜고 몇 차례 채널을 돌리자 익숙한 제국어가 흘러나왔다. 24시간 신보방송인 '대한신보'였다. 화면에는 방사능 방호복을 걸친 보도국 직원 몇몇이 아직도 방사능 낙진이 채 가라앉지 않은 여순의 모습을 생중계하고 있었다. 화면에 나타난 거의 모든 건물에서 검은 연기가 치솟았고 피폭된 민간인들의 참혹한 모습과 광장 한쪽에 모아지고 있는 사망자들의 사체가 전쟁터를 방불케 하고 있었다. 생중계를 맡은 보도국 직원은 공중파 방송에서는 절대로 사용하지 않던 '복수'라는 단어까지 입에 담고 있었다.

"젠장! 설마 설마했는데……. 정말 이놈들이 한번 붙어보자고 한 모양이네. 빌어먹을! 이거 미친놈들 아냐? 머릿수만 많으면 다인 줄 아나?"

"그리고 알다시피 내 다리는 금만 조금 간 상태라 움직여도 상관은 없다니까 태훈 씨와 난 곧바로 서울로 가야 할 것 같아."

"서울?"

"응. 외숙부가 실장님에게 압력을 행사하신 모양이야. 들어오래. 상의해야 할 일이 있는 것 같아."

"숙부님이 어떤 분인데 비전 실장에게 압력을 넣을 수 있지? 대단한 분인 모양이네?"

"박 자, 태 자, 일 자 쓰시는데……. 삼우상단 회장님이야."

"우와. 서호주 알루미늄 광산을 독점하고 있는 그 삼우상단?"

"응. 무슨 문제가 있는 모양이야. 오늘 저녁 비행기로 귀국해서 전입신고하래."

"뭐, 삼우상단 회장이시면 그럴 만하네. 그런데 나는 왜?"

"내가 끼워 넣었지, 뭐. 후후. 설마 도장 찍어놓고 모른다고 하진 않겠지?"

"뭐?"

"남자들 그런다며. 하루 같이 자고나면 도장 찍었다고 한다며? 아닌가? 후후."

김태훈이 고개를 절레절레 흔들며 그녀에게 다가와 가볍게 입을 맞추며 말했다.

"그런 소린 어디서 다 듣는 거야?"

"이런, 이런. 내 나이도 서른이야. 설마 얌전한 여염집 규수라고 생각한 건 아니겠지?"

김태훈이 커다랗게 웃음을 터뜨리며 그녀를 가볍게 안아들었다.

"하하. 넵! 중령님! 뭐, 명령에 따르겠습니다. 흠…… 우선은 아직 시간 여유도 좀 있고, 당분간 이런 고급 호텔 객실과 침대는 사용을 못할 테니 본전을 뽑아야지?"

"뭐? 이 환한 아침에?"

"누가 보나? 우리밖에 없는데, 뭐. 후후."

김태훈이 그녀를 안아든 채 침대로 다가가자 그녀의 팔이 부드럽게 그의 목에 휘감겨왔다.

1972년 8월 17일 09:05 서울, 합참 상황실

강현식은 있는 대로 곤두선 신경을 조금이라도 가라앉혀보려고 안간힘을 썼다. 시간은 자꾸 흘러가고 있는데 본격적으로 가동되어야 할 전선 통제가 제대로 이루어지지 않았다. 가용위성은 무궁화 23호 하나밖에 없는 상황인데다 바다갈매기를 총동원해서 산둥과 몽골 전선에 쏟아지고 있는 적의 근거리 스커드 미사일들을 요격하다 보니 막상 우선적으로 타격을 가해야 할 천화공국 전술 거점에 대한 공격은 자꾸만 미뤄질 수밖에 없었기 때문이다. 그렇다고 수상의 직접 승인 및 암호 수령이 필요한 공격위성을 벌써부터 동원하자고 할 수는 없었다. 그나마 다행인 것은 아직 천화공국의 대륙간 탄도 미사일 DF3가 발사되지는 않고 있다는 것이었다. 그가 신경질적으로 외쳤다.

"젠장! 위성통제실의 연락은 아직 없나?"

"네! 각하. 일단 대륙 내부와 상하이 이남 군사위성들의 통제권을 넘겨받는 작업은 완료되어 있는 상태입니다만 아직도 북서부 지역의 위성은 가동이 어려운 상태랍니다. 통제실 담당자의 말로는 급한 대로 태평양의 위성들을 이동시키고 있으나 한 시간 후나 되어야 태평양의 위성이 최초로 현지 상공에 도달할 수 있다고 합니다."

강현식은 수십 개의 표적이 계속해서 나타났다 사라지는 상황판을 10여 초간 초조한 눈빛으로 주시하더니 전술통제 장교에게 물었다.

"스커드의 수량은 어느 정도나 남은 것 같은가?"

"확실치는 않습니다. 하지만 현재 소모량이 약 300기 정도이니 비전의 보고서와 유사한 수준의 수량을 보유하고 있었다면 아직 이동식 발사대 400여 기는 남아 있을 것으로 보입니다."

"젠장! 더럽게도 많네."

강현식은 초조했다. 무슨 이유에서인지 아직 천화공국이 탄도 미사일을 발사하지 않았지만 더 이상 그런 행운을 기대한다는 것은 상식밖의 일이었다. 사실 현대식 전투 체계에 익숙한 그로서는 선공을 놓친 천화공국의 작전도 도무지 이해할 수가 없었다. 물론 선공을 직접적으로 했어도 모조리 요격이 되었을 테지만 아마도 지금을 놓치면 천화공국은 영원히 핵을 사용할 기회가 없을 것이었다. 제국이 보유한 핵탄두가 몇 기 없는 것으로 발표되어 있으니 자신들이 보유한 15기 정도의 핵탄두로 제국의 핵 공격 견제를 생각하고 있을 수도 있다는 생각이 들기도 했다. 그러나 이미 자신들이 핵 공격을 시작해놓고 핵 공격을 견제하겠다는 생각을 할 리는 없을 것 같았다.

어쨌거나 한 대밖에 없는 가용위성이 스커드 요격을 보조하느라 정신 없는 사이, 이미 작전 배치가 끝난 것으로 보이는 50기나 되는 DF3이 한꺼번에 날아들게 되면 자칫 한두 개라도 요격에 실패할 수 있었고 만일 한두 개 놓친 그것이 핵탄두가 될 경우에는 돌이킬 수 없는 결과를 초래할 수도 있었다. 그의 목소리가 갈수록 짜증스러워져 갔다.

"미르의 위치는?"

"현재 2, 3기는 산둥 반도 상공, 4, 5호기는 상해 상공에 대기 중입니다."

잠시 상황판에 떠오른 스커드 표적이 줄어들기 시작하자 강현식이 거칠게 말했다.

"빌어먹을! 이젠 전선의 미사일 요격에 조금 문제가 생겨도 어쩔 수 없다. 더 이상 지체하면 본토에 탄도 미사일 선공을 받을 수도 있다. 전선의 미사일은 바다갈매기들에게 맡기고 아쉬운 대로 무궁화 23을 일시 전용한다. 우선 미르 2, 3, 4호기를 대기권으로 진입시켜라. 목표. 2호기는 북경 외곽의 스커드 기지와 탕산의 제3중화기 보급창, 3호기는 웨이핑 유전과 칭다오 해군기지, 4호기는 산시성 린펀의 천화공국 탄도 미사일 기지로 한다. 5호기는 적 DF 발사에 대비한다. 시작해라!"

"알겠습니다. 미르 작전 위치로!"

―미르 편대 이동 시작합니다.

"지금 즉시 개성 제3전투비행단의 대한-15 2개 중대를 출격시켜라. 곧바로 지난 인근의 이동식 DF발사대와 대공 무기체계들을 찾아내서 요격하도록."

— 알겠습니다. 출격시킵니다.

미르의 이동 개시 보고가 흘러나온 후, 바늘 떨어지는 소리도 들릴 것 같은 아찔한 침묵 속에서 피 말리는 5분여가 흐르자 전술통제부 장교가 귀에 걸려 있던 수신기를 떼어내며 외쳤다.

— 미르 목표 상공 대기권 진입이 성공적으로 끝났습니다. 아직 적의 탄도 미사일은 포착되지 않고 있습니다. 무선 개방합니다.

"개방해라!"

"무선 개방! 미르! 위치 보고!"

— 미르2. 정위치! 싸울아비-가 2기 발사 준비 완료! 미르3. 정…….

미르의 보고가 끝나기도 전에 강현식이 다급히 물었다.

"위성 상황은?"

— 북경 등 4개 지역은 무궁화 23호, 린펀 상공은 무궁화 41호가 준비하고 있습니다. 상태 양호!

강현식은 위성 상태를 보고 받자마자 주저 없이 발사를 명령했다.

"편대는 발사 후 즉각 대기권을 이탈해 적 탄도 미사일에 대비하라! 발사!"

1972년 8월 17일 09:20 천화공국, 린펀 상공

"싸울아비 2기 발사합니다. 3, 2, 1. 발사!"

가벼운 진동이 느껴지며 폭탄창 개방을 알리던 계기판의 붉은 등이 사라지자 황인수 중령은 가볍게 몸을 떨었다. 온몸을 감싸고 있는 G전투복이 새삼 거북스럽게 느껴졌다. G전투복은 전투복 내부에 충진된 고밀도의 액체로 조종사를 보호하는, 특히 12G 이상의 고속 기동시 하체나 상체로 피가 몰려 조종사가 시력을 잃는 일을 방지하기 위해 제작된 것이어서 항상 10G 이상의 기동을 하는 미르의 조종사인 그로서는 대단히 친숙하게 느껴져야 할 물건이었다. 그러나 맨몸에 비하면 어딘지 모르게 버겁다는 느낌을 떨쳐버릴 수 없었다. 그가 부조종석에 앉아 있는 장 대위를 돌아보며 말했다.

"유도는 위성이 알아서 해줄 테니 우린 대기권 밖으로 이탈해 요동 상공으로 이동한다. 이동식 발사대가 상당수 지난 부근에 배치되어 있는 모양이니 레이더는 계속해서 주시를 해줘."

"알았습니다, 중령님!"

"통제실! 발사 완료! 대기권 이탈한다!"

— 알았다. 최대한 빨리 산둥 반도 상공으로 이동해 대기하도록. 오늘 하루만 계속 수고해주기 바란다. 이상!

"알았다. 이상!"

우웅 — .

황인수가 계기판 옆의 레버를 잡아당기자 묵직한 자장발생기의 진동이 기체에 울려 퍼졌다. 그가 투덜거렸다.

"에이, 저놈의 진동 좀 없앨 수 없나? 언제 들어도 기분이 좀 묘해서 말이야."

"그렇긴 하지만 어쩔 수 있나요, 뭐. 전투기가 승차감 따지는 거 보셨어요? 후후."

"하긴 그렇다. 그나저나 대련은 피해가 어느 정도인지 모르겠다. 최소한 20만은 사망할 것 같다고 하던데……."

"휴, 전들 아나요. 이 안에 갇혀 있으니 소식을 들을 수가 있어야지요. 위성이라도 멀쩡하면 위성신호라도 잡아서 확인을 할 텐데……. 근데 이 ×자식들 모조리 쓸어내버렸으면 좋겠는데 왜 사령부에서는 전술 목표만 타격하라고 하는 거죠?"

"감정적으로야 그렇지. 하지만 나는 사령부의 이런 대응이 바람직하다고 생각한다."

"왜요?"

"내가 군에 입대할 때 아버지께서 그러셨어. 적을 미워하지 말라고."

"그게 무슨 소리에요?"

"후후. 적을 미워하게 되면 판단력이 흐려지게 된다는 뜻이야. 즉 일선 전투원들이야 적에 대한 적개심을 키워야 전투를 수행하겠지만 사령부는 그래서는 안 된다는 거지. 그래서 노인네들이 장군 소리를 들으며 결정권을 가진 자리에 있는 거야. 노인네들은 체질상 쉽게 흥분하지 않거든."

"그렇기도 하겠네요. 나 같으면 벌써 지난에 큰 거 한 방 떨어뜨려 놓고 시작했을 거예요. 후후."

두 사람이 대화를 나누는 사이 대기권을 이탈하며 붉어졌던 전면시계가 순간적으로 캄캄해졌다. 장 대위가 말했다.

"대기권 이탈 완료! 현재 속도 마하 23! 지난 상공입니다. 여기서부터는 탄도 미사일 위험 지역입니다."

"그래. 뢰雷 가동해라."

"넵! 뢰 가동합니다!"

뢰雷는 제국 전략 공군연구소에서 1940년부터 개발을 시작한 다양한 레이저 요격 체계 중에서 가장 먼저 전력화된 것이다. 뢰는 2.9미크론에서 활성화된 플루오르화수소HF 분자의 파장을 발사하는 레이저 포로 요격된 물체의 순간 온도를 수십만 도까지 상승시켜 무력화시키는 미르에만 장착된 신무기 중 하나였다. 계기판에 뢰의 가동이 끝났음을 알리는 번개형 표시등이 들어오자 팽팽하게 유지하던 긴장을 풀고 기장석에 편하게 등을 기댔다.

"후, 이제 끝났군. 이 상태로 조금만 있자. 레이더 좀 잘 보고 있어라."

1972년 8월 17일 09:20 천화공국, 지난 동쪽 130킬로미터 상공

양푸 상교(대령)는 분노에 치를 떨고 있었지만 그것에 몸을 맡기지는 않았다. 천신만고 끝에 제국군 미사일 한 기를 피했고 그의 호위기가 흔적도 없이 폭발해버렸음에도 불구하고 흔들리는 마음을 필사적으로 다잡고 있었다. 그의 레이더에는 10여 대가 넘는 적기가 미약하게 잡히고 있었지만 모두 아톨의 사정거리 밖에서 빌어먹을 놈의 참새인지 뭔지를 쏘아대고 있었다. 게다가 아군의 아톨 미사일은 열추적 유도이기 때문에 기체의 경로와 직각 이상의 각을 이루거나 전면에서는 적기를 요격하지 못하는데, 제국군의 미사일 참새는 기체와 평형을 이루어 교차해도 여지없이 아군기들을 떨어뜨리고 있었다. 채프는 물론이고 플레어도 전혀 말을 듣지 않았다. 80기의 J-6가 출격했는데 교전을 시작한 지 불과 5분여 만에 30기 이상이 레이더에서 사라져버린 것이었다.

최초 출격했을 때 그가 기대했던 전투는 이런 것이 아니었다. 최소한 공정한 전투가 되리라고 생각했다. 구름 한 점 없는 화창한 날씨였으니 최소한 적기의 모습을 보면서 꼬리를 잡기 위해 치열하게 선회하는 화려한 공중전을 기대한 것이었다. 하지만 이 비겁한 제국 공군 놈들은 30킬로미터 이상 멀찍이 떨어져서 미사일만 날리고 달아나버렸다. 신형 기체라는 대한-15는 낯짝조차 구경할 수가 없었다. 공중전은 적기와 뒤섞여 기총과 근거리 미사일을 피터지게 주고받는 것이라 생각했던 그의 고정관념은 첫 전투에서부터 산산이 깨져나가고 말았다.

또다시 아군기 10여 기가 추락하는 모습이 눈에 들어오자 양푸는 마음속으로 자신이 알고 있는 모든 욕설을 퍼부으며 기수를 들어올렸다. 어쨌거나 아톨이라도 날려보려면 최소한 적기와의 거리를 8킬로미터 이내로 끌어들여야 했기 때문이었다. 그가 말했다.

"대대! 전속력으로 적기에 접근한다! 근접전투가 아니면 적기를 잡을 수 없다. 최고속도로 적에게 다가간다! 후연기 가동!"

40여 개의 J-6가 하얀 연기를 뿜어내며 태양을 향해 튀어나갔다.

임혁철 중령은 천화공국의 J-6들이 적극적으로 접근을 시도하자 조금씩 짜증스러워지기 시작했다. 천화공국의 대공무기 체계 공격을 위해 천화공국의 레이더망 안에서 교란기를 가동하지 않은 채 낚시를 감행했는데, 나오라는 지상의 대공무기들은 조용히 숨어 있고 엉뚱하게 파리 떼가 꼬여든 꼴이 됐기 때문이었다. 그가 나직이 투덜거렸다.

"빌어먹을! 저 자식들은 겁도 없나? 반씩이나 골로 갔으면 알아서 얼른 달아날 것이지……."

—그러게 말입니다. 근접전을 하면 해볼 만하다는 생각인 모양인데요? 게다가 아무리 기체의 성능이 향상되었다고 해도 태양을 기수에다 두고 교전을 시작하는 이상한 작전은 어디서 배웠는지 모르겠네요. 참내.

그와 한 조인 김 대위였다. 그가 말했다.

"젠장! 정신 나간 놈들. 일단 저것들부터 처리해야겠다. 3편대는 지상의 레이더들을 주시하도록 하고 1, 2편대가 저것들을 요격한다. 1, 2편대! 고도를 1만5천으로 올린다. 일단 참새 2기씩 2회 연속사격하고 산개해서 이후에는 조별 자유 요격이다! 가자!"

—네!

임혁철이 고도를 들어올리며 서쪽으로 방향을 잡는 순간 그의 계기판에 SA-6의 출현을 알리는 경고등이 들어왔다. 아군기와 천화공국군기들과 교전이 일어나는 듯하자 지상의 대공무기들이 가동을 시작한 것이었다. 그가 쾌재를 불렀다.

"좋았어! 나타났다! 3편대! 모조리 날려버려라!"

—알겠습니다.

"1, 2편대는 일단 참새부터 날려준 후 회피기동을 시작해라! 조준된 기체로부터 발사!"

—3번 기 발사합니다. 4번 기…….

계속해서 연속사격을 마치고 편대의 기체들이 이탈을 시작하자 임혁철도 연속해서 4발을 발사한 후 후연기를 가동해 기체 속도를 마하 4까지 끌어올리며 기수를 서쪽으로 돌렸다. 김 대위의 기체가 옆으로 다가서는 것이 보였다. 생각보다 적기의 접근 속도가 빨랐는지 발사 후 겨우 3초밖에 지나지 않아, 참새에 매달린 흰색 꼬리가 눈앞에서 채 사라지지도 않았는데 벌써부터 레이더에서 적기의 신호가 하나 둘 사라지기 시작했다. 계기판 한쪽에는 SA-6의 레이더가 추적 중이라는 경보가 빨갛게 점멸했다. 그가 속도를 올리면서 대원들에게 말했다.

"교란기 가동! 적 미사일은 지상의 지휘 통제와 열추적만이 가능하니 살아남은 적기들이 아군기와 미사일 사이로 들어오게 하면서 최대한 시간을 끈다. 후연기 가동! 최고속도! 고도 2만!"

적기들은 벌써 상당수가 추락해버렸고 지금도 살아남기 위해 전력을 다해 편대를 이탈하고 있었다. 그러나 잠시 더 교전 상황을 유지해주어야 3편대가 지상의 대공무기체계를 공격할 시간을 충분히 가질 수 있을 터였다. 3편대 대한-15의 육중한 기체들이 급격하게 고도를 낮추며 연속적으로 흑궁을 날리기 시작했다.

1972년 8월 17일 09:30 동중국해, 상하이 동쪽 40킬로미터 해저

공격원잠 임헌수의 함장 이진범 대령은 조타실로 들어서며 조함을 맡고 있던 부함장에게 말없이 사령부의 전문을 흔들어 보였다.

대련과 대북에 핵 공격이 있었으며 천화, 중화 양국과 전면전에 들어간다는 등의 간략한 현황과 상하이와 항저우를 무력화시키라는 작전 지시였다. 상당히 포괄적인 지시였지만 그는 어렵게 생각하지 않았다. 항저우만에 숨어 있는 중화민국의 저장浙江 함대를 요격하면 그만일 듯싶었기 때문이었다. 그가 말했다.

"09시 30분, 함장이 조함을 인수한다."

"09시 30분, 조함을 인계합니다!"

부함장이 거수경례를 하고 조타실 입구 쪽으로 한걸음 물러서자 이진범은 함 내 회선을 개방하며 속삭이듯 말했다.

"함장이다. 좋지 않은 소식을 전해야겠다. 금일 08시부로 대한제국은 천화, 중화 양국에 선전포고를 했다."

이진범이 잠시 말을 멈추자 조타실 안에서도 대원들의 웅성거리는 소리가 들렸다. 그가 말을 이었다.

"천화, 중화 양국은 제국의 대련과 대북에 핵 선제공격을 실시했으며 사상자는 민간인을 포함해 이미 20만이 넘어간 것으로 보인다. 불행히도 여순 함대는 완전히 궤멸되었으며 남서도 함대 역시 기동 불능에 빠져 있다. 본 함은 그들의 심각한 도발에 대한 철저한 응징을 명령받았다. 따라서 지금부터 본 함은 항저우만에 묶여 있는 중화민국 저장 함대를 요격한다. 대련이나 대북, 여순에 친지들이 사는 대원은 마음을 단단히 먹어야 할 것이다. 미안하다. 더 이상 구구절절이 이야기 하지는 않겠다. 한 가지만 기억해라. 본 함의 함명은 제국 초대 수상이신 임헌수다. 이상이다."

이진범의 말이 끝나자 함 내는 그야말로 완벽한 침묵이 흘렀다.

그는 입에서 욕설이 튀어나오려는 것을 간신히 참아냈다. 순간적으로 어뢰실 대원 신병 중 하나가 여순 출신이라는 것이 떠올랐기 때문이었다.

'젠장! 그 녀석은 충격이 좀 심하겠군. 휴, 나중에 좀 도닥여주어야겠구먼. 빌어먹을……. 핵 공격이라니. 장개석은 노망이 들었으니 그렇다 쳐도 주은래가 미치지 않고서야……. 어찌 되었건 복수는 확실하게 해주어야겠지?'

머리를 크게 내저어 잡생각을 털어낸 그가 다시 말했다.

"음탐실!"

—음탐실입니다.

"09시 10분에 접촉된 음원은 아직도 포착되나?"

—네! 방위 1-7-4! 거리 30킬로미터! 속도 10노트로 동진 중입니다. 킬로급입니다.

"킬로급? 확실한가?"

—그렇습니다. 후류 공동현상이 비교적 적고 소음 역시 미세한 것으로 보아 분명히 킬로급입니다.

"그래? 장 하사 말이니 믿지. 그런데 킬로급이라……."

천화, 중화 양국의 주력잠수함은 로미오급을 개량한 밍급 잠수함이었고 킬로급은 러시아의 신형 잠수함이어서 해외에 판매된 적은 없는 것으로 알려져 있었다.

"젠장! 러시아 놈들이 엔간히 돈이 급했던 모양이군. 신형도 마구 내다파는구만. 좋아! 어쨌든 이놈들부터 잡고 나서 함대를 공격한다. 원체 조용한 놈이니 모두들 신경을 좀 쓰도록. 시작하자! 전투 준비! 좌현 방향타 15도! 항로 2-7-4! 미속전진."

이진범의 말이 끝나기가 무섭게 공격원잠 임헌수의 거체가 함수를 서쪽으로 돌리며 천천히 전진하기 시작했다.

—수중에 어뢰! 적 어뢰 4기가 발사되었습니다! 거리 6킬로미터!

음탐실의 보고가 들려오자 이진범이 피식 웃음을 터뜨렸다.

"풋! 아주 발악을 하네. 흑상어 위치는?"

-목표 1, 접촉 3초전! 목표 2, 접촉 4초전입니다!

이진범은 긴장감이 감도는 조타실 대원들의 창백해진 얼굴을 한 차례씩 둘러보고 입을 열었다.

"너무들 긴장하지 마라. 어차피 흑상어를 사용하면 그 즉시 아군 함정의 대략적 위치는 노출될 수밖에 없다. 그리고 이 정도는 저항을 해줘야 우리도 싸움을 할 맛이 날 것 아니냐."

흑상어 사용에 가장 문제가 되는 점은 흑상어가 수중에 들어서기만 하면 초공동이 발생시키는 엄청난 소음 때문에 그 즉시 아군 함정의 위치가 노출된다는 것이었다. 그런데 적함 2척을 상대하는 데 따른 돌발 위험을 줄이기 위해 조금 먼 거리에서 흑상어를 발사하다 보니 적함들이 어뢰를 발사할 시간적 여유를 주게 된 것이었다.

예상치 못한 것은 아니지만 막상 적의 어뢰가 접근하기 시작하자 대원들의 얼굴이 하얗게 변해가고 있었다. 사실 그 자신도 최초의 실전이다 보니 숨이 목에까지 차올랐지만 살짝만 더 잡아당기면 끊어질 것 같이 팽팽하게 당겨진 대원들의 긴장감을 조금이라도 덜어주기 위해 필사적으로 미소를 머금었다. 평소 남들보다 훨씬 더 검은 피부 덕분에 놀림도 많이 당했지만 이런 때는 차라리 편하다는 느낌이 들었다.

—목표 1, 접촉! 침몰합니다!

"좋아! 어뢰실! 4번 발사관! 기만체 발사!"

—4번 발사관 기만체 발사 완료!

"3번 발사관 음원발생기 대기! 4번 기만체 재장전!"

—3번 음원발생기 해수 충전 완료! 4번 기만체 재장전!

"3번 발사!"

—발사 완료!

"4번 발사!"

—발사 완료!

연속해서 나직한 어뢰 이탈음이 선체를 울렸다.

"음탐실! 목표 2의 상황은?"

—확인 안 됩니다! 목표 1의 침몰 소음이 너무 큽니다!

이진범은 심호흡을 하면서 생각에 잠겼다. 적의 어뢰가 도달하려면 아직 3~4분의 시간은 남아 있을 터였다. 흑상어와 적함의 속도차가 워낙 심하니 목표2 역시 타격을 받았을 것이 분명했지만 수십 명의 목숨이 오가는 전투에서는 상황을 정확히 파악하는 것이 무엇보다 중요했다.

"좋아. 일단 변온층 아래로 내려간다. 수심 250미터."

—벨러스트 채웁니다!

원잠 임헌수가 20도 이상의 급경사를 이루며 잠수를 시작하자 이진범은 잠망경 손잡이를 붙잡고 균형을 유지하기 위해 안간힘을 썼다. 피 말리는 몇 분이 지나자 선체가 서서히 평형을 이루기 시작했다. 그가 물었다.

"수심은?"

—245미터.

"원격 음탐기 방출!"

선체 상판 일부가 개방되면서 직경 50미리의 소형 음탐기가 배선 하나를 끌고 천천히 솟구쳤다. 40여 미터를 상승한 음탐기가 해수 변온층 위쪽에 자리를 잡자 음탐실의 장 하사가 조심스럽게 입을 열었다.

—적 어뢰 한 기는 음원발생기를 추적합니다. 나머지 3기는 1-4-3 방향에서 선회하고 있습니다. 능동음탐 중입니다.

"목표 2는?"

—목표 2의 기척은 없습니다. 격침된 것으로 보입니다.

잠시 턱을 쓰다듬던 이진범이 부함장을 돌아보며 조용히 물었다.

"러시아 21인치 어뢰의 기동 시간이 얼마나 되지?"

"보편적으로 사정거리가 20킬로미터 이상 되니 최소한 15분 정도 더 기동할 겁니다."

"젠장, 더럽게 오래 움직이네. 할 수 없다. 현 상태로 정숙대기."

1) **MI-24하인드** 한국에도 수입되어 운용되는 러시아제 공격헬기, 미국의 공격헬기와는 달리 무장병력 탑승이 가능하다. 장폭고: 17.37×17(로터)×3.96미터, 중량 8톤, 최고속도 시속 320킬로미터, 무장: 기총 및 대전차 미사일, 착륙지지: 바퀴형.

2) **비뢰**飛雷 대헬기anti-helicopter mine지뢰. 일반적인 지뢰와 같이 지표에 매설되나 적기의 접근을 스스로 탐지, 공격하는 능동형 지뢰. 자체 진동 및 음향, 적외선 감지기(센서)를 이용, 반경 2킬로미터의 표적 지역을 탐색, 적기 접근을 인지해 음향을 지뢰의 기억장치에 미리 입력된 자료와 비교해 피아를 식별하고 소형 고폭탄두를 발사, 격추한다. 살상범위 300미터, 전투기 요격 불가.
참고로 현재 개발 진행 중인 러시아의 Temp-20 대헬기 지뢰는 여섯 개의 음향 센서를 탑재해 최대 1킬로미터 떨어진 헬리콥터를 탐지한다. 탄두발사 직전, 정확한 표적 위치 확인을 위해 200미터 탐지 범위의 적외선 센서를 사용한다. 탄두의 살상 범위는 200미터 정도여서 적외선 센서가 포착한 범위 내의 헬리콥터에는 반드시라고 할 만큼 치명적 손상을 준다. 하지만 Temp-20은 100m/sec 이상의 빠른 속도로 비행하는 물체는 공격할 수 없어 일반적인 항공기는 설사 저공으로 비행해도 공격하지 못한다.

3) **DF3** 중국 제식명 동풍3, 구소련의 SS-2 미사일을 개량해 자체 개발. 1971년 50기 작전배치, 필리핀의 미군기지를 공격할 수 있는 사거리를 기본으로 한다. 길이 24미터, 직경 2.25미터, 관성유도, 사정거리 2,800킬로미터, 50킬로톤 핵탄두(중국의 DF3는 3킬로톤이나 50킬로톤으로 설정). 혹은 2,150킬로그램 고폭탄두.

4) **미르** 대한제국 전략폭격기. 대기권 안팎을 자유롭게 이동한다. 델타익 복좌, 최고속도 마하 15, 장폭고: 55×37×7미터, 중량 42톤, 지구자력을 이용한 무중력 원동기 탑재, 무장 탄도요격 레이저, 싸울아비 가, 나, 천무, 전략핵(참고: 현재 미국에서 개발 완료된 것으로 보이는 오로라와 유사한 스펙임).

5) **싸울아비 가** 하프늄 공대지 미사일. 100킬로톤 하프늄 탄두 탑재. 전장: 6.5미터, 직경 0.4미터, 중량 1.3톤, 최고속도 마하 5, 사정거리 1,500킬로미터.

6) **뢰雷 수소 플루로이데**HF, Hydrogen Fluoride 화학 레이저포. 2.7~2.9마이크론 범위에서 동시에 몇 개의 파장을 만들어 활성화된 수소 플루오르 분자를 생산하는 '원자 플루오르'와 '분자 수소'를 사용한다. 이 레이저 광선은 지구 대기의 연무질에 흡수, 산란

되어 SBL과 같이 지구의 대기권 밖에서만 사용될 수 있다.

참고: 미국은 1960년대 중반부터 레이저 무기를 연구 개발하기 시작했고, SBL에 대한 아이디어는 1977년부터 거론되기 시작했다. 현재 경쟁 중인 레이저는 수소 플루로이데HF, 중수소(듀테륨) 플루로이데DF, 화학 산소 요오드COIL이다.

Hydrogen Fluoride(HF) 레이저는 캘리포니아 소재 TRW San Juan에서 개발되고 있으며 Deuterium fluoride(DF) 레이저는 수소와 동위원소인 듀테륨과 원자 플루오르를 사용해 3.5~4마이크론의 파장을 사용, 광선의 대기권 통과를 더 용이하게 한다. 이미 미국은 1997년 화이트 샌드에 있는 미 육군 미사일 기지에서 MIRACL DF 레이저Mid-Infrared Advanced Chemical Laser를 사용한 위성 교란 실험에 성공한 것으로 보이며 1996년에는 로켓 요격에 성공했다. 그 외에도 미국은 AGILAll gas Iodine Laser(질소 염화물과 요오드 사용), Tactical High Energy Laser system(레이저 방공무기체계, TRW가 진행 중), Chemical Oxygen Iodine Laser 등 엄청난 비용을 투자해 개발에 박차를 가하고 있다.

7) **킬로급** 킬로급 잠수함. Kilo급 잠수함은 Foxtrot급의 대체용으로 개발된 러시아의 표준 디젤전기추진 잠수함으로 중국 등 5개국에 수출되고 있다. 건조비 절감을 위해 모듈식 적용. 만재수량:

3,076톤(수중), 2,325톤(수상), 최고속도: 17노트(수중), 10노트(수상), 항속거리: 10,000킬로미터, 장폭고: 73.8×9.9×6.6(흘수)미터, 승무원: 52, 무장: 대공 SA-N-5/8, 어뢰 18발, 발사관 6.

요동사단遼東師團

1972년 8월 17일 09:40 대한제국, 요동 반도, 진주(진저우)

이른바 요동사단遼東師團으로 불리는 대한제국 육군 8군단 군단장 이진영 중장은 신속하게 몽골 국경을 넘어 천수(친왕다오)를 향해 전개하는 선봉 81기계화사단의 후군을 따라 이동하고 있었다. 사단 무전기에서 대원들의 군가가 흘러나왔다. 수십 년 전 만주와 연해주를 휩쓸던 친위군들이 자주 부르던 군가였으나 최근에는 거의 부르지 않던 곡이었다. 대부분의 대원들이 눈물을 보이고 있었다.

이진영은 조용히 눈을 감았다. 주둔지가 요동 반도의 요충인 안산이다 보니 대부분의 대원이 요동 출신이었고 그래서 요동 최대의 도시인 여순과 대련의 참극은 많은 대원들의 가족을 빼앗아갔다. 이진영 자신도 친딸 일가족을 여순에서 잃었다. 한여름의 뜨거운 햇살이 머리 위에 작렬하고 있는데도 뼛속까지 오한이 찾아들었다.

'주은래! 대가를 치르게 해줄 것이다. 우리 아이들이 바라는 대로 내가 선두에 서서 지난에 입성할 것이다. ×자식들!'

그의 눈에서 불꽃이 튀었다. 사령부의 우려와 반대에도 불구하고 그는 가장 근거리에 주둔하고 있던 8군단의 출정을 고집했고 결국 사령부에 몇 가지 다짐을 하고 북경 공략의 선봉으로 몽골 국경을 넘기 시작한 것이었다. 대원들의 노랫소리는 조금 더 묵직한 음색으로 변해가고 있었다. 머릿속이 하얗게 변해갔다.

보라, 동해에 떠오르는 태양, 누구의 머리 위에 이글거리나.
피어린 항쟁의 세월 속에, 고귀한 순결함을 얻은 우리 위에,
보라, 동해에 떠오르는 태양, 누구의 앞길에서 환히 비치나.
눈부신 선조의 얼 속에, 고요히 기다려온 우리 민족 앞에,
숨소리 점점 커져 맥박이 힘차게 뛴다. 이 땅에 순결하게 얽힌 겨레여!
보라, 동해에 떠오르는 태양, 우리가 간직함이 옳지 않겠나.
스스럼없이 흘러내리는 저 물결 바로 저기 눈부신 아침햇살을 받아
김으로 서려 피어오르는 꿈속 그곳 바로 그곳…….

〈내 나라 내 겨레〉, 김민기

이진영은 자신을 포함한 모든 대원들의 머릿속에 각인되어 있을 '복수' 라는 단어를 잊어버리기 위해 필사적으로 마음을 다잡았다.

오늘 오후부터는 천화공국의 150만 대군과 교전에 들어가야 하기 때문이었다. 북부군이 2파로 전개가 되겠지만 현재의 아군은 몽골의 지원 병력까지 합쳐야 겨우 15만, 그저 숫자놀음이라고 생각하기에는 병력의 차이가 너무 심각했다. 물론 무장 상태나 공군의 지원을 생각하면 수비를 위주로 한 교전에서는 절대로 밀리지 않을 자신이 있었지만 그가 생각하고 있는 것은 지난까지 밀고 내려갈 점령전이었다. 침착해야 했다. 그가 중얼거렸다.

"그래도 간다! 주은래. 기다려라."

그의 눈이 차갑게 가라앉았다.

사상 최대의 인명 피해를 내며 대륙을 쓸어내려 동아시아 전쟁 최대의 '태풍의 눈'이 될, 장장 2천 킬로미터에 걸친 요동사단의 질주疾走가 시작되었다.

1972년 8월 17일 09:55 동중국해, 항저우만 중화민국 저장 함대

저장 함대 사령관 후앙리핑 상장은 63세의 노구에도 불구하고 자신의 건강 상태가 양호한 상황이어서 다행이라고 생각했다. 그는 충칭 인근의 서늘한 고지대 출신이었고 항저우의 여름은 지독하게 습한 공기 때문에 내륙 지역 출신인 사람들은 자신과 마찬가지로 정상적인 건강 상태를 유지하는 것이 그리 쉽지 않았다.

한차례 크게 기지개를 켠 후앙리핑은 기함인 루다급 구축함 진화의 함교 밖으로 내려다보이는 항저우만의 모습을 물끄러미 쳐다보았다. 개전 첫날의 여파 때문인지 이 시간쯤이면 항저우만을 가득 메운 채 수없이 드나들어야 할 상선들이 거의 자취를 감추어버린 상황이었다. 특히 만 내로 진입하려는 선박은 완전히 사라진 황량한 모습이었다.

중화민국 최강의 해상 세력인 저장 함대가 겨우 6척의 루다급 구축함과 13척의 호위함으로 이루어진 반면 대한제국은 막강한 순양함과 항모들이 널려 있는 상황이고 보니, 아군 해상 세력의 약세는 누가 보아도 당연했고 함대와 항구를 보호하기 위해서 궁여지책으로 깔아놓은 기뢰들은 아예 봉쇄 수준에 가까웠기 때문이었다. 다만 항구 외곽을 초계비행하고 있는 대잠 초계기 서너 대와 기뢰지역 외곽까지 나가 있는 초계정들의 부산한 움직임이 항저우만이 위험 지역임을 알려주고 있었다. 그가 나직이 중얼거렸다.

"하기야 여기저기에 새카맣게 깔려 있는 기뢰들을 무시하고 진입할 수 있는 배짱을 가진 선주는 없겠지. 젠장! 이렇게 기뢰를 깔아놓는다고 아군 함정들이 무사하다는 보장이 있는 것도 아닌데, 차라리 그냥 개방을 해버리는 것이 나을지도 모르겠군. 휴."

후앙리핑은 한숨을 내쉬며 엊그제 새로 구입한 파이프에 담뱃잎을 채워 넣기 시작했다. 항구 외곽으로 진출해 제국 함대와 전면전을 벌일 수는 없으니 제국군의 공격이 시작될 때까지 지루한 기다림을 참아내야 할 형편이었다. 그래도 급할 것은 전혀 없었다. 자연스런 동작으로 파이프에 불을 붙인 후앙리핑이 깊이 한 모금을 빨아들이며 함교의 윈드쉴드로 눈길을 돌리자 레이더를 지켜보던 사관이 황급히 소리쳤다.

"각하! 해상에 소형 미사일이 포착되었습니다! 잠수함에서 쏘아

올린 것 같습니다! 거리 5킬로미터!"

"뭐야? 어떻게 5킬로미터 이내로 접근할 때까지 모를 수가 있나?"

"순항 미사일인 것 같습니다! 고도를 올리면서 능동유도를 시작해 포착된 것 같습니다!"

"젠장! 요격해! 어서!"

그의 고함 소리와 함께 함대에 전투 준비를 알리는 요란한 사이렌이 울려 퍼졌고, 기관포들이 급히 포문을 들어올리기 시작했으나 접근하던 미사일은 요격을 시도하기도 전에 항저우만 상공 한가운데에서 화려한 빛을 터뜨리며 폭발했다. 갑자기 눈앞이 환하게 밝아졌지만 그가 예상했던 폭발의 굉음과 화염은 전혀 보이지 않았다.

"뭐…… 뭐야?"

광원을 제대로 바라볼 수 없을 정도로 강렬했던 빛이 사라졌다 싶은 순간 항구 외곽을 초계하던 대잠초계기들이 영화 속의 느린 화면처럼 힘없이 바다 위로 내려앉고 있었다. 그가 외쳤다.

"젠장! 어떻게 된 거야? 부함장! 어디서 발사된 것인지 확인해라! 잠수함이면 잡아야 한다!"

"저……."

관제 사관이 말을 얼버무리자 그가 짜증스럽게 다그쳤다.

"뭐야? 말을 해!"

"여기를 좀 보셔야……."

관제사관의 정면의 전자 장비들은 전원이 모조리 나가버렸고 레이더 화면을 비롯한 값비싼 장비들에서 화재를 알리는 흰 연기가 조금씩 피어오르기 시작하고 있었다.

"이…… 이게……."

망연자실한 표정이 되어 항저우만으로 고개를 돌리는 그의 눈에 10여 개의 소형 순항 미사일이 함대를 향해 내리꽂히는 것이 보였다. 말 그대로 눈 깜짝할 사이, 자신의 기함 진화의 갑판에는 이미 미사일 한 기가 작렬하고 있었다. 다음 순간, 강력한 폭발의 굉음과 함께 엄청난 화염이 함교를 덮쳐왔다. 그는 자신의 몸이 화염에 휘말려 허공으로 솟구쳐 오르자 이제는 더 이상 건강을 걱정할 필요가 없어졌다는 실없는 생각을 머릿속에 떠올렸다. 그것이 마지막 이었다.

공격원잠 임헌수에서 솟구친 단 한 발의 천무-34 미사일이 항저우항과 함대의 기능을 순식간에 정지시켜버렸고 곧바로 두 차례에 걸쳐 쏟아진 소형 순항 미사일의 쇄도는 불과 5분여 만에 중화민국 최강의 함대였던 저장 함대를 항저우만의 탁한 바다 밑으로 흔적도 없이 가라앉혀버렸다. 대신 항저우만 초입의 저우산 군도 외곽에서 천천히 북상하는 원잠 임헌수의 잠망경 항적만이 조금씩 거칠어져 가는 파도에 쓸려 사라지고 있었다.

1972년 8월 17일 10:40 남산, 위성정보통제실

김태환은 태평양의 위성 3기가 베이징과 대련, 선양 상공에 자리를 잡고 다른 2기의 위성이 기능을 회복하자 통제실의 기능이 조금씩 정상을 되찾아가고 있다는 것을 피부로 느끼기 시작했다. 위성들이 보내온 전송자료들을 분석하기 위한 요원들의 움직임이 눈에 띄게 분주해졌기 때문이었다. 아직 완전히 마음을 놓을 수는 없지만 온몸을 짓누르던 팽팽한 긴장감은 조금 가라앉아 있었다. 그는 한차례 깊은 심호흡을 하고 자리에서 일어나 뻐근하게 경직된 어깨를 주무르며 여군사관에게 커피 한 잔을 부탁했다.

그때 그가 바라보던 상황판의 화면에서 베이징 상공을 향해 진입하고 있던 천화공국 전투기들의 신호가 급격하게 단락되기 시작했다. 불규칙한 점들과 섬광들이 상당량 나타나는 것으로 보아 그들이 발생시킨 전자소음 때문일 것이었다. 그가 큰 소리로 말했다.

"무궁화 42호 담당 누가 하지?"

수십 개의 단말기가 몰려 있는 위성통제부 한쪽에서 여자 요원 한 사람이 왼손을 들어올렸다.

"접니다."

"그래? 한 중위. 출력을 30퍼센트 정도 올리게. 그런 다음 주파수를 20단위로 끊어서 검색을 시키도록 해봐."

"네."

한 중위가 부드럽게 자판을 두드리자 위성은 불과 10여 초 만에 기존의 항로와 속도를 기준으로 검색을 시작해 천화공국의 J-6 40기의 반사파를 다시 감지해냈다. 그가 기분 좋은 목소리로 말했다.

"좋아! 잘했어! 한 중위. 인근의 바다갈매기 17에 전송해주고 이번엔 신형 교란기로 아예 격추시켜보라고 해."

"알겠습니다, 실장님."

지난달 실험적으로 바다갈매기-17에 장착시켜놓은 교란기는 강력한 레이더 교란신호를 목표에 집중시켜 자신을 공격하는 항공기뿐만 아니라 요격 미사일까지 전자장비에 대한 치명적인 타격을 가할 수 있는 신형이었다. 천화공국의 구형 전자장치들은 그것만으로도 대부분의 장비가 가동을 중지하게 될 무지막지한 놈이었다. 가격이 워낙 비싼데다 수량도 몇 개 되지 않았고 더구나 아직 실험도 완전히 끝나지 않은 상태여서 실전에 투입하기엔 조금 무리였지만 아군기와는 달리 전자전 방어체계가 구축되지 않은 천화공국의 구식 항공기 전자장비에는 치명적인 무기가 될 것이었다.

잠시 상황판 화면을 지켜보던 김태환의 얼굴에 환한 미소가 떠올랐다. 바다갈매기에 위치를 전송한 지 불과 1분여 만에 40개나 되던 J-6의 신호 중 10여 개가 상황판에서 사라져버린 것이었다. 신호의 숫자는 계속해서 급격하게 줄어들고 있었다. 그가 중얼거렸다.

"돈값을 하긴 하네. 후후."

1972년 8월 17일 14:10 천화공국, 지난

주은래는 대한제국의 위성 신보방송을 주시하고 있었다. 24시간 전세계로 송출되는 이 괘씸한 방송은 자신과 장개석을 미친놈과 노망난 노인네로 몰아가며 지독스럽게 성토하고 있었다. 하지만 이 전쟁은 자신의 책임이 아니었다. 천화공국의 인구는 대한제국의 다섯 배나 되는데 사람이 살 만한 지역은 불과 4분의 1밖에 되지 않았다. 천화공국보다 여건이 조금 낫다고 할 수 있는 중화민국 역시 나을 것이 별로 없었다. 양국 모두 인구의 30퍼센트 이상이 실업자였다. 불과 100년 전까지만 해도 아시아의 패권을 움켜쥐고 세계의 중심에 당당히 서 있던 한족이 이제는 식량의 자급을 이루는데 급급한 상황으로 내몰리고 있었다. 근근이 경제를 유지하고는 있지만 폭발적으로 늘어나는 인구는 걷어 먹일 수 있는 한계를 넘어선 지 오래였다. 공국은 지금 당장 쓸 수 있는 자원과 사람이 살 수 있는 땅, 엄청난 인구를 먹여 살릴 식량이 필요했다.

그런데도 몽골과 대만, 동투르키스탄, 티베트가 이탈하면서 영토는 반 이상 줄어들어버렸고 이래라저래라 하며 내정을 간섭하진 않지만 대한제국은 한족을 완전히 포위한 채 중화민국과의 불화를 은근히 부추기고 있었다. 100년 전에는 조공을 바치던 쥐똥만 한 소국에게 아시아의 패권을 강탈당한 것이었다. 게다가 제국의 위성방송에서 쏟아져 나오는 아름다운 해변의 저택과 화려한 서울의 밤 풍경, 태평양을 누비는 유람선의 모습 등이 아무런 여과 없이 공국 민간의 안방까지 파고들었다. 하루하루를 견디기에 급급한 천화공국 사람들로서는 엄청난 상대적 박탈감을 느낄 수밖에 없었다. 때문에 먹을 것과 일자리, 생필품이 필요한 6억의 사람들이 요구하는 기본적인 욕구를 충족시키려면 무언가 다른 것을 시도해야만 했다.

결국 이 전쟁은 대한제국의 허상이 만들어놓은 필연적인 전쟁일 뿐이었다. 그가 중얼거렸다.

"이제는 물러설 곳이 없어. 갈 수 있는 데까지 가보는 수밖에……."

주은래는 양손을 몇 차례 쥐었다 펴고는 전화기를 집어 들었다.

"후앙슈 상장인가?"

—네! 서기장 동지!

"작전을 승인하네. 일단 적의 전력은 최대한으로 줄여 놓고 시작하는 편이 좋겠지."

주은래의 명령이 떨어진 지 불과 10여 분 만에 20기의 대륙간 탄도 미사일 DF3이 하늘로 솟구치기 시작했다. 지난의 서쪽 화북 평야 외곽의 울창한 수림 속에 숨어 있던 이동식 탄도 미사일 발사대가 일제히 모습을 드러낸 것이었다. 6기의 핵탄두와 6기의 페스트 생화학 탄두, 8기의 2,150킬로그램 고폭탄 탑재 탄도 미사일 DF3이 선양과 진주, 옌타이 등 제국군 밀집 지역을 목표로 발사된 것이었다.

그러나 엄청난 속도로 전리권을 통과하던 탄도 미사일 DF3들은 전리권 상공에서 필사적으로 요격하는 개천-1 전술공격기에 의해 5기가 격추되어버렸고, 살아남은 미사일들이 대기권을 완전히 이탈하자 정상에 도달해 속도가 줄어들기만을 기다리던 전략폭격기 미르의 뇌雷가 정지 상태에 가까운 미사일들을 향해 일제히 불을 뿜었다.

화려한 섬광이 수십 차례 난무하고나자 정상적인 궤도를 비행하는 미사일들은 전혀 보이지 않았다. 대기 속으로 빨려 들어가며 연소되는 수백 개의 작은 화염만이 존재할 뿐이었다.

1972년 8월 17일 20:20 대한제국, 제주상공

기체가 제주 상공을 통과한다는 기내 방송이 나오자 김태훈은 문명세계로 돌아왔다는 반가움보다는 현실의 지루함 속으로 돌아간다는 막연한 거부감이 들기 시작했다. 자존심 강하기로 소문난 독일의 잡지들조차 서울을 세계 최고의 아름다운 도시로 손꼽는데 주저함이 없지만 그에게 있어 서울은 언제나 냉혹한 현실이었다. 솔직히 몇 시간 전에 떠나온 베트남의 살풍경한 전쟁터와 전혀 다를 것이 없었다. 그런 현실로 돌아온 것이다.

하지만 이번 귀향에는 평소와 다른 점이 하나 있었다. 지금도 자신의 손을 꼭 잡고 옆자리에서 곤히 잠들어 있는 미모의 아가씨였다. 서른이 넘은 나이임에도 불구하고 새롭게 사랑에 빠진 10대들처럼 틈만 나면 장난을 걸어 지루한 여덟 시간의 비행을 즐겁게 만들어준 사람이었다. 그의 얼굴에 미소가 걸렸다.

잠시 손등으로 그녀의 뺨을 쓰다듬은 후 그는 천천히 눈길을 돌려 기내 잡지 한 권을 빼들어 몇 장을 넘기다 탁자 위에 집어던져 버리고 눈을 감았다. 기내에서 상영하는 영화는 모두 개봉한 지가 제법 되는 것들이어서 관심이 없었고 계속해서 전황을 보도하는 기내 신보방송도 같은 내용이 반복되고 있어서 오랫동안 그의 관심을 끌어당기기는 어려웠다.

눈을 감자 베트남의 핏빛 하늘이 떠올랐다. 아이를 잃은 어머니의 울부짖음이 파괴된 개간지에 메아리쳤고 낮은 목조건물을 휘감은 연기와 불길 사이로 절규하는 아이들의 모습이 희미하게 느껴졌다. 마치 영화의 느린 화면을 보는 것처럼 인간의 탐욕과 광기만

이 지배하는 미친 전쟁의 모습이 눈앞에서 명멸했다.

벌써 수십만의 사람들이 죽어나갔고 앞으로도 이 전쟁이 끝날 때까지 얼마나 많은 사람들이 더 죽어나갈까? 천만? 이천만? 천화, 중화 양국의 병력만 해도 천만이 넘어가는데다 그간 무섭게 발전한 병기의 파괴력을 감안하면 아마도 상상조차 할 수 없는 엄청난 대학살이 일어날 것이었다.

그는 세차게 고개를 흔들어 머릿속을 털어냈다. 치기 어린 감상에 빠져 있을 시간이 아니었다. 전쟁은 이제 겨우 시작, 아시아를 지배하고자 1000여 년을 몸부림치던 한족의 탐욕이 다시 기지개를 켜고 있었다. 깊숙한 심호흡을 한차례 하고 나자 조금은 마음이 안정되는 느낌이었다. 옆 자리의 한영숙이 그의 서슬에 뒤척이며 눈을 떴다.

기내의 건조한 공기 덕분에 조금은 갈라진 목소리가 흘러나왔다.

"태훈 씨? 뭐해요?"

그가 미소를 머금었다.

"그냥. 이 생각 저 생각. 특히 영숙 씨가 예쁘다는 생각을 많이 했고. 후후."

한영숙이 작게 기지개를 켰다.

"치. 입에 침이나 발라요. 후, 그나저나 나 잠든 동안 뭐 새로운 소식은 없었어?"

"그냥 그래. 아군이 엔타이에 상륙을 시작했고 예상대로 제공권이 어느 정도 확보되면서 천화공국 전술 목표 여러 곳에 본격적인 폭격이 시작된 모양이야. 그리고 오후에 천화공국이 발사한 이동식 대륙간 탄도 미사일은 발사 단계에서 공군이 요격에 성공했대. 걱정하던 방사능 오염도 그리 크게 문제되지는 않을 것 같다더라. 하지만 내 생각에 몇 기는 대기권 밖에서 요격된 것 같아. 탄도 미사일 속도가 만만치 않기 때문에 발사 단계에서 다 잡지는 못했을 거야. 공개를 못 하니 그냥 발사 단계에서 요격했다고 하는 거겠지."

"그래? 어쨌든 다행이네? 다른 건?"

"발해만은 근황친위 함대가 진입하면서 대충 소개가 마무리된 것 같고 중화민국 해군의 주력인 저장 함대도 깨끗이 날려버렸대. 그런데 지상군의 전황은 여전히 좋지 않은 것 같아. 아마 오늘밤이 고비일 거야. 전선이 좁은 산둥 반도 쪽은 몰라도 몽골 전선은 전선이 워낙 넓어서 야간에 대규모 병력이 투입되면 돌파당할 수도 있을 테니까 말이야."

"에휴. 뙤놈들 머릿수가 어디 하나 둘이래야지. 기본이 백만이니, 원."

"그러게 말이다. 그나저나 숙부님은 언제 만나기로 했어?"

"내일 아침. 왜?"

"오후로 하면 안 될까? 조카사위가 어르신 뵈러 가는데 머리는 깎고 만나 뵈어야지, 이 꼴로 가기는 그렇잖아."

"누가 태훈 씨한테 시집간대?"

"응? 아까는 책임지라며?"

"더 괜찮은 사람 있나 좀 알아보고 나서 없으면 책임지라는 이야기지, 뭐. 호호."

"그래. 열심히 알아봐라. 나도 좀 알아보지, 뭐. 앗! 꼬집지 좀 마라."

두 사람이 즐거운 마음으로 장난을 치고 있는 동안 기체는 누구도 예상치 못한, 장장 6개월에 걸친 길고 긴 악몽을 향해 서서히 기수를 돌리기 시작했다. 서울이 발밑에 있었다.

1972년 8월 17일 20:30 서울, 인왕산 합참 상황실

20여 명의 정복 장성들과 10여 명의 각료들이 들어찬 합참 상황실은 팽팽한 긴장감이 감돌았다. 애초부터 천화공국에 대해 강경노선을 주장하던 북부군 총사령관 김광희를 비롯한 본토 북서부 장성들과, 직접적인 피해를 입었다고 할 수 있는 해군의 목소리가 전에 없이 커져 있었다.

국방부 장관 이선영을 주축으로 하는 이른바 온건파 장성들은 베이징과 톈진 등 북부 지역을 점령하고 피해를 보상받는 제한전을 주장했으나 김광희는 양국의 초토화를 기본으로 하는 전면전을 강력하게 주장해, 양측의 의견이 그야말로 첨예하게 맞부딪치고 있었던 것이다.

상황실의 공기가 점점 더 거칠어지기 시작하자 조인태가 손바닥으로 회의탁자를 두세 차례 두드리며 언성을 높였다.

"이제 그만들 하세요! 지금은 전쟁 중입니다! 더 이상 작전 분열은 용납하지 않겠습니다. 그리고 항상 이야기하는 것이지만 민간인 거주 지역에 대량살상무기를 사용하는 것은 승인할 수 없습니다. 이 대전제는 바꿀 수 없습니다. 이제 북서부의 위성 상태도 정상을 회복한 상황이니 본격적인 대응수위를 결정합시다. 우선 합참! 부대 전개상황을 정리하시오."

합참의장 강현식이 자리에서 일어나 북부 지역을 포함한 전선 상황판 앞으로 걸어나가며 말했다.

"네, 각하. 북부의 8군단은 오늘밤 안으로 천수(구 친왕다오)와 청우(구 청더)로 전개를 마칠 수 있을 것으로 보입니다. 몽골군의 상황이 상당히 좋지 않아서 서두르고 있는 실정입니다. 근황친위 함대 2함대는 발해만으로 진입해 해역을 소개하는 중입니다만 곳곳에 숨어 있는 잠수함이 많아 예상보다 시간은 조금 더 걸릴 것으로 보입니다. 하지만 현 상태로도 8군단 지역과 옌타이의 육군을 지원하는 것은 그리 큰 문제가 되지 않을 것입니다. 옌타이에 상륙하는 친위군과 해병대 병력의 이동 역시 순조롭게 진행되고 있으나 공세로 전환하기 위해서는 24시간 정도가 더 필요할 것으로 판단됩니다. 남서도 함대는 무사히 제주 함대 선봉 전대와 합류해서 대북섬 남부의 고웅高雄(가오슝)항으로 이동을 준비 중이라고 합니다. 또 보르네오의 카푸아스(보르네오 북부의 산맥) 함대가 홍콩을 향해 기동을 시작했습니다. 보르네오와 필리핀 육군의 이동은 조금 더 시간이 걸릴 것으로 보입니다."

강현식이 잠시 숨을 돌리자 조인태가 거들었다.

"그나마 다행이군. 계속하시오."

"네. 다음은 천화공국 병력의 이동현황입니다. 베이징 인근으로 20개 전차사단을 포함한 120개 사단 150만 이상의 병력이 추가로 투입되고 있습니다. 총 300만의 병력이 집중되는 상황이니 청우

지역 몽골군의 상황이 조금 더 급해질 것으로 보입니다. 또한 중화민국 장쑤군벌 병력 60개 사단이 웨이핑으로 전개하기 시작하면서 산둥을 공략하는 병력도 200만이 넘어갈 것으로 보입니다. 장쑤군벌의 병력은 기계화사단이 30개가 넘습니다. 베트남과 라오스 전선은 큰 변동 없이 베트남은 하노이의 송코이강, 라오스는 메콩강에서 소모전을 벌이고 있는 상황입니다. 이상입니다."

"수고했어요. 그럼 지금부터 이 전쟁의 범위를 결정하십시다. 국방부 장관의 의견은 어떻습니까?"

조인태가 가장 민감한 사안인 전쟁의 수위를 입에 올리자 몇몇 장성들이 헛기침을 했고 모든 사람들의 시선이 이선영의 얼굴로 집중되기 시작했다. 이선영이 짧은 침음성과 함께 입을 열었다.

"후, 솔직히 저는 지난과 화북 평야 인근만을 점령하는 제한전을 지지하는 입장이었습니다만 민간항구에 핵 공격을 받은 상황인데다 본토를 향해 핵미사일 수십 기가 날아든 이상 제한전은 의미가 없어진 것으로 보입니다."

이선영은 잠시 말을 멈추고 조인태의 얼굴을 빤히 쳐다보았다. 이미 여론과 언론의 집중포화를 받고 있는 것은 물론이었고, 평소 온건파로 알려진 민간단체들조차 강경대응을 주장하고 나서는 상황이니 아무리 수상이 자신과 같은 온건노선을 걷고 있다 하더라도 더 이상 물러설 곳은 없었다.

대규모 전쟁과 학살을 피할 수 있다면 천화, 중화 양국의 책임자를 처벌하고 배상을 받는 선에서 종결을 짓고 싶다는 이야기가 목구멍까지 솟아올랐지만 국민감정은 철저한 응징이었다. 사실 그의 솔직한 개인 감정 역시 다를 것이 없었다. 더구나 핵 테러를 제대로 막아내지 못함으로써 벌써 수십만의 인명 피해가 나버렸고 수십 기의 탄도 미사일까지 날아든 이상, 북부군을 비롯한 군부의 불만을 달래는 것조차 불가능하다고 보아야 했다. 대세는 이미 기울어버린 모양새였다. 그가 다시 입을 떼었다.

"따라서 국방부는 지난과 홍콩을 직접 공략, 무조건 항복을 받아내는 전면전을 제안합니다. 그리고 어차피 전면전을 감행하게 된다면 아직 타격하지 않은 400개 전술 목표들뿐만 아니라 1차 타격에서 제외했던 35개 전략 목표들에 대한 타격을 오늘밤 시행했으면 합니다. 선양과 광주, 해주의 탄도 미사일 기지 그리고 남서도 신주 미사일 기지의 10메가톤 급 하프늄 핵탄두를 탑재한 천무를 가동할 것입니다. 이상입니다."

여기저기서 나직하게 환호하는 소리가 들려왔지만 조인태는 작게 한숨을 내쉬며 눈을 감았다. 전쟁은 엄청난 국력 손실과 수많은 인명 피해를 감수해야 하는, 피할 수만 있다면 꼭 피해야 하는 최악의 시나리오였다. 하지만 그 최악의 시나리오를 피하기 위한 노력은 물거품이 되어버렸다. 어쩌면 10여 년간의 소극적 대응으로 이런 극단적인 결과를 만들어버린 것일지도 몰랐다. 어차피 더 이상의 무모한 도전은 용납할 수도 없었다.

"좋습니다. 국방부의 의견도 전면전으로 기울어진 상황이니 이 전쟁의 목표는 천화, 중화 양국의 무조건 항복을 받는 것이며 또한 무제한 전면전으로 방침을 결정합니다. 이의가 있는 사람은 지금 발언하셔도 좋습니다."

조인태는 좌중을 한바퀴 돌아보면서 다시 말했다.

"이의는 없는 것으로 알겠습니다. 합참은 지금 전면전에 상응하는 추가 병력 전개에 대한 계획을 보고할 수 있습니까?"

"네, 각하. 가능합니다. 오늘 개요만을 승인 받고 상세한 내용은 내일 별도 계획서를 제출하겠습니다."

"그렇게 하시오. 말씀하시오."

"전체적으로는 천화공국과 상하이, 항저우는 본국이 직접 공략하고 홍콩, 광저우, 하이난에 대해서는 보르네오와 필리핀군의 상륙을 상정하고 있습니다. 북경과 지난 공략은 북부군 8군단과 친위군을 주력으로 전개하며 북부군 7군단을 2파로 전개시켰으면 합니다. 동 부대로 지난까지 함락시킨 후 현재 옌타이에 상륙하고 있는 해병 5개 사단을 옌청으로 상륙시켜서 중화민국군의 지원을 차단하는 것이 적절할 것으로 보입니다. 물론 공군과 해군을 총동원해서 8군단 전개 지역을 소개할 것입니다. 보르네오와 필리핀군의 전개는 시간이 조금 더 필요할 것이므로 이의 지원은 제주 함대와 남서도 함대가 충분히 대응할 수 있을 것으로 보입니다. 추가로 연해주 함대를 상해 인근 해상으로 추가 투입했으면 합니다."

조인태는 잠시 생각을 정리한 다음, 고개를 끄덕였다.

"정리하겠습니다. 천화, 중화 양국에 대한 전술 및 전략 목표 타격을 승인합니다. 또한 조금 전 합참이 보고한 병력의 이동 역시 승인합니다. 합참은 아군의 피해를 최소화하는 데 전력을 기울이시오. 피할 수 있는 싸움은 피해야 하겠지만……."

그는 다시 말을 끊고 좌중을 둘러본 후, 힘주어 말했다.

"제국은 걸어오는 싸움을 피하지는 않습니다. 제국의 힘을 보여주세요. 다시는 이런 불필요한 전쟁을 해서는 안 됩니다. 도전할 생각조차 가지지 못하도록 하세요. 이상입니다."

"네! 각하!"

환하게 밝아진 북부군 사령관 김광희 대장의 대답이 가장 먼저 튀어나왔다.

1972년 8월 17일 20:50 몽골, 천수

방패2 대공포대 2기의 인계를 위해 몽골을 방문했다가 천수에 발이 묶여버린 안인혁 대위는 포탄이 빗발치는 엄폐호(벙커) 속에서 자신의 재수 없음에 치를 떨고 있었다. 2~3일만 더 여유가 있었어도 기본 교육을 마치고 천수를 떠날 수 있었으나 제대로 된 교육을 시작도 하기 전에 천화공국의 근거리 스커드 미사일들이 천수 상공에 쏟아져 내리고 말았다. 결국 인계를 위해 이동해온 아군 포대 요원들이 피 터지는 스커드와 방패의 싸움을 대신해야 했다.

하늘을 새카맣게 뒤덮은 미사일들의 공중전은 하루 종일 그칠 줄 모르고 계속되었고 밤이 깊어가는 지금은 간간이 날아오는 적 야포의 포격을 피해 엄폐호 속에 들어앉아 있었다. 피아간의 거리가 극도로 가까워진데다 대공 미사일을 모조리 소모해버린 방패는 재보급이 될 때까지는 값비싼 고철에 가까웠다. 자칫하면 거의 폼으로 들고 다니던 자신의 소총을 처음으로 사용하게 될지도 몰랐다. 그나마 그가 머물고 있는 엄폐호의 위치가 천화공국군과 첨예하게 대치하고 있는 최전방에서 5킬로미터 정도 떨어진 야산 중턱이라는 것이 조금은 위안이 되었다.

안인혁이 엄폐호의 총안으로 조명탄과 포탄의 섬광이 가득한 전선을 내다보는 순간, 포격의 굉음을 능가하는 엄청난 함성이 들려왔다. 곧이어 조명탄 수십 개가 하늘을 환하게 밝혔고 몽골군의 포격과 기관총 소리가 천지를 뒤덮기 시작했다. 천화공국군 특유의 '병력의 절대 우세'를 이용한 무제한 돌격이 시작된 것이었다. 그의 망원경 안에는 전차 20여 대를 앞세운, 수를 헤아릴 수 없는 엄청난 병력이 철조망과 지뢰밭을 가로지르고 있었다. 지뢰가 수없이 폭발하고 수백 정의 기관총이 쏟아내는 예광탄이 좁은 구릉 지대를 완전히 뒤덮고 있었으나 적 보병들은 우직스럽게 몽골군의 진지를 향해 돌격을 계속하고 있었다.

"빌어먹을! 지금부터 시작인 모양이군. 하여간 뙤놈들 무지막스러운 건 알아줘야 한다니까. 게다가 야간 기습을 하기에는 시간이 너무 이른데……. 밤새워 이 짓을 할 생각인가?"

안인혁은 불안한 눈빛으로 각자 2개씩밖에 가지고 있지 않은 K2 소총의 30발들이 탄창을 점검하는 대원들을 돌아보았다. 겁에 질려 온몸을 떨어대지는 않았지만 모두들 불안한 빛이 역력했다. 그가 말했다.

"야! 걱정들 하지 마. 1시간 전에 확인한 바로는 8군단이 천수 후방 20킬로미터 이내까지 접근했다니까 곧 전선으로 전개가 될 거다. 그럼 우리도 집에 갈 수 있을 거고. 후후."

짐짓 큰소리를 치기는 했으나 그 역시 불안하기는 마찬가지였다. 게다가 그의 불안을 부채질하듯 시간이 흘러감에 따라 전선의 함성 소리는 점점 커져갔고 기관총과 포격 소리도 더불어 지악스러워지기만 했다. 또한 몽골군의 피해도 차츰 심각해졌고 안인혁이 들어앉은 엄폐호 위에 떨어지는 적의 포격도 슬금슬금 늘어나는 중이었다.

안인혁은 본격적인 전투가 시작된 지 근 30여 분이 지나도록 함성 소리가 줄어들 기미가 보이지 않자 야산 너머에 숨겨 놓은 대공포대의 이동을 생각하기 시작했다. 포대설비의 가격은 생각하지 않더라도 레이더와 위성연동체계 등 비밀로 다루어져야 할 정보가 천화공국의 손에 들어가게 되면 이래저래 골치 아파질 수 있기 때문이었다.

'젠장! 포대를 후방으로 이동시켜야 하려나? 아니야, 아군도 가까이 전개가 된 모양이니 조금만 더 기다려보자.'

일단 기다려보기로 마음을 결정한 그는 전선의 전반적인 상황을 확인하기 위해 다시 망원경으로 눈을 가져갔다. 순간, 천화공국군 후방에서 엄청난 섬광이 솟구쳐 올랐다. 거리는 상당히 멀어 보였으나 섬광의 범위가 워낙 넓어 지척으로 느껴질 정도였다. 순간적으로 전선에서 함성과 총성이 잦아들었고 10여 초가 지나자 사람이 서 있기조차 불가능할 정도의 폭발적인 진동이 천수 일대의 모든 전선을 뒤흔들었다. 말로만 듣던 천무미사일의 위력인 듯싶었다.

그가 쾌재를 불렀다.

"그래! 한숨 돌렸다! 아군의 반격이 이제 시작되는 모양이다! 모조리 날려버려라! 후후."

옆에서 함께 밖을 내다보던 하사관 하나가 그에게 물었다.

"저렇게 한번 크게 맞았으니 후퇴를 할까요?

"글쎄…… 우리 미사일 부대의 능력을 계산한다면 작살난 저 동네는 분명히 적 군단 사령부 아니면 주력부대 주둔지일 거야. 허니 기본적으로는 후퇴가 정답이겠지. 설사 후퇴하지 않는다 해도 이래저래 후방이 불안하니까 조금은 주춤해지겠지."

"그럴까요?"

그러나 그의 예상과는 달리 짧은 적막이 끝나고 나자 다시 천화공국군의 함성이 일제히 전선에 울려 퍼졌다. 잇달아 수백 개의 예광탄이 밤하늘을 가르기 시작했다. 하사가 말했다.

"빌어먹을 것들! 이것들이 정말 미쳤나? 보병의 피해는 아예 고려에 없는 모양이네요. 게다가 보병들은 정말로 구형AK-47 한 자루씩밖에 가지고 있지 않은 것 같습니다."

"인마. AK-47이면 양호한 거야. 사실 저만큼 값싸고 다루기 쉽고 고장 안 나는 총 별로 없어."

사실 칼라쉬니코프Kalashnikov라고도 불리는 AK-47자동소총은 전세계에 5천5백만 정이라는 엄청난 숫자가 보급되어, 테러와 중동전하면 생각나는 아주 쉽게 구할 수 있는 총이었다. 구소련이 군의 개인화기로 채택하면서부터 역사의 전면에 등장한 이 총은 다소 거칠고 조잡하지만 총 내부에 모래나 먼지가 다량 들어가더라도 간단히 제거한 후 사격을 재개할 수 있으며 러시아의 온갖 악천후 속에서도 거의 정상적으로 작동될 수 있었다. 특히 AK-47은 분해, 결합이 간단하고 고장이 거의 없어서 아프리카, 인도차이나 등

전세계의 분쟁 지역에서 교육을 전혀 받지 못한 어린아이들조차 아주 쉽게 사용할 수 있었다.

결국 1950년대에 칼라쉬니코프라는 젊은 군인이 만들어낸 이 총은 역사를 바꾸어버린 총기라고 해야 했다. 그만큼 고장이 적고 다루기 쉬운 무기였다. 하사가 투덜거렸다.

"하긴 그렇네요. 그나저나 8군단은 언제나 도착하는 겁니까? 기다리다 목 빠지겠네. 빌어먹을!"

콰과광!

하사의 말이 떨어지기가 무섭게 수천 개는 됨직한 포탄이 돌격해 들어오는 천화공국군의 머리 위에서 화려한 폭발을 일으켰다. 포의 양각과 장약을 조정하며 연사해서 한 문의 포에서 발사한 여러 발의 포탄이 동시에 탄착점에 도달하게 하는 제국군 특유의 연속 사격이 시작된 것이었다. 포탄들은 지상 5미터 부근에서 일제히 폭발해 수백 개의 자탄으로 분리되면서 돌격해 들어오는 천화공국군의 머리 위로 쏟아져 내렸고 자그마치 20킬로미터가 넘는 구간을 말 그대로 초토화시키고 있었다.

그가 신이 나서 외쳤다.

"왔다! 저건 아군 자주포의 주작 산탄이야!"

최환 소령의 현무-14전차는 대대의 거의 선두에서 천화공국 주력 전차사단의 옆구리를 잘라가고 있었다. 천수 북쪽을 멀리 우회해 만리장성을 관통한 81사단 주력 전차들이 마침내 탕산으로부터 전개된 천화공국 허베이 군벌의 주력인 28, 29전차사단 주둔 지역 전체를 관통하기 시작한 것이었다. 500대가 넘어가는 대규모 전차 부대였지만 T-54와 T-59가 주력인 28, 29사단은 제국군 81사단의 상대는 되지 못했다. 캄캄한 야간에, 그것도 사거리 2킬로미터짜리 100미리 강선포로는 현무 전차의 장갑과 기동력을 감당할 수 없었고 제국군의 강력한 전파 방해로 인해 무전기조차 사용하지 못하는 상황이다 보니 전투는 순식간에 일방적인 학살로 변해가고 있었다.

선봉인 2대대가 순식간에 괴멸시켜버린 천화공국 28전차사단 지역을 무인지경으로 돌파한 최환의 전차대대는 조그만 개천을 끼고 친황다오로 이동하던 29사단을 향해 일직선으로 돌진하기 시작했다. 작은 구릉의 정상에 올라서자 차장 조준경에 29사단 전차들의 그림자가 잡혔다.

그가 목이 터져라 외쳤다.

“3대대! 목표 전방 8킬로미터! 적 전차! 날탄 연속 사격! 한 놈도 남기지 마라! 여순의 혈채血債를 돌려받는다! 대대! 사격 개시!”

우웅!

묵직한 주포의 가속진동이 포탑을 울리자 최환의 계기판에 발사와 재장전을 알리는 신호가 떠올랐다. 60여 개의 탄두가 허공을 가르기 무섭게 29사단 전차들의 포탑이 차체에서 분리되어 튀어 오르기 시작하더니 순식간에 인근 지역이 환하게 불타올랐다.

최환의 전차에서 세 발의 포탄이 더 튀어나가자 피탄된 T-59들 사이로 요행히 살아남은 전차들이 허겁지겁 포신을 돌리는 것이 보였다.

"날탄 일발 장전!"

포수의 고함 소리가 포탑을 울렸다. 그의 조준경 안에서 움직이는 짙은 녹색 전차들의 모습이 영화의 느린 화면처럼 토막토막 끊어졌다. 화면 위로 여순의 무역회사에서 무역업을 하던 막내 동생의 얼굴이 겹쳐졌고 아들을 잃은 늙은 어머니의 울먹이는 목소리가 그의 귓전에 쟁쟁했다. 그의 목소리가 갈라져 나왔다.

"목표! 2시 방향 적 전차! 발사!"

살아남은 전차는 거의 보이지 않았지만 그의 목소리에 남아 있는 열기는 그대로였다.

"T-59의 주포는 현무의 장갑에 영향을 미치지 못한다! 이대로 돌파한다! 대대! 돌격 앞으로!"

120개의 무한궤도가 나직한 구릉을 쥐어뜯으며 불타는 T-59전차들 사이로 뛰어들었다.

1972년 8월 17일 21:10 천화공국, 쯔보 유전

천화공국 동부지역 최대의 유전인 쯔보 유전 상공으로 10메가톤 하프늄 핵탄두를 실은 대륙간 탄도 미사일 천무가 내리꽂히고 있었다. SA-6대공포대의 레이더가 상공의 천무를 발견하는 순간 유도체계가 가동되며 포대 사령관이 지시도 내리기 전에 미사일을 추격하기 시작했다. 포대 사령관 판즈이 상교는 포대에 대공 사이렌이 울려 퍼짐과 동시에 발사 단추를 내리쳤다. 접근하는 물체의 속도가 상상을 초월했기 때문이었다. 단 한 기가 엄청난 속도로 접근하고 있었으니 이건 분명히 항공기가 아니고 미사일이었다. 그것도 작은 위력의 물건은 아닐 터였다. 판즈이는 본능적으로 자신의 목숨이 경각에 달렸음을 느꼈다. 그가 기도하듯 중얼거렸다.

"제발 맞아라, 제발……."

미사일과의 거리가 150킬로미터 이내로 접근하자 전산기는 곧바로 발사 명령을 인근 포대 전체에 전달했고 4개의 포대에서 12발의 SA-6가 어둠을 뚫고 솟구치기 시작했다. 연이어 두 번째 미사일들이 연속해서 밤하늘을 환하게 밝히면서 솟구쳐 올랐다.

불과 10여 초 만에 천무에 접근한 첫 번째 SA-6들의 근접신관이 작동, 폭발하며 요격을 시도했으나 속도가 마하 10을 넘어선 천무는 SA-6의 폭발이 시작되는 순간에는 이미 요격 범위를 한참이나 벗어나 있었다. 두 번째 요격 미사일들도 다를 것이 없었다. SA-6의 요격을 유유히 빠져나온 천무가 내장 정보체계의 유도에 따라 유전을 향해 내려앉기 시작하자 대공포들이 필사적으로 탄착군을 형성하며 밤하늘을 하얗게 수놓았다. 하지만 천무는 순식간에 탄착군을 빠져나와 탈황설비 한가운데를 직격해버렸다. 순간 판즈이의 눈앞은 하얗게 터져나가는 섬광으로 가득했다.

10메가톤의 하프늄 탄두가 만들어낸 버섯구름이 천지를 뒤덮었다. 천화공국 교전 지역의 대부분에 연료를 공급하던 동부 지역 최대의 유전 시설과 정유 시설이 한순간에 날아가버린 것이었다. 인근에 밀집된 대규모 광산들도 폭발의 충격으로 인해 갱도의 대부분이 무너져 내리고 있었다. 방사능 오염은 없다고 하지만 화북 평야 전체를 뒤덮게 될 엄청난 폭발의 분진은 지역의 일조량을 턱없이 줄여버릴 터였고, 그로 인해 천화공국 최대의 식량창고인 화북 평야의 쌀 생산량은 반 이상 곤두박질쳐서 안 그래도 부족한 천화공국의 식량난을 한없이 부채질하게 될 것이었다. 더불어 평균 2~3도 이상 급격하게 떨어질 기온으로 인근의 주민들은 지독하게 춥고 배고픈 겨울을 보내게 될 것이었다.

1972년 8월 17일 21:30 천화공국, 한단

한단에 주둔하고 있는 DF-3 이동발사대 사령관 사오자이 소장은 제국군 미사일 폭발의 충격이 가시자 상황실에 비치된 의자에 털썩 주저앉아버렸다. 3기의 제국군 탄도 미사일이 내습했으나 단 한 기도 격추시키지 못했다. 진동으로 보아 소형 핵미사일이 분명했다. 두께 100미터가 넘는 바위산이 천행으로 그의 생명을 건져 준 것이었다.

사오자이가 다급한 목소리로 전화를 받고 있는 통제실 장교에게 물었다.

"발사대들의 상황은 어떤가?"

"기지 내부에 있던 8개의 발사대만이 살아남았습니다. 외부에 배치되어 있던 16기는 모두 폭발에 휘말렸다고 보아야 할 것 같습니다. SA-6포대들도 마찬가지일 테고요. 아군의 발사대가 이 지역 전체에 넓게 퍼져 있는 것으로 생각한 듯싶습니다. 소형 탄도 미사일 3기가 광범위한 지역을 타격한 덕분에 기지는 무사하게 된 셈입니다."

"젠장! 어쨌든 저놈들의 탄도 미사일은 방사능 오염이 없다는 것이 확인되었으니 걱정할 필요는 없을 테고……. 그럼 핵탄두는 몇 기나 남아 있는 건가?"

"핵탄두는 3기만 남아 있습니다. 일반 고폭탄두 미사일은 15기, 화학탄두 4기가 남아 있습니다. 그리고 다음 공격을 위해 이동했던 핵탄두 미사일 2기가 기지 외곽 3킬로미터에서 피격되어 지금 당장 방호복 없이 외부로 진출하기는 어려울 것 같습니다."

"후, 됐어. 그만하길 다행이야."

사오자이는 새삼 제국 놈들과의 싸움에서는 러시아제 요격 미사일이 전혀 쓸모없다는 것을 절감했다. 엄청나게 비싼 돈을 지불하고 사들인 미사일들이 마하4 정도의 고만고만한 속도로 접근하는 제국군 순항 미사일들을 단 한 기도 요격하지 못한 것이었다. 그의 얼굴에 짜증스러움이 배어나오기 시작했다.

1972년 8월 17일 21:32 천화공국 지난 북동쪽 80킬로미터 황하

텅하이빈 소장은 달빛에 반사되어 반짝거리는 황하의 거친 물살과 도하를 위해 제방 인근에 대기 중인 20만 병력의 북부 집단군 보급부대 야영지를 번갈아 내려다보며 난감한 한숨을 내쉬고 있었다. 부대의 일부가 도하를 끝낸 새벽까지만 해도 5미터 이상 여유 있던 수위가 상류에 쏟아진 집중호우로 인해 어느새 제방의 끝자락을 위협하는 중이었다.

칭하이성靑海省에서 발원해 장장 5천 킬로미터를 돌고 돌아 발해만으로 유입되는 황하는 상류에서 훑어내는 엄청난 양의 토사로 인해 발해만의 해안선이 일 년에 3킬로미터가 넘게 전진하는 세계 최대의 천정천天井川이었다. 그리고 거기에 강안을 막아 놓은 화북 지역의 제방 높이는 가장 낮은 구간도 100미터를 훌쩍 넘기는 기괴한 모습을 보이고 있었다. 1938년 중일전쟁 당시 국민군이 일본군의 추격을 저지하기 위해 지난보다 훨씬 상류인 허난성河南省의 일부 제방을 파괴했을 때도 1,250만의 이재민과 9만의 사망자를 발생시켰던, 문자 그대로 엄청난 수량을 자랑하는 황하의 검은 물결이 지금, 바로 눈앞에서 부대 전체의 안전을 위협하는 것이었다. 부대의 병력은 차치하고라도 북부군 300만에게 전달되어야 할 엄청난 수량의 탄약과 식량이 침수라도 되면 그야말로 난감한 일이기 때문이었다.

텅하이빈은 발밑의 제방 두께와 상태를 한번 가늠해보고는 한숨 덜었다는 표정으로 제방 아래로 연결된 계단을 향해 몸을 돌렸다. 제방 최상단의 폭은 10미터가 겨우 넘었지만 아래쪽은 점점 두꺼워져 최하단은 50미터가 넘어 보였다. 그리고 수도 지난에서 몇 십 킬로미터 떨어지지 않은 가까운 지역이다 보니 제방의 유지 상태가 제법 견고해 보였기 때문이다.

하지만 그의 만족스런 미소는 얼마 가지 못했다. 계단을 한 걸음도 채 내딛기 전에 대공 수색등이 일제히 점등되며 발악적인 공습 사이렌이 부대 전체를 한밤의 안식에서 끄집어내 악몽 속으로 처박아버리고 말았다.

황급히 계단을 내려가던 그는 제방의 옆구리에 틀어박히는 소형 미사일의 모습을 발견하고는 순간적으로 계단에 몸을 눕혔다. 아직 부대의 방공포대가 대공사격을 시작하기도 전인데 미사일은 이미 목표 지점에 도달한 것. 그러나 그가 생각했던 폭발은 곧바로 일어나지 않았다. 불발인가 싶어 의아한 표정으로 몸을 일으키려 하는 순간 은은한 진동이 계단을 흔들어댔다. 그리고 미사일이 박힌 자리에서 눈부신 섬광이 보급부대를 향해 뻗어나갔다.

우르릉!

순간 엄청난 충격이 제방을 훑어 내렸다. 그리고 제방 너머의 검은 물결이 불쑥 솟구치는 것이 눈에 들어왔다. 계단 난간에 기대 잔뜩 웅크렸지만 바로 눈앞에서 거대한 흙더미가 터져나가며 하얀 포말이 천지를 뒤덮었다. 순식간에 무려 200여 미터 구간의 제방이 흔적도 없이 휩쓸려 나가고 있었다.

거칠게 제방을 따라 흐르던 수십억 톤의 흙탕물이 새로운 물길을 개척하며 화북 평야를 질주하기 시작했다.

1) **루다급 구축함**　구소련의 Kotlin급 구축함을 모방해 중국이 자체 설계, 생산한 구축함. 1971년 전력화됨.

만재수량: 3,800톤, 최고속도: 32노트, 장폭고: 103.3×12.8×흘수4.6미터, 승무원: 280명, 무장: 130미리 2연장 수동 장전식 주포 2문, 함대함 미사일 6, 대공용 25미리 기관총, 57미리 기관포, 대잠로켓 및 어뢰, 폭뢰, Z9A 대잠헬기.

飛翔

베이징北京

1972년 8월 18일 03:45 서울, 합동참모본부 상황실

"21시 45분, 장쑤성 쑤저우 공업단지와 광둥성 선천 화학무기공장 타격이 끝났습니다. 폭격을 마친 대한-15편대가 고웅(高雄, 가오슝)으로 귀환 중입니다."

작전통제관이 가라앉은 목소리로 말했다. 강현식이 고개를 끄덕인 후 참모 한 사람을 돌아보며 물었다.

"이제 반 정도 마무리가 된 건가?"

"그렇습니다. 이번 공격으로 시급한 전술 목표들의 타격은 모두 끝이 났고 대형 전략 목표들의 타격 역시 마무리된 셈입니다. 나머지는 지상군의 투입에 따라 차근차근 공략하면 될 것 같습니다. 또 몽골 전선과 산둥 전선 후방보급부대도 거의 무력화된 상태입니다. 하지만 아직 남은 문제가 있습니다."

"베이징 말인가?"

"그렇습니다. 워낙 인구 밀집지역이어서 대형 탄두는 사용하기 어렵습니다."

강현식은 고개를 가로저었다. 세계대전 직후 거의 폐허였던 북경은 20여 년 전부터 몽골과 무역이 활성화되기 시작하자 다시 폭발적인 인구증가를 보였고 이제는 500만이라는 동북아시아 최대의 인구를 가진 대도시로 탈바꿈해버린 것이었다. 세계 최대의 도시이자 제국의 수도인 서울이 인구 400만에 불과한 것을 생각하면 턱없이 커져버린 도시였다. 만리장성을 사이에 두고 형성된 생필품 수입시장이 미약하나마 천화공국 상인들에게 확실한 판로와 수익을 보장해주었기 때문이었다. 당연히 사람들이 모여들 수밖에 없었다.

물론 전쟁이 터지면서 수많은 사람들이 피난을 떠났지만 아직 개전한 지 하루밖에 되지 않아서 200만 이상이 그대로 남아 있을 것이라는 추측이 지배적이었다. 게다가 워낙 넓은 지역에 민간인 지역과 군사 지역을 구분하기 어려울 정도로 뒤섞여버린 상황이다 보니 폭격은 이래저래 난감한 실정이었다. 새삼 그의 입에서 욕설이 튀어나왔다.

"젠장! 8군단과 몽골군이 꽤나 고전하게 생겼군. 민간인 지역을 함부로 공격할 수도 없고……. 현지 8군단장이 이진영 중장이지?"

참모가 대답했다.

"네, 각하. 이 중장은 그대로 밀고 내려가겠다는 의사를 전해왔습니다. 군단 전차부대를 선봉으로 세울 테니 전차탑재 전산망과 공군 전산망을 연동시켜서 아군 부대 전방을 정밀 타격해 달라는 요구도 있었습니다."

"그거야 얼마든지 가능한 이야기지만 일단 시가전에 돌입하게 되면 그게 쉽지 않을 것인데……. 몽골 전선의 전체적 상황은 어느 정도인가?"

"현재 천수의 천화공국군을 탕산 이남으로 밀어내는 중입니다. 탕산에 전술핵 두 발이 꽂혔으니 어쩔 수 없는 선택이었을 겁니다. 병력은 약 20만 정도가 생존한 것으로 보입니다. 문제는 베이징인데, 조금 전 보고로는 지난밤 청더에서 북부집단군 2, 3군단이 심각한 타격을 입은 후 베이징 시내에서 만리장성을 의지하고 진지를 구축한 상황라고 합니다. 2, 3군단 패잔병을 포함해서 약 40만이 시내에 몰려 있습니다. 아시다시피 시가전에서 40만은 치명적입니다. 게다가 시간도 별로 없습니다. 바오딩에 주둔하던 시안 군벌 병력이 합류하게 되면 아군의 피해가 더 심해질 수밖에 없습니다."

"시안 군벌 병력은 얼마나 되지?"

"4개 기계화사단을 포함해서 전부 10개 군단 정도라고 보시면 될 것 같습니다. 약 100만입니다."

강현식이 혀를 내둘렀다.

"휴, 빌어먹을 자식들, 더럽게 많구먼. 밥 먹고 그짓만 한 거야 뭐야. 젠장!"

참모가 다시 말했다.

"어쩔 수 없습니다, 각하. 폭격으로 시안 군벌을 견제해 시간을 벌면서 만리장성에 몰려 있는 병력이라도 공군으로 소개를 해주는 것이 좋을 것 같습니다. 이후는 현지 부대의 요청에 따라 움직이고요."

깍지 낀 양손으로 뒷목을 쓰다듬으며 잠시 생각을 정리한 그가 입을 열었다.

"흠…… 그럼 이렇게 하세. 일단 내일 날이 밝는대로 시안 군벌 이동 상황을 확인해서 주력부대를 폭격하도록 하게. 기화폭탄을 사용하도록 하지. 그리고 북경은 지금부터 선양의 제7전투비행단으로 공습을 시작하되 재래식 무기만을 사용해서 시내도 함께 공격하도록. 겁을 줘서 민간인들이 달아나게 하는 거야. 새벽까지 30분마다 계속해서 시내 병력 주둔 지역으로 보이는 곳에 폭격을 하지. 가끔 민간인 지역에 한두 발씩 오폭도 생기게 하고 말일세. 후후."

강현식은 잠시 말을 끊고 회의탁자에 놓인 차갑게 식어버린 커피 한 모금을 들이켜더니 다시 말을 이었다.

"참! 그리고 만리장성 시내 구간은 아예 초토화시켜버리게. 건방져 보이는 만리장성이 사라지는 것도 나쁘지 않으니 말이야. 민간인 지역을 폭격했다고 수상께 욕을 좀 먹어도 할 수 없다. 이건 전쟁이고 나는 당연히 내 새끼들이 우선이야. 솔직히 언론한테 당하는 건 내가 아니거든. 그건 그 사람들 일이야. 그런 거 해결하라고 국록을 주는 사람들이니 알아서들 하라고 하자고. 허허."

"알겠습니다. 즉시 시작하겠습니다. 그리고 각하께서는 전혀 모르시는 일인 겁니다. 현장에서 오폭이 일어난 거니까요. 후후."

1972년 8월 18일 04:10 천화공국, 베이징 상공

어스름해지는 하늘에는 새털구름이 높이 깔려 있었으나 전체적으로는 맑게 갠 상태였다.

—원 소령! 전갈편대는 계획대로 시내 중심가로 진입한다. 자네 편대는 3편대와 함께 만리장성을 맡도록 하게.

"알겠습니다, 대대장님."

원태현 소령은 중대장이 이끄는 4기의 대한-24가 편대에서 빠져나가는 것을 확인하고는 계기판을 다시 한 번 점검했다. 고도 1만2천, 아직도 천화공국군의 대공 미사일포대는 쥐죽은 듯 조용했다. 바다갈매기의 지독한 전파 방해도 일조를 했겠지만 전파 방해가 없었어도 어차피 천화공국의 낙후한 레이더로는 대한-24의 기체를 잡아내기 어려울 것이었다. 다만 폭탄창이 열리는 짧은 시간 동안 자칫 레이더에 감지될 수도 있을 것이니 귀찮은 일을 피하기 위해 바다갈매기까지 동원한 상태였다. 당연히 마음 편한 작전일 수밖에 없었다.

"교란기 가동하고 3편대부터 편대별로 동시에 진입한다. 구간이 넓으니 두 번에 나눠서 투하한다. 이상."

—알았습니다. 이상.

이번 출격의 목표는 전차부대가 주둔한 지역들을 포함해 모두 16곳이었다. 탑재한 소형 주작 계열 기화폭탄은 1기당 4개씩, 32개였으니 목표 한 곳에 두 발씩을 먹여주고 돌아가면 될 것이었다. 3편대가 각기 자신의 목표를 찾아 기체 하부를 내보이며 고도를 낮추기 시작하자 원태현도 조정간을 고쳐 잡았다.

“바다갈매기 25! 여기는 오소리! 이상.”

— 말하라. 이상.

“2초 후 폭격에 들어간다. 교란 중단 요망. 이상.”

— 알았다. 정확히 2초 후 중단한다. 무운을 빈다. 이상.

교신을 끝낸 그가 조금 조정간을 조금씩 밀어내며 나직이 말했다.

“폭탄창 개방!”

음성 인식으로 작동되는 기체 하부 폭탄창이 열리며 기체가 급격히 하강하기 시작했다. 시야가 어두워지자 그가 다시 말했다.

“주작 2기 투하!”

두 개의 기화탄이 떨어져나가자 급강하 중임에도 불구하고 기체의 고도가 불쑥 치솟아 오르는 느낌이 들었다. 원태현은 곧바로 기수를 확실히 들어올렸다. 다음은 바다갈매기가 알아서 유도를 해줄 터이니 이제는 다음 목표를 찾아가면 그만일 것이었다. 헌데 무전기에서 한 조인 김 중위의 다급한 목소리가 들렸다.

— 2시 방향의 대공 미사일포대가 레이더를 작동시켰습니다! 우리를 포착한 것 같습니다!

바다갈매기의 전파 방해가 중단되었다고는 해도 각 기체에 장착된 교란기가 가동되어 있는 상황이니 폭탄창이 열린 극히 짧은 시간에 아군기를 포착하기는 불가능할 터였다. 분명히 누군가 육안으로 아군기의 출현을 확인했을 것이었다. 그가 침착하게 말했다.

“신경 쓰지 마라. 포착되지도 않았을 것이고 설사 SA-6가 발사된다 해도 격추는 어림없는 이야기다. 다음 목표로 이동해!”

— 네, 이동합니다.

김 중위의 목소리가 조금 가라앉았다. 순간 그는 지상에서 솟구치는 작은 섬광에 흠칫 놀라 가슴을 쓸어내렸다. 몇 기의 SA-6가 발사된 것이었다. 계기판을 내려다보니 레이더 추적은 자신의 기체가 아니라 좀 더 포착이 쉬운 기화 폭탄들을 향하고 있었다. 그는 씩 미소를 머금었다. 아군 교란기의 전파 방해 속에서 덩치도 크지 않은 기화폭탄을 요격하기는 쉽지 않을 터, 설사 요격에 성공한다고 해도 그 비싼 요격 미사일로 기화폭탄 하나를 잡는 것은 전혀 수지타산이 맞지 않는 장사였다.

3~4초의 시간 흐르고 그가 다음 목표인 쉬안산 정상을 향해 폭탄을 투하하려 하는 순간 지상에서 10여 개의 눈부신 섬광이 치솟아 올랐다. 기화탄들이 작렬하기 시작한 것이었다. 그가 다시 중얼거렸다.

"주작 2기 투하!"

원태현은 기체가 조금 떠오르는 듯싶자 미련 없이 기수를 동쪽으로 돌렸다.

1972년 8월 18일 06:05 천화공국, 베이징

이진영 중장은 베이징의 북쪽에 걸쳐진 옌산燕山 남동쪽 기슭, 차오바이강潮白河 서안을 조금은 난감한 얼굴로 둘러보고 있었다. 옌산을 비롯한 3개의 산지에 의해 둘러싸여 주머니 모양의 분지로 이루어진 북경은 또다시 융딩강永定河과 차오바이강에 의해 감싸여 있어서 전차의 기동력을 이용한 공략은 남쪽과 남동쪽을 이용할 수밖에 없는, 한마디로 난해한 지형을 보이고 있었다.

밤을 새워 계속된 공군의 맹렬한 폭격으로 베이징 북동쪽의 장성 인근은 완벽하게 날아가버린 상황, 그러나 아직도 외곽의 위험이 모두 사라진 것은 아니었다. 더구나 남쪽의 외성은 무시한다 하더라도 장성부터 내성까지의 거리 40킬로미터, 내성에 진입해서도 20여 킬로미터를 더 전진해야 인민대회장과 천안문에 도달할 수 있을 것이었다. 문제는 시내 곳곳에도 수많은 야산과 고지들이 존재하는 통에 주력을 그대로 진입시키면 그야말로 엄청난 피해를 감수해야 한다는 데 있었다.

공군의 폭격이 이제는 시내 야산의 고지들을 향해 집중되고 있었지만 그것으로는 부족해도 한참 부족해 보였다. 감정적으로야 대형 기화폭탄이나 전술핵 한두 발 떨어뜨려서 깨끗이 정리하고 이동했으면 더 바랄 것이 없겠으나 전후의 뒷감당이 여의치 않을 것이었다.

그가 으르렁거렸다.

"미친놈들. 일단 보병 머릿수로 해보자는 뜻인가? 제나라 유적들이 모조리 모여 있는 곳에서 시가전을 벌이려 하다니……. 젠장, 좋아, 그럼 원대로 해주지. 강 소령!"

"네! 각하!"

"바다갈매기들의 전파 방해는 언제부터 시작되었지?"

"금일 새벽 아군 폭격기들이 공습을 시작할 때부터입니다."

"그럼 적군의 통신은 마비 상태라고 보아야겠군."

"그렇습니다. 아마 연락병을 이용하지 않을까 싶습니다."

이진영은 잠시 마음을 가라앉히고 생각에 잠겼다. 시내 주둔 병력은 약 40만, 새벽부터 쏟아 부은 폭격으로 전차와 야포부대는 고스란히 날아간 상태일 것이었고 남아 있는 병력은 패잔병이긴 하지만 대략 보병 30만이 조금 넘을 것이었다. 적의 유기적인 저항은 불가능할 테지만 아군 병력이 기껏해야 12만이니 그대로 시가전에 들어가는 것은 미친 짓이었다. 그가 물었다.

"지금 즉시 동원할 수 있는 자주포와 전차포가 몇 문이나 되지?"

"자주포 250문, 전차는 2개 사단 410대입니다."

"몽골군은?"

"야포는 약 500문 정도에 전차는 현무-13 2개 사단입니다. 그간의 교전으로 일부 피해가 있는 상태여서 포격에 동원할 수 있는 전차는 약 300대 정도 될 것 같습니다."

"민간인 소개에 관한 정보는 새로 들어온 것이 있나?"

"네. 06시에 접수된 위성사진으로는 150만 이상이 더 빠져나간 것으로 보인답니다. 나머지는 저항군으로 돌변할 가능성이 농후하고요."

이진영은 고개를 저었다.

"이거야 원. 머릿수 하나만큼은 감당할 수가 없구먼. 자네 의견은 어떤가?"

"민간인이 소개될 시간은 충분히 준 것 같습니다. 굳이 저들에게 전열을 정비할 시간을 주실 필요는 없을 것 같습니다. 또 저들이 패잔병이라고는 하지만 어찌 되었건 정규군입니다. 더구나 RPG-7

을 제법 보유하고 있으니 아군의 쓸데없는 피해가 우려됩니다. 저는 포병과 공군을 동원한 소개가 바람직하다고 생각합니다."

"내 생각과 비슷하군. 좋아 그럼 곧바로 시작하도록 하지. 이제는 민간인이 사상된다 해도 어쩔 수 없다. 일단 사거리가 더 나오는 아군 자주포와 전차포들은 성 내부 둥청구東城區 초입의 용화궁부터 북해 공원까지를 깨끗이 청소하도록 하고 몽골군의 야포는 성 밖 옌산구로 집중시키게. 그리고 공군에게는 내성 서성구와 외성 숭문구 및 선무구, 그리고 베이징역, 인민대회장을 폭격하도록 요청해라. 아군 전개가 용이하도록 소형 기화폭탄을 사용하도록 하는 것이 좋을 것 같다. 그렇게 전달하도록."

"네! 각하."

"포격 시작은 06시 30분부터 시작한다. 그리고 09시까지 완전히 초토화해라. 09시부터 코만치와 기갑사단을 선두로 옌산구 서쪽으로 진입한다. 몽골군은 북서쪽으로부터 동시에 진입하도록 요청하게. 전차사단 보급에 유념하도록. 운전병! 돌아가자."

잔뜩 찌푸린 구름 사이로 옌산燕山의 능선을 타고 솟구치는 대한-24의 폭음이 사령부로 이동을 시작하는 군단장용 전투차량의 열린 차창 안으로 쏟아져 들어왔다.

김성철 대위는 길게 늘어선 현무-14 전차들과 함께 베이징역까지 연결된 폭 30미터의 전문대로를 따라 이동했다. 아버지를 따라 몇 차례 베이징을 방문한 적이 있었던 그는 나름대로 베이징의 지리에 익숙하다고 생각해서 부대의 선도를 자처했었으나 막상 시가지로 진입하자 자신의 생각이 잘못되었음을 인정할 수밖에 없었다. 엄청나게 쏟아 부은 폭격과 포격에 초토화되다시피 한 거리는 말 그대로 서 있는 건물이 거의 보이지 않았다. 그저 남들과 마찬가지로 나침반과 지도를 이용해 어렴풋이 자신의 위치를 확인할 수 있을 뿐이었다. 그나마 다행인 것은 머리 위에 떠 있는 코만치들이 빠르게 이동하며 전방의 상황과 정확한 경로를 알려주고 있다는 것이었다.

아직도 공습과 포격이 시내 곳곳을 두들기는 상황인데다 간간이 아군의 기관총 소리와 현무 전차의 포격 소리도 들렸다. 이제는 멀리 베이징 성곽이 보이는데도 적극적인 저항은 시도되지 않고 있었다. 그가 중얼거렸다.

"이것들이 모조리 죽어버렸나? 왜 저항이 없지?"

이 하사가 넙죽 말을 받았다. 중대 특등사수에다 전투 감각이 뛰어나 항상 끌고 다니는 녀석이었다.

"에이 설마요. 40만이나 된다던데. 폭격, 포격으로 다 죽으면 우리 같은 보병 모가지 걱정 안 해도 되게요? 택도 없습니다. 반이나 죽으면 다행이에요. 조금 있으면 벌 떼같이 달려들 겁니다."

아니나 다를까 말이 끝나기가 무섭게 적의 출현을 알리는 PKM 기관총 소리가 들려오기 시작했고 선두 전차의 포탑에 RPG7 두 발이 작렬했다.

"1시 방향 3층 건물에 기관총이다!"

누군가 급박하게 고함을 질렀다. 급히 전차 뒤로 몸을 숨긴 김성철은 살며시 고개를 내밀었다. 반쯤 허물어진 3층 건물의 옥상과 2

층에서 기관총탄이 쏟아져 내렸다. 머리 위로 총탄이 스쳐가는 소리가 느껴졌다. 그가 중얼거렸다.

"젠장! 어쩐지 조용하더라니. 이제 시작이구만! 이제부턴 건물 하나하나를 모조리 소개하면서 전진해야겠네."

선두 전차의 포탑이 천천히 돌아가자 서너 개는 됨직한 3층 건물의 기관총이 갑자기 침묵을 지켰다. 아마도 전차 포탄이 덮칠 것을 대비해 엄폐를 하거나 건물을 벗어나고 있을 듯했다. 순간 날카로운 파열음과 함께 건물이 터져나갔고 전차의 기관총이 불을 뿜었다. 무한궤도 뒤에서 머리를 내민 그는 11시 방향의 단층 건물 옥상에서 아군을 조준하고 있는 저격수 둘을 발견하고 머리를 숙였다. 그가 이 하사를 돌아보며 말했다.

"이 하사! 저격수다! 잡자!"

이 하사가 재빨리 그의 등 뒤로 접근하며 말했다.

"좋지요."

거리는 약 120미터. 상당히 먼 거리였다. 두 사람은 나란히 조준하고 연속해서 방아쇠를 당겼다. 벽면에 서너 발이 꽂히고 옥상에서 풀썩 먼지가 솟아올랐다. 그러나 잡았는지 아닌지는 알 수 없었다. 어쨌든 옥상의 저격수가 잠잠해지자 김성철은 이 하사를 데리고 도로 왼쪽의 낮은 벽돌 건물로 달리기 시작했다. 공국군 하나가 건물 현관에서 뛰어나오며 AK-47을 난사했으나 곧바로 전차의 기관총에 머리통이 날아가버렸다.

김성철은 건물 창문 아래 웃자란 잡초들 속으로 뛰어들며 수류탄의 안전핀을 뽑아냈다. 다시 현무의 기관총이 건물 현관으로 쏟아지자 김성철은 창문 안쪽에다 수류탄을 내팽개치듯 던져 넣었다. 수류탄의 폭음이 터지자마자 이 하사가 재빨리 창문 안쪽에 K2 탄창 하나를 비워버렸다. 첫 번째 목표는 성공, 탄창을 바꿔 끼우며 전력을 다해 다음 건물로 달렸다. 전차 주변에서 RPG7이 연속적으로 폭발하기 시작했다.

1972년 8월 18일 10:20 베이징, 동성구 상공

김진욱 소령의 코만치 편대는 20미터가 조금 넘는 고도에서 시속 400킬로미터에 가까운 빠른 속도로 성벽을 따라 이동했다. 이동하면서 비교적 많은 수의 병력이 밀집된 지역이 보일 때마다 로켓탄을 날리고 있었다.

상공에서 바라보는 베이징의 모습은 그야말로 참혹했다. 가뜩이나 잔뜩 흐린 날씨 탓에 어둡기만 한 하늘은 시내 전 지역에서 솟아오르는 엄청난 양의 검은 연기로 인해 한밤중을 방불케 했다. 특히 동성구와 옌산구의 건물들은 아예 멀쩡한 모습을 찾아볼 수 없었다. 완전히 초토화되어버린 셈, 하지만 아군 병력이 성벽에 도착한 지 20여 분의 시간이 지났는데도 황궁을 향한 전진은 거의 시도되지 못하고 있었다. 만리장성에서 성벽까지 40킬로미터를 불과 50분 만에 무인지경으로 관통할 때까지만 해도 폭격과 포격의 효과가 충분히 살아 있다고 생각했었다. 그러나 시내 중심가의 대형 건물들은 상당량이 완전히 무너지지 않았고 본격적인 저항도 성벽과 대형 건물들을 중심으로 이루어지고 있었다. 선봉 전차부대의 포격이 성벽으로 집중되고 있으나 워낙 많은 수의 병력이 두 개뿐인 동쪽 성문들에 밀집되어 있어 당분간 진입은 불가능해 보였다.

김진욱의 코만치에서 쏟아지는 기관포탄이 성벽 안쪽을 두드릴 때마다 서너 명의 병사가 허공을 날았다. 효과적인 작전은 분명 아니었다.

그의 기체가 장착하고 있던 28발의 로켓과 3천여 발의 기관포탄을 거의 소모했을 무렵 부조종사가 지상에서 솟구치는 화염을 발견하고 황급히 외쳤다.

"3시 방향! 로켓탄입니다! 3시 방향!"

그는 반사적으로 기체를 급상승시키며 항로를 이탈했다. 그가 말했다.

"이런 젠장! 저건 RPG7이잖아! 미친놈들 같으니……."

RGP는 지상의 전차를 잡기 위한 무기였고 실제로 공중을 향해 발사관을 들어올리는 것은 자살 행위에 가까웠다. 지면을 때리게 될 후폭풍에 의해 사수가 죽지 않는다 해도 조준하는 2~3초의 시간이면 발사도 하기 전에 직승기의 공격으로 벌집이 되어버리기가 십상이기 때문이었다. 지금처럼 요행히 발사가 된다 하더라도 사거리가 최소 300미터가 넘어서 고속으로 이동하는 직승기들에게는 무용지물이나 다름이 없었다.

성질대로 하면 지금 RPG를 발사한 놈들을 찾아가 가루로 만들었을 터였겠지만 그의 기체에 남아 있는 기관포탄은 20여 발이 고작이었고 연료도 겨우 청우로 돌아갈 정도의 분량만이 남아 있었다. 돌아가야 할 시간이었다.

그가 나직이 으르렁거렸다.

"죽일놈들! 이 정도 됐으면 후퇴를 시켜야지 수백만을 다 죽이고 도시를 깡그리 파괴하게 만드는 건 어디서 배운 작전이야. 젠장! 편대! 돌아간다! 나머지는 포병에게 맡기자. 숫자가 너무 많다. 고도를 1,000미터로 올린다!"

—네, 편대장님.

편대가 안전한 고도까지 상승하며 동쪽으로 방향을 잡자 김진욱이 사령부를 호출했다.

"독수리 하나! 여기는 독수리 81! 이상!"

—여기! 말하라!

"베이징역부터 용화궁까지의 성벽에 의지한 공국군의 숫자가 너무 많습니다. 포격으로 정리해야 할 것 같습니다. RPG를 직승기에다 쏘는 놈들도 있습니다. 상당히 위험해 보입니다. 여기부터는 아군의 피해가 만만치 않을 것 같습니다. 이상."

—알았다! 곧 조치하겠다. 이상.

"감사합니다. 독수리 81은 보급을 위해 청우로 돌아갑니다. 이상.

1972년 8월 18일 10:00 베이징, 베이징역

베이징 남쪽의 외성과 역사驛舍로 진입하는 교차로에 이르자 천화공국군이 허물어진 외성과 건물들 여기저기서 몸을 일으켜 자동화기를 난사하기 시작했다. 대부분의 공국군은 사격보다는 자신의 몸을 보호하는 데 급급해서 실제 아군을 향해 날아오는 총탄은 많지 않았다. 하지만 몇몇 어두운 갈색 군복을 입은 자들이 문제였다. 이놈들은 무턱대고 아무 데나 쏘지 않고 확실히 조준사격을 했다. 실제로 맞추겠다는 뜻이었다. 아마 정병이라는 공강군 패잔병일 것이라는 생각이 들었다. 전차의 포격과 코만치의 집중사격 속에서도 조준사격을 할 수 있는 놈들이라면 공강군밖에 없을 것이었다.

교차로 초입의 기관총좌 서너 개가 코만치의 로켓탄에 날아가버리자 전차 뒤에 은폐하고 있던 김성철은 지향사격자세를 유지한 채 1소대원들을 데리고 교차로 왼쪽의 골목을 향해 뛰어들었다. 공국군 두 놈이 골목 모퉁이에서 뛰어나오며 AK를 조준했으나 소대원들이 난사하는 총탄 속으로 뛰어든 꼴이 되어버렸다. 순식간에 벌집이 되어 쓰러진 공국군을 뛰어넘으며 골목으로 들어선 그는 타이어가 터져버린 낡은 1958년형 미류 뒤에 납작 몸을 웅크렸다.

소대원 대부분이 골목 안으로 들어오자 김성철은 잔뜩 웅크린 자세 그대로 고개만 돌려 건물 하나 건너에 있는 성벽 위를 올려다보았다. 중대병력 이상일 듯한 공국군이 성벽과 교차로 인근에 몰려 중, 소화기를 난사하고 있었다.

퍼퍽!

갑자기 둔탁한 충격이 미류에 내리꽂히기 시작했다. 허겁지겁 자라목처럼 머리를 움츠린 그가 골목 반대편 건물 안에 들어가 있는 이 하사에게 고함을 질렀다.

"젠장! 이 하사! 이거 뭐야? 어디냐?"

이 하사가 손가락으로 미류 뒤 골목 안쪽의 건물 하나를 가리키며 말했다.

"중기관총입니다! PKM 같습니다!"

골목 안쪽으로 미류에서 100여 미터 떨어진 곳에 그나마 멀쩡해 보이는 단층건물 하나가 보였고 갈색 군복 여러 개가 창가를 어지럽히고 있었다. 아직도 미류를 두들기는 기관총좌는 두 개였다. 김성철은 급한 대로 차량 옆에 널브러져 있는 공국군 시체 세 구를 끌어당겨 조금이라도 움직일 수 있도록 은폐물을 만들었다. 좁은 골목길 안에서 기관총좌 두 개면 소대 병력 정도는 충분히 고착시키거나 괴멸시킬 수 있는 강력한 화력이었다.

그가 말했다.

"젠장! 누구 K5 가지고 있는 사람 있나?"

이 하사가 들어가 있는 건물 2층에서 대원 하나가 유리창 그늘 속으로 들어가며 자세를 잡았다.

—저한테 있습니다! 2층에서 잡겠습니다! 엄호 부탁합니다.

중대에서 제일 체격이 좋은 정수였다. 김성철이 말했다.

"알았다. 소대! 사격 개시!"

비교적 안전한 지역에 엄폐하고 있던 대원들이 고개를 내밀어 사격을 시작하자 건물 쪽에서도 예광탄이 날아와 꽂히기 시작했다. 은폐를 겸해 끌어다놓았던 공국군 시체가 갈기갈기 터져나갔고 연속되는 기관총탄의 충격으로 빈약한 차체의 미류는 조금씩 밀려나고 있었다. 이 상태로 오래 버티기는 어려울 듯싶었다.

순간 건물 2층에서 섬광과 함께 K5 한 발이 일직선으로 기관총좌가 거치된 창문 중 한 개를 향해 날아갔다.

쾅!

불꽃이 터지면서 창문 하나가 완벽하게 무너져버렸다. 이 하사가 휘파람을 불었다.

"휘익! 잘했어! 정수! 아주 좋았어!"

다시 건물 현관에 거치된 기관총이 불을 뿜었으나 잠시 생긴 여유를 틈탄 대원들의 40미리 유탄 3발이 허공을 갈랐다. 건물은 순식간에 불바다로 변해버렸고 아군을 향해 발사되는 총탄은 없어 보였다. 대원들이 골목의 벽에 달라붙어 빠른 속도로 전진하기 시작했다.

그가 고래고래 고함을 질렀다.

"야! 이 ×새끼들아! 좁은 골목에서는 벽에 달라붙지 말라고 했잖아! 벽에서 떨어져서 이동해! 대가리 숙이란 말이야!"

시가전 중에는 대부분의 대원들이 본능적으로 벽에 달라붙어 이동을 했지만 좁은 골목에서는 총탄들이 수십 미터씩 벽을 타고 이동하는 일이 많아 오히려 날아오는 총탄에 머리를 들이미는 꼴이 되기 십상이기 때문이었다. 하지만 입으로 아무리 떠들어도 이렇게 난장판인 전장에서는 말짱 헛일이었다. 그의 목소리가 점점 갈라져 나왔다.

"이 ×할 놈들아! 안쪽으로 이동하란 말이야! 야! 장 병장! 너 정말……."

그의 머리 위로 아군의 포탄이 날아드는 날카로운 파공음이 흩어졌다.

1972년 8월 18일 10:50 베이징, 왕푸징다제王府井大街

20여 분에 걸친 집중 포격으로 성벽과 성문이 모조리 날아가버리자 부대의 이동은 예상외로 순조롭게 진행되고 있었다. 내성 안으로 들어서며 좀더 치열해질 것으로 예상했던 공국군의 저항이 완전히 사라져버린 것이었다. 시내 중심부와 외성에서는 베이징역으로 우회한 병력들과 공국 패잔병들과의 전투가 치열하게 벌어지는 와중이어서 대부분의 코만치는 외성과 천안문 부근으로 집중되어 있었다. 상대적으로 후방이 되어버린 이곳은 민간인들의 움직임조차 거의 보이지 않았다.

신속하게 이동하던 선두부대가 외성 성벽에서 세 구간 떨어진 왕부정王府井 거리에 들어서자 김성철은 완전히 달라진 거리의 모습에 한숨을 내쉬고 말았다. 몇 달 전까지만 해도 역동적으로 살아숨쉬던 거리는 완전히 무너져버린 자금성紫禁城 성벽이나 다름이 없었다. 멀쩡한 건물의 흔적을 찾아보기 어려웠고, 멀리 반 이상 허물어져 불타고 있는 태화전의 흉물스런 모습도 보였다. 폭이 100여 미터는 족히 넘을 것 같은 왕부정 거리에는 발 디딜 틈이 없다고 느껴질 정도로 온통 갈색 군복의 젊은 목숨들이 널려 있었다. 지난 새벽부터 7시간 정도, 집요하다고 표현해야 할 만큼 엄청나게 쏟아 부은 포격과 공습이 북경의 모습을 완전히 바꿔버린 것이었다. 과거 2차 세계대전 때에도 숫하게 공격을 받았던 곳이지만 본격적인 시가전이 펼쳐지기 이전에 공국 정부가 백기를 들어올렸기 때문에 이 정도로 완벽하게 폐허가 되지는 않았었다. 하지만 지금은 사정이 달랐다. 핵을 사용하지 않았다고는 하지만 무기의 파괴력이 상상을 초월할 만큼 막강해진 이번 전쟁은 도시의 마지막 담벼락 하나, 마지막 생명력까지 깨끗이 훑어내고 있었다.

김성철은 문득 공국인들이 달에서도 보인다고 뻥을 쳐대는 만리장성 밑에 잠들어 있을 민초들을 떠올리며 씁쓸한 미소를 머금었다. 지하궁전이라 명명된 명나라 13황제가 묻힌 무덤은 아예 호화별장이었고 여름 별장으로 사용하기 위해 서태후가 만들었다는 이화원 곤명호昆明湖는 바다에 가까웠다. 위정자들의 어이없다 못해 황당한 사고방식으로 인해 웃음밖에 나오지 않는 거대한 구조물들을 만들다가 죽어간 민초들, 무모한 한족제일주의 때문에 수없이 학살되고 있는 현재의 민초들……. 다를 것이 전혀 없었다. 몇몇 사람의 허황된 욕심과 권위의식으로 엄청난 인명이 사라졌고 또 사라질 것이었지만, 역사는 이들을 기억하지 않았고 앞으로도 기억하지 않을 것이었다. 그저 남아 있는 거대한 건축물과 전쟁의 기록만이 역사의 한 페이지를 장식하게 될 것이었다. 그는 머릿속을 수없이 헤집는 단상들을 지워버리기 위해 세차게 머리를 흔들었다. 여기는 전쟁터였다. 신경을 있는 대로 곤두세워도 살아남는다는 보장이 없는 곳이었다.

불타고 있는 역사혁명박물관 건물이 완전히 시계에 들어오자 폭음 소리와 함께 여기저기서 총탄이 날아들기 시작했다. 몇 발의 총탄이 김성철이 서 있던 벽면의 부실한 콘트리트를 뜯어냈다. 김성철은 재빨리 소대의 선두로 이동했다. 이제 다시 총알이 빗발치는 전장으로 들어가는 것이니 속도가 생명이었다. 그는 일단 천안문까지 이어지는 자금성 성벽을 따라 중대를 신속하게 이동시켰다.

이렇게 난장판인 전장에서는 계속, 그리고 빠르게 움직이는 것이 살아남기 위한 유일한 방편이었다. 가장 맞추기 어려운 표적을 고르라고 하면 당연히 빠르게 움직이는 표적일 것이기 때문이었다. 도로 가운데로 전차와 장갑차들이 이동하고 있지만 대원들은 인도를 따라 서로를 엄호하며 계속 교차하면서 전진했다. 매캐한 화약 냄새와 살타는 냄새, 피 냄새. 죽음은 지금 그의 곁에서 어슬렁거리고 있었다.

광장 안은 말 그대로 시체의 산을 이루고 있었다. 천안문 광장 남쪽, 외성으로 이어지는 성벽과 성문을 배경으로 서 있어야 할 모택동기념관은 흔적도 없이 사라졌고 성벽 역시 남아 있는 구간이 거의 보이지 않았다. 하지만 아직도 무너진 성벽을 의지한 공국군 병사들로부터 간간이 총격과 RPG가 날아오고 있었다. 전차들이 성벽을 향해 전진하기 시작하면서 날아드는 총탄의 숫자는 현저히 줄어들었지만 상대적으로 전차에 작렬하는 RPG의 숫자는 점차 늘어나고 있었다.

중대가 성벽 300미터 이내로 다가서자 잡아야 할 목표물이 순식간에 늘어나기 시작했다. 김성철은 중대원들과 함께 여기저기서 불타고 있는 T-59를 엄폐물 삼아 차분하게 전진을 계속했다. 달리기를 멈출 때마다 적의 사격 강도는 조금씩 심해지기 시작해서 150미터 이내가 되자 더 이상 전진이 불가능해 보일 정도로 총탄이 쏟아졌다. 남문 왼쪽에는 아직도 살아남은 기관총좌가 10여 개는 되어 보였다. 대원들의 40미리 유탄 수십 발이 허공을 가르고 성벽 주변에서 수십 개의 화염이 솟구쳤으나 기관총들의 사격은 잠시 주춤했을 뿐 곧바로 사격을 재개해왔다.

김성철의 왼쪽에서 부지런히 조준 사격을 하던 대원 한 녀석이 왼손을 부여잡고 뒤로 넘어지며 욕설을 내뱉었다.

"이런 젠장! 맞았어! 위생병! 위생병!"

대원은 반쯤 떨어져나간 엄지손가락을 움켜쥐고 있었다. 소총과 손가락을 스친 총알이 앞가슴의 방탄복에 꽂힌 것이었다. 그나마 다행이었다. 이 하사가 말했다.

"인마! 엄살 떨지 말고 조용히 해! 딱 집에 갈 수 있을 만큼만 다쳤네. 긴급조치 받고 호송 차량 들어오면 곧바로 청더로 가라. 하늘님께 감사해라. 후후."

대원이 발악적으로 외쳤다.

"젠장! 그래도 아픈 건 아픈 거라고요! 그리고 난 지금 고향으로 못 갑니다! 아직 시작도 안 했단 말이에요! 빌어먹을!"

"시끄러! 이렇게 설치다가 너 뒈지면 네 어머니는 좋아하실 것 같으냐? 쓸데없는 소리 하지 말고 곱게 돌아가!"

"하지만……."

김성철이 끼어들자 병사는 주저앉은 공국군 전차의 무한궤도에 기대앉아 위생병의 응급조치를 받으며 머리를 숙였다. 분통은 터질 테지만 어차피 이제 실전 투입은 불가능할 것이니 얼른 고향으로 돌아가 죽은 형 대신 집안을 건사해야 할 녀석이었다. 김성철은 가벼운 미소를 머금으며 생각했다.

'이제 넌 외아들이야. 차라리 잘됐어. 복수는 내가 대신 해주마.'

짧은 시간이 흐르면서 인도 안쪽 시멘트로 만들어진 쓰레기통에 재빨리 K32기관총들을 거치한 대원들의 총구가 불을 뿜기 시작했다. 뒤이어 전차 한 대가 중대가 고착된 지역으로 다가서며 포격 지원 몇 발을 날려주자 사정은 조금씩 좋아지는 듯싶었다. 하지만 아직도 전진하기는 불가능했다.

그는 상황이 계속 여의치 않을 듯하자 중대에 배정된 호위 직승기를 호출했다.

"독수리73! 여기는 백호32! 중대 모택동기념관 왼쪽 성벽 아래에 고착! 지원 바람! 이상"

— 알았다. 안 그래도 그쪽으로 이동 중이다. 이상.

기다리는 시간은 그리 길지 않았다. 10초 쯤 지났다는 생각을 떠올릴 무렵, 코만치 1대가 엄청난 먼지바람과 함께 전면의 무너진 성벽으로 내리꽂히면서 2기의 로켓탄과 기관포가 성벽을 화염 속으로 몰아넣었다. 키 작은 공강군 몇 명이 허공을 날았고 기관총좌에 앉아 있던 자는 가슴과 머리가 폭발하며 성벽 뒤로 넘어가버렸다. 2~3초 동안 제자리에서 기관포와 로켓 4발을 더 쏟아 부은 코만치가 다시 고개를 앞으로 숙인 채 우에서 좌로 이동하며 기관포를 난사하고 사라지자 더 이상의 저항은 보이지 않았다.

그가 말했다.

"중대 전진! 이대로 성벽을 넘는다!"

신속하게 허물어진 성벽 위로 뛰어오른 대원들은 움직이는 것은 무엇이든 쏘아버렸다. 쓸데없는 감상에 빠져 위험을 자초하는 것은 바보짓이었고 어차피 대부분이 심각한 부상을 입은 자들이었으니 차라리 고통을 덜어주는 편이 나을 것이었다.

불과 2~3분 만에 성벽 위에서 움직이는 갈색 군복은 보이지 않았다. 40~50구의 사체가 널려 있는 성벽 위로 쇳가루를 씹는 듯한 피 냄새와 자욱한 화약 냄새가 뒤늦게 밀려들었다. 외성을 관통한 첸먼다제前門大街의 모습이 한눈에 들어왔다. 폐허나 다름없는 모습, 하늘에는 100여 대가 족히 넘어 보이는 코만치가 먹구름 사이를 헤집었고 수십 대의 현무 전차가 대로를 따라 빠르게 이동했다.

막 성벽을 넘어 광장의 왼쪽 노변을 따라 이동하던 대원들 앞으로 골목 안쪽에서 70은 되어 보이는 노인 한 사람이 느릿느릿 걸어나왔다. 어딘지 넋이 나간 표정의 노인 손에는 AK 한 자루가 들려 있었다. 대원들이 총을 버리라고 소리쳤으나 천천히 총구를 들어 올리던 노인은 순식간에 대원들의 총탄에 벌집이 되어 쓰러져버렸다. 김성철은 고꾸라지듯 쓰러져 바르르 떨고 있는 노인의 사체를 보며 인상을 찌푸렸다. 처음 당하는 일도 아니었고 어쩔 수도 없는 일이었으나 새삼 짜증스러움이 밀려들었다.

그가 바로 옆에서 이동하고 있는 이 하사를 돌아보며 투덜거렸다.

"젠장! 그냥 집 안에 들어앉아 있을 것이지……."

"잊어버리세요, 중대장님. 어차피 저들의 눈에는 우리가 침략자고 악당일 겁니다. 이 전쟁이 빨리 끝나기를 바라야지요."

이 하사가 두 발밖에 남아 있지 않은 탄창을 빼내고 새 탄창을 끼우며 말했다. 김성철은 잠시 걸음을 멈추고 불타는 T-59 뒤쪽에서 숨을 골랐다. 모두의 얼굴에서 땀이 비오듯 흐르고 있었으나 불평을 늘어놓는 대원은 없었다.

머리 위로 다시 코만치 10여 대가 외성 남쪽으로 날아갔다.

1972년 8월 18일 11:05 베이징 외성, 선무구

샤오자이 상장은 군단 사령부 참모들과 함께 허겁지겁 베이징 외성을 벗어나기 시작했다. 청더를 공격하기 시작할 무렵만 해도 이렇게 순식간에 베이징을 내주게 될 것은 상상도 하지 못했었다. 100년 전처럼 다시 조선 놈들을 무릎 꿇리고 위성방송에서 자주 본 늘씬하게 빠진 조선 계집들의 엉덩이를 두드리게 되리라고 확신했던 것이다. 수백만의 병사들은 그 어느 때보다 사기가 충천해 있었고 기백이 살아 있었다. 하지만 결과는 참담했다. 불과 이틀 만에 베이징을 내주고 200만 이상의 병력 손실을 입은 채 도망치듯 외성을 빠져나가고 있는 중이었다.

그에게 있어 무엇보다 충격적이었던 것은 수천 대의 전차와 미사일들을 조선 놈들이 개입하자마자 단 한 대도 제대로 운용해보지 못하고 잃었다는 것이었다. 무전기는 완전히 불통이었고 당연히 전선의 유기적 진퇴도 불가능했다. 그건 한마디로 끔찍한 경험이었다. 전력 공급조차 단절된 캄캄한 새벽부터 쏟아져 내린 불기둥들은 베이징을 공포와 혼란 속으로 완벽하게 가둬놓았고 대부분의 병사들은 철저한 암흑 속에서 총 한 방 쏘아보지 못한 채 전멸했다. 탈영병을 방지하기 위해 성벽 안에 전 병력을 집중시킨 것이 더 큰 피해를 부른 셈이었다. 그나마 후퇴하는 사령부의 배후를 지켜주는 것은 얼마 남지 않는 정예 공강군 병력이었다. 겨우 10여 대의 화물차량만이 후퇴하는 그의 뒤를 따르고 있었다.

튀어나오는 욕설을 근근이 참아냈다.

'빌어먹을! 일단 이동 중인 시안 군벌 병력과 합류해서 대책을 세워야 한다. 어줍지 않게 상대해서는 안 될 놈들이다.'

순간 그의 머릿속에 모택동 주석의 '인민전쟁' 전술의 한 대목이 떠올랐다.

'대부분의 조선 보병들은 죽는 것을 겁내며, 용기가 부족하다. 그들은 항공기와 전차, 대포 등 기계화된 장비에 의존하며 우리의 적극적인 공격을 두려워한다. 그들이 엄청난 규모의 장비들을 수송하려면 지형과 날씨가 모두 좋아야 한다. 그들은 대로와 평지에서는 신속히 작전을 수행할 수 있지만 산악 지형에서는 그렇지 못하다. 그들은 원거리 전투가 전문이며 백병전에는 익숙하지 못하다. 그들은 후방이 끊길까 두려워하며 보병은 보급이 끊기면 전의를 상실한다. 아군이 압도적인 상황이 아니라면 아군의 주력을 충돌시키기보다는 게릴라나 소규모 분견대를 활용해 견제해야 한다. 러시아가 압도적인 독일군과 접전을 벌일 수 있었던 것은 보병에 의한 접근전이 주효했기 때문이다.'

그가 손뼉을 치며 소리쳤다.

"그래! 그거야! 시안이다! 시안의 산악 지역으로 끌어들여 거기서 싸운다! 서둘러라! 시안의 쑤마오 상장을 만나야 한다. 어서 가자!"

공국의 병력은 언제든, 얼마든 최대한으로 보충할 수 있다. 하지만 저들은 그렇지 못하다. 그리고 이제는 아군의 앞마당에서 전투를 하게 될 것이었다. 가슴의 답답함은 조금 털어내버릴 수 있었지만 마음은 더없이 다급해졌다.

1972년 8월 18일 11:15 발해만, 룽커우 북동쪽 20킬로미터 해상

발해만의 흙탕물 속은 아직도 술래잡기에 여념이 없었다. 대잠 직승기들이 발해만 전체를 이 잡듯 뒤졌으나 밍급 4척을 격침시킨 데 그쳤을 뿐이었다. 아직도 5척 정도의 밍급 잠수함들이 발해만 곳곳에 잠복하고 있었다.

근황친위 함대 제2함대 소속 공격원잠 강인호의 함장 이준형 대령은 자꾸만 늦어지는 해역의 소개 작업 때문에 조금씩 초조해지기 시작했다. 톈진 외항은 전자폭탄 한 발을 떨어뜨려 놓았으니 당분간 문제될 것이 없었으나 숨어 있는 잠수함들이 아군의 옌타이 상륙함들이나 2함대 전함들에게 자칫 피해라도 입힌다면 입이 열 개라도 할 말이 없을 것이기 때문이었다. 특히 황하 삼각주와 룽커우강 하구 인근에 숨어 있을 잠수함은 엄청난 합류 소음 때문에 어뢰를 발사한다 해도 제대로 포착하기도 어려웠다. 게다가 자신이 천화공국군 잠수함 함장이라면 틀림없이 손쉬운 상대인 옌타이로 상륙하는 수송 함대를 노릴 것이었다. 적 잠수함은 분명히 이 근처에 있었다.

잠시 잠망경을 돌려 탁한 발해만의 물결을 바라보던 이준형은 극단적인 조치를 생각했다. 먼저 자신을 노출시켜보기로 한 것이었다. 공국의 밍급 잠수함이 발사하는 어뢰 정도는 언제든지 회피할 수 있다는 자신감이 바탕에 깔려 있었으나 어떤 잠수함의 함장도 자신을 먼저 노출시키고 싶지는 않을 것이고 자신도 마찬가지였다. 하지만 마냥 기다리기에는 수송함대의 상황이 너무 불안했다.

그가 함 내 방송을 개방하고 말했다.

"어뢰실! 발사관 상황은?"

—1, 2, 3번은 흑상어, 4번은 음원발생기, 5, 6번은 기만체입니다.

"음원발생기를 3킬로미터부터 작동으로 수정하고 완료되면 보고하라."

—네!

"수직발사관은?"

—1, 2, 3, 4번 대잠미사일 해룡, 5, 6번은 함대공 청룡입니다.

"좋아. 전투 준비! 무전실은 주변에 떠 있는 대잠 직승기들에게 해역 감시에 조금 더 신경 쓰도록 전달해라."

—무전실! 알았습니다.

이준형이 길게 심호흡을 하고 나자 어뢰실의 보고가 들어왔다.

—4번 음원발생기 조작 완료! 해수충전 완료!

"좋아. 4번 발사! 음원발생기 재장전!"

—발사! 재장전!

나직한 진동이 선체를 울리자 그가 다시 명령했다.

"미사일 발사 심도로 내려간다! 기관 미속 전진!"

함 내에는 기괴한 정적이 흘렀다. 3분여가 지나고 선체가 수평을 되찾기 시작하자 기관실과 음탐실의 보고가 연속으로 들어왔다.

— 미사일 발사 심도!

— 음원 발생기 작동 시작합니다!

"4번 발사! 재장전!"

— 발사! 음원발생기 재장전!

최근 배치된 신형 음원 발생기는 구형과 달리 20시간씩이나 바다 속을 쏘다니며 아군 공격원잠과 아주 유사한 소음을 내뿜고 다닐 것이니 밍급으로서는 바짝 긴장하고 더 깊이 숨어버리거나 음원발생기를 요격할 것이었다. 밑져야 본전이었다. 숨으면 아군 수송함대에 가까이 접근하지 못할 것이고 공격하면 격침시켜버리면 그만일 것이기 때문이었다. 이제는 조용히 적이 움직이기만을 기다려야 했다. 인내심이 필요한 시간이었다.

1972년 8월 18일 11:20 서울, 종로

김태훈은 한영숙의 조막만한 승용차 무한無限에 타는 순간부터 주눅이 드는 것 같았다. 서울에 연고가 없다 보니 귀국신고를 마친 후, 그냥 본사 인근의 여관 신세를 질 생각이던 그는 한영숙의 제안에 두말없이 그녀의 집에서 하루를 지내고 삼우상단을 방문하기로 했다. 하지만 평양의 평범한 가정에서 성장해 상류층의 생활에 익숙하지 못했던 그는 시내 한복판에 있는 그녀의 30평짜리 아파트조차 조금은 과하다는 느낌을 지울 수 없었다. 물론 그녀의 털털한 성격 탓에 화려한 가구나 귀금속은 보이지 않았지만 명품으로만 들어찬 옷장만큼은 자신의 빈약한 월급으로는 감당하기 쉽지 않아 보였다. 한 술 더 떠서 그녀의 새빨간 3000cc짜리 2인승 승용차 무한은 차량 가격만 8만 원이 넘는 쓸데없이 비싸기만 한 고급품이었다. 더불어 김태훈이 그녀 몰래 내쉬는 한숨도 자꾸만 횟수가 늘어가고 있었다. 먹여 살릴 일이 벌써부터 걱정되기 시작한 것이었다.

그는 한영숙이 삼우상단 본사 건물의 정문에 차량을 세워둔 채, 정문에 대기 중이던 비서실 직원에게 열쇠를 넘겨주고 덥석 그의 팔짱을 끼자 적이 당황스러웠다.

"숙부님 뵈러 가는데 이렇게 팔짱끼고 들어가도 돼?"

"안 될 거 없잖아? 아마 숙부님은 노처녀 팔아먹을 수 있게 됐다고 좋아하실걸? 호호."

"이거야 원, 솔직히 좀 걱정된다. 어떻게 나오실지 말이야."

"걱정 마. 벌써 대충 말씀 드렸어. 그리고 내 문제라면 무조건 좋다고 하실 분이니까 걱정 붙들어 매셔. 후후."

"그래애! 모르겠다. 어떻게 되겠지. 설마 사윗감 죽이시기야 하겠냐. 후후."

박태일은 그녀의 예상대로 반갑게 두 사람을 맞았다. 아예 조카사위로 인정을 하고 있는 분위기였다. 분주한 인사가 끝난 뒤, 음료수를 가지고 들어온 여직원이 자리를 뜨자 한영숙이 정색을 하며 본론을 꺼내기 시작했다.

"본사에서 내준 서류는 대충 봤어요. 저희가 어떻게 도와드려요?"

"휴…… 그래. 알다시피 문제는 이놈들이 우리 군사기술들을 요구한다는 것인데 아무래도 당했다는 느낌이 든다. 은광공업이 납품한 문제의 부품들은 루프한자에 공급된 항공기에 장착된 것들 중 유독 3대에서만 기능을 정상적으로 발휘하지 못했어. 나머지 제품들에는 문제가 없었지. 해서 은광공업 사주를 닦달해 당시의 제품 검사기록과 근무자들을 수배해본 결과 예상외의 결과를 얻었어."

"뭔가 문제가 있었나요?"

"그래. 항공기 부품은 수량도 많지 않고 사고가 날 경우 대형사고가 되기 때문에 전수검사全數檢査를 원칙으로 하는데 당연히 최종 검사 과정에서 걸러졌어야 할 내용이 정상으로 기록되어 있었다는 거야. 그리고 당시의 검사원 네 사람 중 세 사람이 회사를 그만두고 독일과 북프랑스로 출국해버렸어. 납품검수納品檢受에 참여했던 우리 직원은 자동차 사고로 사망했고 말이야. 솔직히 지금 저놈들이 요구하는 것은 시작일 뿐이라는 생각이 든다. 계속해서 더 큰 것을 내놓으라고 하겠지. 그건 곤란해. 그래서 비전 윤 실장에게 부탁을 했던 거야."

루프한자 항공과의 만남 이후 고심을 계속하던 박태일은 결국 안면이 있던 윤찬혁에게 구원을 요청했고 윤찬혁은 흔쾌히 수사에 협조하기로 결정한 것이었다. 그런데 비전과의 합의하에 일차로 루프한자 항공에 능동유도장치 도면과 시제품 제공을 약속한 후 이들이 갑자기 박태일의 친족이 직접 물건을 가지고 콜롬비아로 들어오라고 요구한 데서 문제가 발생했다. 추후 계속 진행되어야 할 미사일 입수를 위한 담보가 필요하다는 것이었다. 하지만 결혼조차 하지 않은 박태일의 친족이라고는 이미 사망한 여동생 부부와 그들의 소생인 한영숙 남매뿐이었고 그녀의 하나뿐인 오빠는 남극 탐험대에 참여하고 있어서 연락조차 쉽지 않은 상황이었다. 대신 한영숙의 경우에는 비전 요원인데다가 삼우상단 이사로 정식 등재되어 있는 상황이니 수사에 참여시키기에 더없이 좋은 조건이었다.

박태일이 인상을 찌푸리며 중얼거리듯 말했다.

"미안하다. 상당히 위험한 일이어서 내키지는 않지만 할 수 있는 사람이 너 하나뿐이라 어쩔 수가 없었다. 이해해다오. 김군에게도 면목이 없고……."

"이래저래 저밖에 할 사람이 없네요, 뭐. 제가 갈게요. 태훈 씨도 이의 없지?"

김태훈이 말없이 고개를 끄덕이자 박태일이 다시 입을 열었다.

"또 하나, 이 건은 루프한자 항공 역시 누군가에게 압박을 받고 있는 것 같다는 느낌이 강하다. 상식선에서 생각해도 루프한자 정도 되는 중견회사가 감히 삼우상단에 이런 식으로 도전하기는 어려워. 더구나 이건 국가적인 기밀을 빼내는 문제야. 무언가 다른 것이 있다. 이 점을 꼭 염두에 두고 일을 진행해야 할 것이야. 또 콜롬비아는 언제 전면전이 터질지 모르는 위험한 곳이니 정말 조심해야 한다. 도면과 시제품은 치명적인 오류를 몇 가지 내포하고 있는 상태이니 그대로 넘겨주어도 제작은 어려울 것이야. 하지만 그들에게도 전문가가 있을 테니 시간을 끌면 알아낼 수도 있을 거다. 낌새가 이상하면 바로 탈출을 감행하도록 해."

"알았어요, 숙부. 그럼 우린 언제 콜롬비아로 가죠?"

"내일 오후다. 내가 전용기를 준비시켜 놓았으니 그걸 이용하면 될 게다. 현지에 도착하면 그들이 접촉해온다고 했다. 약간의 돈을 비서실에 이야기해 놓았으니 돌아가면서 받아가주었으면 한다. 그건 내 성의야. 그리고 다시 이야기하지만 정말 조심해야 한다."

"흠…… 내일 오후면 준비할 시간은 충분하겠네요. 걱정 마세요, 숙부. 이런 일을 하는 게 제 직업이에요. 거기다 실장님이 나성함대에 협조를 요청해 놓겠다고 했으니까 문제가 생겨도 금방 해결할 수 있을 거예요. 아주 깔끔히 정리를 해놓을 게요. 그건 그렇고 조카사위 어떤 것 같아요? 이만하면 괜찮죠? 호호."

"허허. 그래. 네가 웃어주니 조금 안심이 되는구나. 고맙다. 자네도 고맙고."

1972년 8월 18일 11:50 베이징, 숭문구, 천단 공원

공강군이 주력이 된 공국군 잔류 병력은 외성의 가장 남쪽인 천단 공원의 얼마 남지 않은 숲과 폐허를 의지해 결사적으로 총탄을 쏟아내고 있었다. 공원 남쪽의 공국군 밀집 지역은 급한 경사의 계단이 너무 많아 전차의 진입은 근본적으로 불가능했다. 지금도 계속되는 자주포들의 제압 사격이 마무리되고 나면 직승기와 보병만으로 지역을 소개해야 할 형편이었다.

천지를 뒤흔들던 포격이 멈추자 중대장의 전진 명령이 떨어졌다. 계단 20여 개를 오르기가 무섭게 무너진 건물과 숲 속에서 또다시 총탄이 날아들기 시작했다. 얼마 남지는 않았지만 기관총을 중심으로 한 공국군의 반격은 아직도 제법 위협적이었다.

이태일 상병은 분대장의 바로 뒤에 붙은 채 몇 개 남지 않은 계단을 재빨리 뛰어올라 여기저기 널려 있는 커다란 바윗덩이 뒤로 몸을 날려 자세를 낮췄다. 호흡을 가다듬고 나자 자욱한 화약 냄새가 몰려왔다. K2소총에서 번져오는 화약 냄새는 언제나 어릴 적 아버지와 함께 누비던 백두산 자락을 생각나게 했다. 지금은 돌아가시고 안 계시지만 사냥을 즐기시던 아버지의 엽총에서 솟아나던 강렬한 화약 냄새가 떠오르는 것이었다. 하지만 지금 그런 여유로움을 만끽할 수는 없었다.

이태일이 머리를 내밀어보려 하는 순간, 아군의 머리 위로 코만치 몇 기가 날아들며 10여 기의 로켓탄을 무너진 건물 뒤와 숲 속에 쏟아내고는 그 자리에 2~3초간 정지한 채 기관포를 난사했다. 이어 아군이 발사한 수십 발의 유탄이 구불구불한 연기를 달고 연속해서 적진으로 날아갔다. 귀청을 찢을 듯한 폭음과 함께 적진에서 화염이 솟구쳤고 잠시 공국군의 사격이 주춤한 사이 건너편 야산 기슭으로 아군이 제압 사격을 하며 번개같이 뛰어오르기 시작했다.

이태일은 재빨리 적진을 훑어보았다. 80미터 정도 떨어진 나무 뒤 참호에서 전진하는 아군을 향해 AK를 조준하고 있는 공국군의 머리가 몇 개 보였다. 그놈들의 조금 뒤쪽에서는 이태일의 분대를 향해 총탄을 날리는 놈들의 모습도 보였다. 자신의 위치에서 K2로 놈들을 모두 제압하기는 어려울 것이었지만 유탄으로는 가능할 듯했다.

아군 둘이 다리와 어깨에 총탄을 맞고 나동그라지는 것이 보이자 분대장이 소리를 질렀다.

"태일아! 유탄을 써보자! 준비해라."

귀가 멍멍해서 분대장의 고함 소리가 제대로 들리지 않았다. 그도 마주 고함을 질렀다.

"네!"

두 발의 유탄이 동시에 적진을 향해 날았지만 분대장이 쏜 한 발만이 놈들의 참호 속으로 들어간 것 같았다. 순간 폭음이 터지면서 몇 놈이 허공으로 튀어 올랐고 한 놈이 참호 속에서 튀어나와 아군에게 길게 AK를 난사했다. 하지만 유탄의 충격에 제정신이 아닌지 총탄은 허공을 향하고 있었다. 분대장이 피식 웃음을 터뜨리더니 조준사격 두 발로 놈을 쓰러뜨렸다. 심한 화상을 입은 듯한 병사 하나가 참호 위로 기어올라 비명을 내지르며 뒹굴다 아군이 토해낸 집중사격에 움직임을 멈췄다. 아직도 가쁜 숨을 내쉬는 것으로 보아 숨이 끊어지지는 않은 듯했다. 이태일은 그의 머리를 겨냥해 방아쇠를 당겼다. 고통을 덜어주는 것이 나을 것이었다.

다시 아군 코만치 4기가 내리꽂히면서 야산 중턱에 기관포를 쏟아 붓자 저항은 순식간에 잦아들기 시작했다. 공강군 복장의 몇 명이 살기를 포기한 듯 산에서 뛰어내리며 기관총을 발악적으로 난사하다가 대원들의 조준 사격에 오른쪽 계단으로 굴러 떨어졌다. 작은 체격의 공강군 한 명이 바닥에 떨어진 RPG를 향해 기어가다가 아군의 사격에 움찔하며 움직임을 멈췄다. 순간 산기슭 쪽에서 접근하던 아군의 중기관총이 그의 몸을 산산이 찢어발겼다. 사격이 그치자 공강군 병사가 기어오던 자리에는 흥건한 피와 살점들만이 남아 있었다.

몇 번의 직승기 강습이 더 진행되고 나자 여기저기서 속옷을 찢어 만든 듯한 피 묻은 백기가 흔들리기 시작했다. 더 이상 아군을 향해 날아오는 총탄은 보이지 않았다. 대원 20여 명이 숲을 향해 뛰어들기 시작했다.

1972년 8월 18일 12:55 발해만, 룽커우 북동쪽 22킬로미터 해상

이준형은 발해만 전체에 깔려 있는 아군 무선음탐기(소노부이)에서 수집된 자료를 검토하며 초조한 마음을 달래고 있었다. 남은 밍급 잠수함은 5척, 아군은 원잠 2척에 경유 잠수함도 3척이나 발해만에 들어와 있으니 전력상으로는 문제가 전혀 없었다. 다만 문제라면 저놈의 황하 때문에 해저 지형이 너무나 빨리 변화되는 데다 소음도 너무 많아서 적 잠수함을 찾아내기가 쉽지 않다는 것이었다. 아직도 천화공국 잠수함들의 흔적은 전혀 찾을 수 없었다. 발해만 한 구석에 배를 깔고 꼼짝도 하지 않는 모양이었다.

해군 사령부에서 전송된 화면 아래에 사령부의 분석 결과가 나와 있었지만 이준형은 자신의 감각을 점검할 겸 분석 결과를 보지 않은 채 각각의 음탐기에 잡힌 주파수 하나하나를 확인하기 시작했다. 밍급은 재래식 잠수함이니 최소한 8시간에 한 번은 수상으로 올라와 전지를 충전해야 할 것이고 이들의 표준 시간대는 아군과 동일하다. 개전을 한 시간이 8월 17일 새벽 06시이니 이들이 개전

한두 시간 전인 새벽 04시부터 05시 사이에 작전을 시작했다는 가정을 하면 이미 최소한 세 번의 충전을 시행했고 충전 시간 30분씩을 고려하더라도 13시를 전후해 네 번째 충전을 하기 위해 수상으로 떠올라야 할 것이었다. 자신의 예측과 마찬가지로 황하 하구 인근에서만 합류소음에 뒤섞인 주파수 60Hz 부근의 눈에 띄는 소음 몇 개가 금일 새벽 05시에 포착되어 있었다.

그가 나직이 중얼거렸다.

"그렇다면 확실히 13시경이면 수면으로 올라온다. 움직이지 않을 방법은 없을 거다. 어디서 올라오느냐가 문제인데……."

그는 자신이 밍급의 함장이라면 어디서 수면으로 올라갈 것인가를 생각해보기 시작했다. 가장 가능성이 높은 부분은 역시 황하 하구, 다음이 톈진 외항, 마지막은 룽커우강 하구였다. 하지만 톈진 외항은 아군 대잠초계기들이 진을 치고 있으니 올라오기만 하면 그 시간이 사망 선고를 받는 시간일 터였고 룽커우강 하구도 옌타이 수송함대의 호위를 맡은 209급 2척이 정리를 해줄 것이었다. 남은 것은 황하 하구. 자신이 함장이고 일방적으로 전력에서 밀리는 상황이라면 그리고 생존을 위해서라면 조금 무리를 해서라도 강을 거슬러 올라가 내륙에서 충전을 할 것이었다. 그가 머릿속을 정리하는 순간 음탐실의 보고가 올라왔다.

— 함장님. 규칙적인 접촉입니다. 거리 30킬로미터! 방위 0-7-4. 서쪽으로 이동 중입니다. 예측속도 10노트. 해류소음에 섞여 자꾸 끊어지긴 합니다만 꾸준히 같은 경로를 유지하고 있습니다. 목표 1로 선정합니다.

그 방위대로라면 황하 하구로 이동 중인 잠수함이었다. 그가 반색을 했다.

"미사일 발사 준비!"

—1, 2, 3, 4번! 해룡 대기 중입니다.

순간 음탐실의 다급한 음성이 다시 들려왔다.

—방위 0-7-2에 새로운 접촉입니다! 거리 8킬로미터! 수심 변경 중입니다. 변온층 아래에서 상승 중입니다. 목표 2!

이준형은 뜨끔했다. 이 시끄러운 해역에서 거리 8킬로미터면 자칫 아야 소리도 못 해보고 밍급의 어뢰에 맞아, 치욕스런 기록을 남긴 채 내년 오늘이 자신의 제삿날이 될 수도 있었을 것이기 때문이었다. 다행히 적 잠수함도 강인호의 위치를 파악하지 못한 모양이었다. 놀란 가슴을 가만히 쓸어내린 그가 심호흡을 하며 말했다.

"휴, 젠장. 저 자식부터 잡는다! 어뢰실! 목표는 방위 0-7-2의 목표 2! 1번 흑상어 발사!"

—발사!

"해룡! 목표는 목표 1! 1번 발사!"

—발사!

둔탁한 이탈음이 선체를 연속해서 울리자 가뜩이나 시끄러운 해역은 초공동이 발생시키는 엄청난 소음으로 가득 차버렸다. 흑상어가 바다 속으로 뛰쳐나간 지 1분이 조금 넘자 흑상어가 일으킨 폭발적인 초공동 소음이 사라지며 날카로운 금속성이 선내에 울려 퍼졌다.

—목표 2! 격침됩니다!

1972년 8월 18일 12:58 발해만, 황하 하구

—수면에 강력한 접촉입니다! 거리 1킬로미터!

—으악! 능동음탐입니다! 어뢰입니다! 수중에 어뢰!

음탐실의 비명이 연속해서 들려왔다. 인근 해역의 해도를 들여다보던 천화공국 밍급 잠수함 화이난의 함장 리이 소교는 기겁을 했다. 느닷없이 공중으로부터 수면에 내리꽂힌 폭탄이 해저 100미터를 운항하고 있는 잠수함을 향해 능동음탐을 쏘아대며 추격을 시작한 것이었다. 그것도 겨우 거리 1킬로미터. 그로서는 들도 보도 못 했던 일이 발생한 것이었다.

그가 소리쳤다.

"젠장! 교란기 발사! 기관 전속 전진! 우현 전타!"

리이는 냉정함을 유지하려고 기를 썼다. 전지 충전을 위해서 기동을 시작한 것이 화근이었다. 분명히 인근 해역과 황하 하구에는 조선 놈들의 대잠직승기가 보이지 않는다는 전문을 받았고 새벽에도 무사히 충전을 마쳤던 황하 하구 부근은 그나마 안전하다고 판단했었는데 귀신같은 조선 놈들은 어김없이 길목을 기다려 목덜미를 틀어쥐었다. 게다가 더 큰 문제는 전지가 거의 5퍼센트 미만까지 떨어져 최고속도는커녕 10노트도 제대로 내기 어렵다는 것이었다.

그가 다시 외쳤다.

"음탐실! 어뢰 위치는?"

—거리 300미터! 접촉 15초전입니다.

"교란기는?"

— 현재 교란기 구간입니다! 그대로 통과하고 있습니다!

"젠장! 급부상! 남아 있는 교란기 모조리 발사해!"

— 연속해서 발사합니다.

남아 있는 교란기가 발사되는 이음이 선체를 울렸다. 리이는 선체가 서서히 기울기 시작하자 잠망경 손잡이에 단단히 몸을 기대며 눈을 감았다.

— 적 어뢰! 교란기 영역을 다시 통과합니다! 접촉 5초전! 4, 3…….

"빌어먹을! 전 승무원! 충격에 대비하라!"

리이의 목소리가 선내에 울려 퍼지는 순간 엄청난 충격이 선체를 강타했다.

1972년 8월 18일 13:20 김포, 제1전투비행단

새벽부터 계속된 지겨운 일정이 반복되고 있었다. 잔뜩 찌푸린 하늘이 태양을 완벽하게 가려놓아 대한제국 제1전투비행단이 주둔한 김포 평야에는 한밤중을 방불케 하는 어둠이 깔려 있었다. 출격 준비를 마친 대한-42 전략폭격기의 조종석에서 안전띠를 착용하던 김미연 대령은 오늘만 벌써 두 번째인 이 지겨운 출격에 치를 떨었다. 어린 시절 조종사의 꿈을 안고 공군사관학교에 입교할 때만 해도 공군이 이런 단순 중노동에 시달리는 기피 직종이리라고는 전혀 생각지 못했었다. 하지만 현실은 전혀 달랐다. 오늘 오전만 해도 온몸을 살찐 돼지처럼 만드는 G전투복을 껴입은 채 비좁은 조종석에 구겨져 앉아 두 시간의 지겨운 비행과 위성유도에 따른 기계적인 폭탄 투하를 지켜보아야 했고 또다시 두 시간에 걸쳐 똑같은 항로를 되짚어 돌아와야 했다. 하필 폭격기를 조종하게 되는 통에 생긴 문제이긴 하지만 소원이던 짜릿한 공중전과 화려한 급강하는 꿈도 꿀 수 없었다.

그녀가 신경질적으로 무전기를 개방하며 관제탑을 호출했다.

"제1전투비행단 13폭격 대대. 단순 노무대대. 출격 준비 완료! 활주로 지정 바람!"

관제탑 당직인 장 소령의 웃음 섞인 목소리가 흘러나왔다.

—후후. 대령님, 너무 짜증내지 마십쇼. 대령님은 지루하실지 몰라도 당하는 놈들은 사신死神이나 마찬가지인 폭격기들입니다.

"인마! 너도 한번 우리 입장이 되어봐라. 짜증이 안 나겠나. 왜 하필 김포에서 그 먼 곳까지 폭격을 나가냐?"

—후후. 선양 7비행단에 기화폭탄 재고가 부족한 모양입니다. 이해하세요. 어쨌든 조심해 다녀오십쇼. 3번 활주로 개방되어 있습니다.

"알았다! 팔자려니 해야지. 대대! 이동한다!"

4기의 거대한 기체가 천천히 활주로 끝을 향해 미끄러지듯 움직였다. 어둑어둑한 날씨 탓에 활주로 끝까지 펼쳐진 평행선 두 개가 선명히 나타났다.

"이륙!"

30초 간격으로 이륙한 대한-42의 육중한 기체들이 연속해서 구름 위로 떠오르자 12기의 대한-14가 태양을 등지고 편대의 전방으로 이동하는 것이 보였다.

두 번째 도착한 바오딩 상공은 여전히 교통정리가 필요해 보였다. 거리는 40킬로미터 이상 떨어져 있었지만 천화공국의 J6 50여 대가 아군의 대한-15기들을 향해 죽기 살기로 달려들고 있었다. 이미 교전 지역 전체를 장악하고 있는 바다갈매기의 강력한 전파 방해 때문인지 대공포대의 움직임은 전혀 보이지 않았다. 4기의 대한-14가 교전 지역인 11시 방향을 향해 편대를 이탈하기 시작하자 김미연은 폭격 유도장치를 가동하며 편대에 명령을 하달했다.

"대대! 목표인 시안 군벌 주둔 지역에 도달했다! 10초 후 폭격을 개시한다! 교란기 가동! 폭격대형으로!"

대한-42가 각각 두 기씩의 호위 전투기를 거느리고 2킬로미터 간격으로 평행하게 자리를 잡기 시작했다. 싣고 온 폭탄은 무지막스런 4톤짜리 기화폭탄 15개씩이니 대략 반경 20킬로미터 정도는 깨끗이 날아갈 것이었다.

폭탄창이 서서히 열리기 시작하자 그녀가 중얼거리듯 명령했다.

"5, 4, 3, 2, 1! 폭격 개시!"

60개의 육중한 폭탄들이 연속해서 기체에서 떨어져 나와 후익의 꼬리날개를 펴며 자세를 수직으로 바로잡기 시작했다.

1972년 8월 18일 16:10 베트남, 하이퐁

카르다몬 산맥의 정상에 걸린 먹구름이 한 치 앞도 내다볼 수 없을 만큼 엄청난 빗줄기를 쏟아내고 있었다. 지독하게 습한 공기는 모든 것을 축축하게 만들어버렸다. 우기가 시작된 것이다.

보 위엔 지압은 끊임없이 쏟아지는 빗줄기를 바라보며 엷은 미소를 흘렸다. 신을 믿지는 않지만 정글에서 태어난 신 비슈누와 반신半神 하누만이 이민족의 침입을 몸으로 막아내고 있다는 생각이 들었다. 송코이강을 경계로 지루하게 계속된 공방전은 이틀 동안 계속된 엄청난 폭우로 인해 별다른 진전을 보이지 못한 채 소강상태를 보이고 있었다. 더불어 폭우로 불어난 송코이강의 수위는 중화민국군의 공세를 근본적으로 가로막아버려 그로서는 한숨 돌릴 시간적 여유를 갖게 된 것이었다. 시간은 그의 편이었다. 맨주먹이나 다름없는 구형 K10 소총과 기관총 몇 정으로 지켜낸 전선이었다. 준비가 마무리된 다음부터는 두 말할 것도 없이 전투의 주도권을 자신이 가지게 될 것이었다. 중화민국군은 최악의 침공 시기를 택한 셈이었다.

그의 예상대로 광둥성 군벌이 주력인 중화민국군은 베트남의 정글에 그리 익숙하지 못했다. 가장 신경 쓰이던 공군의 공습도 그리 우려할 정도는 되지 못했다. 이 상태로 24시간만 더 전선을 유지할 수 있다면 보르네오에서 보내온 무기들이 전방으로 전개가 될 수 있을 것이고 그렇게만 된다면 승리는 무조건 자신의 것이었다. 사이공의 썩어빠진 정치가들이 나라를 망가트렸지만 자신을 따르는 20만 북부 군벌은 여전히 건재했다.

그가 등 어름에 시립하고 있던 참모에게 나직이 물었다.

"보르네오에서 보내준 박격포와 소총들은 언제쯤 전선에 도착이 되겠나?"

"티우 정부와 남부 군벌의 반발 때문에 시간이 조금 늦어졌습니다. 하지만 보르네오 해군이 직접 타이호아에 접안해 무기를 인계해준 덕분에 내일이면 하노이와 하이퐁에 도착할 겁니다."

"빌어먹을 자식들! 이 와중에도 제 몫 챙기기에 바쁘니……. 후방에서 빈둥빈둥 놀고 있는 것들이 무기는 가져다 뭐에 쓰게!"

보 위엔 지압이 정부를 성토한다 싶자 참모가 재빨리 입을 열었다.

"사실 이 상태로는 국가의 존립조차 위태롭습니다. 더구나 태국이 라오스 전선에 참전했으니 라오스는 확실히 태국의 세력권으로 들어갈 것입니다. 그리고 나면 우리 차례입니다. 친태국 인사인 티우가 정권을 잡고 있으면 우리 베트남 역시 순식간에 태국의 손에 떨어집니다."

"후, 그렇다고 봐야지."

그가 무겁게 한숨을 내쉬자 참모가 힘을 얻은 듯 빠르게 말을 이었다.

"장군께서는 반대를 하시겠지만 이 전쟁이 끝나고 나면 장군께서 정권을 장악하셔야 할 것 같습니다. 이번 보르네오의 지원도 대한제국에서 중재를 해준 것이니 제국과 손을 잡고 태국과 중화민국을 견제하는 것이 바람직해 보입니다. 이건 우리 노동당과 베트남의 생존이 걸린 문제입니다. 심각하게 고려해주시기 바랍니다."

"이 사람아. 지금이야 중화민국과 제국이 전쟁 중이니까 우리를 도와주지만 솔직히 뭐 먹을 게 있다고 베트남을 지원하겠나? 쓸데없는 생각이야. 달리 생존할 방법을 찾아보세나."

"그건 아닙니다, 장군. 제국과 천화, 중화 양국의 전쟁이 발발하기 이전부터 제국은 보르네오에게 사이공 정부를 지원하도록 유도하고 있었습니다. 그런데 이번 무기 지원을 직접 장군께 전달한 것으로 보아 제국은 장군을 베트남의 지도자로 생각하고 있습니다. 가능성이 있는 이야기……."

보 위엔 지압은 손을 들어 참모의 이야기를 막은 후 잠시 눈을 감고 생각에 잠겼다. 전쟁에 승리한다는 보장도 없지만 전쟁을 승리로 이끈다 해도 사실상 독자적인 사후 수습은 요원한 이야기였다. 태국의 지원이나 제국의 지원이 없는 상황이라면 전쟁을 끝내기 위해서도 엄청난 시간이 걸릴 것이었고 피해 또한 상상을 초월할 것이었다. 결국 누군가의 도움은 필요했다. 그가 말했다.

"자네, 대한제국에 선을 넣을 만한 사람을 알고 있나?"

불안한 얼굴로 그의 등을 바라보던 참모의 얼굴이 순식간에 밝아졌다.

"네, 각하. 사이공의 대한제국 대사관 무관과 친분이 조금 있습니다. 몇 번 활동을 도와준 적도 있으니 이야기가 통할 겁니다."

"자리를 한번 만들어 보게. 중화민국과의 전쟁을 승리로 이끌기 위해서도 필요한 일이니 어쩔 수 없지."

"알겠습니다. 각하."

참모가 치열을 모두 드러내며 웃었다.

1) **RPG7** 구소련 RPG-16의 후계 모델이며 세계에서 가장 흔한 러시아제 대전차 무기 중 하나이다. 대전차 무기로 설계되었으나 근거리에서 저격수를 제거하는 무기로 사용되기도 한다. 1973년 중동전쟁과 아프가니스탄 전쟁에서 이스라엘군과 소련군은 엄청난 숫자의 전차를 RPG-7에 의해 잃는다. 중국산은 가늠쇠가 별도 장착되어 있다. 중량: 7.9킬로그램, 탄두: 2.25킬로그램, 85미리 유탄, 포구속도 초속 120미터, 사정거리 300미터, 관통력 330미리.

산둥 반도山東半島

1972년 8월 19일 05:30 천화공국, 칭다오 북쪽 40킬로미터

근황친위군 산둥 파견군 사령관 김정호는 4개 기갑사단 중, 2개 사단의 상륙과 전선전개가 어느 정도 마무리되자 나머지 2개 사단의 상륙을 기다리지 않고 곧바로 전선의 돌파를 명령했다. 4개 기갑사단과 3개 해병사단이 모두 상륙을 마치게 되면 너무 좁은 지역에 많은 병력이 밀집되어 병력의 전개에 여러모로 문제가 발생할 터였다. 어차피 천화공국의 항공 전력은 완전히 무력화된 상태였고 지상군도 이틀간 끊임없이 계속된 공습으로 거의 움직임을 보이지 못하고 있었다. 문제될 이유가 없었다.

새벽 04시 30분, 라오산과 쿤룬산 능선을 따라 형성된 전선에 '대한-42' 전략폭격기까지 동원된 아군기들의 폭격과 포격이 집중되기 시작하자 공국군 진영은 순식간에 엄청난 혼란 속으로 빠져들기 시작했다. 아군의 주공이 두 산의 능선으로 형성되는 것으로 착각해 주력을 능선으로 이동시키기 시작한 것이었다. 이어 05시 30분부터 북쪽 해안을 따라 친위군 제3기갑과 해병 132사단의 대규모 공격이 전개되기 시작했다. 산둥 군벌 사령부를 직접 돌파하기 위한 작전이었다.

김정호가 입안한 작전의 초점은 중화민국의 대규모 병력이 산둥에 전개되기 전에 적의 3개 기갑사단이 밀집되어 있는 북쪽 해안을 돌파하고 룽커우로 상륙할 아군 해병대와 합류해 룽커우-웨이핑-칭다오를 잇는 적의 후방을 차단, 포위 섬멸한다는 것이었다. 종심 40킬로미터가 넘는 장거리 돌파여서 여러 가지 변수를 고려해 룽커우 함락까지의 예상 시간은 6시간을 상정했다. 하지만 전투는 예상외로 손쉽게 전개되었다. 지뢰지대 소개를 위한 3기갑의 첫 번째 포격이 적진에 떨어진 지 불과 1시간 만에 허둥지둥 대공위장을 걷어낸 산둥 12기갑의 주력인 200여 대의 전차가 아군 폭격기의 두 번째 대규모 공습에 깨끗이 날아가버렸기 때문이었다.

이문희 대위가 지휘하는 친위군 38전차중대는 수백 대의 전차가 불타고 있는 적진 한가운데를 코만치 10여 대의 호위를 받으며 무인지경으로 돌파했다. 최전선에 배치되었던 천화공국의 12기갑은 사실상 괴멸 상태였다. 엷은 새벽안개 사이로 검은 연기가 하늘을 가득 메웠고 피격된 T-59 전차들의 포탑 위에 수없이 걸쳐진 타다 남은 공국군의 시체와 역한 시체 타는 냄새가 저절로 인상을 찌푸리게 만들었다. 간간이 날아오는 보병들의 RPG7이 신경을 건드렸지만 시속 70킬로미터에 가까운 빠른 속도로 전개하는 현무에 명중시키기는 말 그대로 하늘의 별 따기였다. 요행히 명중되더라도 차체에는 그리 심한 충격을 주지 못했다.

바로 옆을 달리던 2호차의 기관총이 막 RPG를 발사하고 퇴각하는 공국군 보병들을 향해 불을 뿜었다. 3~4명의 공국군이 짚단 넘어가듯 거꾸러졌고 몇 명이 살아남아 다시 달아났으나 무시해버렸다. 나머지는 2파로 전개될 기계화 보병들의 몫이었다. 전차들의 본격적인 전투는 돌파가 끝나면 마주하게 될 14기갑과의 교전일 것이었다.

검은 연기로 뒤덮인 12기갑 T-59의 무덤 지역을 완전히 통과했다 싶은 순간 시계가 환하게 밝아지며 코만치의 대전차 미사일 수십 발이 허공을 갈랐다. 드디어 산둥 14기갑이 모습을 드러낸 것이다. 그녀가 외쳤다.

"중대 기동 정지! 목표! 전방 15킬로미터! 적 전차! 소대별 자유사격!"

굳이 적 전차의 유효사거리 이내로 들어가 장갑에 타격을 줄 필요는 없을 것이었다.

핑!

나직한 파열음과 함께 수십 발의 철갑탄이 적 전차들을 향해 쇄도하기 시작했다. 순식간에 수십 대의 T-59가 불꽃을 피워 올리며 주저앉았고 살아남은 100여 대의 전차와 장갑차들이 얕은 능선을 넘어 퇴각하기 시작했다.

그녀가 다시 날카롭게 외쳤다.

"중대! 돌격 앞으로!"

전장을 시속 300킬로미터의 빠른 속도로 저공비행하던 김혁우 소령은 강하게 소용돌이치는 검은 연기 사이로 지상을 새카맣게 뒤덮으며 퇴각하고 있는 공국군 14기갑사단 전차들을 노려보았다. 적 12사단 지역이 너무 빨리 돌파되어버리는 바람에 최초의 계획은 엉망이 되어버렸고 개략적인 아군의 전개를 파악하기도 힘에 부쳤다. 그저 코만치의 스텔스 기능을 포기하면서까지 잔뜩 매달고 나온 대전차 미사일이 완전히 소진될 때까지 교전 지역을 돌아다니면서 위험해 보이는 적 전차들을 요격할 뿐이었다.

문득 아군 전차들을 피해 사단의 배후로 전개하려는 듯한 10여 대의 T-59가 그의 눈에 들어왔다. 그냥 방치하면 2파의 기계화 보병들에게 예상치 못한 피해를 강요할 수 있었다. 아무리 구형이라고 해도 전차는 전차였다.

김혁우가 한 조인 2호기를 호출하며 나직이 중얼거렸다.

"이 중위! 3시 방향의 전차들을 잡는다! 동시에 진입하자!"

— 알았습니다! 시작하십시오!

2기의 코만치가 강력한 모래바람을 일으키며 전장 남쪽의 낮은 구릉 아래로 숨어든 10대의 T-59를 향해 내리꽂혔다.

"이거나 먹어라! 새끼들아!"

4기의 대전차 미사일이 폭발적인 섬광을 내뿜었다. T-59의 포탑에 정확히 명중된 미사일은 탄두의 플라즈마에 의해 용해된 구리가 순간적으로 폭발하며 포탑의 장갑을 녹여버리고 포탑 내부로 파고들었다. 다음 순간 포탑 체결 부위에서 발생한 푸른색 불꽃이 포탑을 돌아 전차의 뒤쪽으로 튀어나왔다. 곧이어 검은 연기와 함께 포탑이 허공을 유영하기 시작했다. 세 차례의 선회가 끝나고 나자 살아서 움직이는 전차는 보이지 않았다.

1972년 8월 19일 06:00 산둥 반도,
룽커우항 서쪽 15킬로미터 천화공국 해안 포대

취보 소교가 보고 들은 것은 오로지 눈부신 빛과 귀청을 찢어놓은 굉음뿐이었다. 새벽부터 계속되던 제국군의 포격이 잠시 가라앉자 몸을 일으켜 포대 벙커의 총안을 내다보려 했는데, 바로 그 순간, 강력한 충격이 벙커의 외벽을 때리며 엄청난 폭발이 그의 몸을 휘감은 것이었다. 검은 연기와 화마가 100평이 넘는 널찍한 벙커를 가득 채웠다.

순간적으로 멍한 상태가 되어버린 취보 소교는 필사적으로 벽을 짚고 일어나 출입구 쪽으로 다가가려 했다. 하지만 갈가리 찢어진 동료의 시체들이 앞을 막아섰다. 역겨운 피 냄새와 매캐한 고기 타는 냄새가 코를 찔렀다. 벙커 내부의 폭약들이 유폭되며 다시 한 번 강력한 폭발이 일어나 그의 몸을 출구 가까운 쪽으로 날려 보냈다. 아무것도 들리지 않았다. 옆구리와 오른쪽 다리에 강렬한 통증을 느꼈으나 그건 문제가 아니었다. 몇 초만 더 지나면 엄청나게 쌓아놓은 포탄의 유폭이 벙커를 통째로 날려버릴 것이기 때문이었다.

그는 부러진 다리를 질질 끌며 결사적으로 출구를 향해 기었다.

죽은 동료들의 시체를 걷어내며 벙커를 벗어나자 출입구의 계단이 눈에 들어왔다. 그러나 그는 계단 언저리에서 움직임을 멈출 수밖에 없었다. 수백 기는 족히 될 법한 제국군 직승기가 하늘을 가득 메우고 있었기 때문이다. 새카맣게 떠 있는 직승기들의 기관포가 아직 살아 움직이는 아군 병사들을 향해 끊임없이 시뻘건 불길을 뿜어냈고 그에게도 낯익은 제국군 백호-23 직승기들이 날렵한 검은색 군복의 병사들을 수없이 토해내고 있었다. 언젠가 그의 대대장이 전장에서는 절대로 만나지 않기를 바라라고 누누이 이야기하던, 제국 육군 최강 친위군 공중강습여단의 내습이었다.

그는 계단에 주저앉아버렸다. 어차피 더 이상 움직일 여력도 없었지만 저항 역시 무의미할 것이기 때문이었다.

'빌어먹을! 이건 악몽이야.'

조금 전까지 자신과 동료들을 보호해주던 벙커 속에서 강력한 폭발이 일어나며 그의 몸을 허공으로 날려보냈다.

원태현 소위는 백호-23의 출입구를 나서기가 무섭게 사격을 시작했다. 불타는 벙커 뒤쪽의 먹구름 같은 먼지와 연기 사이에서 AK를 갈겨대는 공국군 둘을 본 것이었다. 그는 벙커 뒤쪽의 드럼통에 은폐한 공국군들을 향해 20여 발을 쏟아낸 다음 1.5미터 정도의 높이를 가볍게 뛰어내려 한 바퀴 구른 뒤 엄폐물을 찾아 달리기 시작했다. 공국군들이 죽었는지 확실히 확인하지는 못했지만 더 이상 총탄은 날아오지 않았다. 신형인 K22 무탄피소총의 총탄이 드럼통을 관통하고 적병을 타격한 듯했다.

그는 새삼 손에 들린 K22 소총을 내려다보았다. K22를 들고는 처음 실전에 투입되는 상황이어서 조금 어색했지만 무탄피에다 80발 탄창, 원거리 야시 조준경, 2.8킬로그램밖에 되지 않는 가벼운 중량, 웬만한 방탄복은 단번에 뚫어버리는 엄청난 관통력의 티타늄 탄두 등 어느 것 하나 나무랄 데가 없었다. 총신이 조금 두꺼워 한 손에 들어오지 않는다는 것 한 가지만 빼면 모든 면에서 최상의 무기였다.

머리 위로 총탄들이 뿜어내는 음속 파열음이 계속해서 스쳐지나갔지만 많지는 않았다. 아군 코만치들이 인근을 모조리 쓸어내고 있는데다 백호-23 직승기들도 대원들을 내려놓고 대원들의 엄호에 가담하기 시작하면서 적의 저항은 급속히 잦아들었다. 하지만 워낙 많은 숫자의 적병들이 밀집된 지역이어서 완전한 소개에는 시간이 조금 더 걸릴 것이었다.

원태현이 제법 큼직해 보이는 콘크리트 더미 뒤에 자리를 잡자 50여 미터 떨어진 해안 능선 너머 민가 쪽에서 또다시 갈색 군복 10여 개가 달려들며 아군의 직승기를 향해 총기를 겨누는 것이 보였다. 그가 재빨리 20여 발의 총탄을 쏟아내자 서너 명이 순간적으로 나동그라졌고 나머지 공국군들은 반사적으로 자세를 낮추며 민가의 담벼락 아래를 찾아 숨어들었다.

총탄이 곧바로 날아들지 않는 것으로 보아 적들은 아직 자신의 위치를 파악하지 못한 것 같았다.

원태현은 콘크리트 더미 옆에 납작 엎드린 자세 그대로 담벼락에서 머리를 내미는 놈 하나를 침착하게 조준하고 방아쇠를 당겼다. 직격탄이었다. 적병의 머리가 와락 젖혀지며 철모가 2~3미터 뒤쪽으로 날아갔다. 놈은 그 자리에 쓰러져버렸다. 뒤이어 자신의 소대원들을 내려놓은 비호-23이 상승하며 적병들이 숨어 있는 곳에다 기관포를 퍼부었다. 부실해 보이는 담장들은 순식간에 터져나갔고 3~4명의 몸뚱이도 함께 날아가버렸다. 더 이상 총탄은 날아오지 않았다.

그는 솟구치는 전투의 흥분을 애써 가라앉히며 힘차게 외쳤다.

"소대! 앞으로!"

원태현은 소대원들을 데리고 불타고 있는 러시아제 화물차량을 우회해 해안 둔덕 건너편의 민가를 향해 전력을 다해 달리기 시작했다.

그러다 민가의 골목 안쪽에서 갑자기 날아온 총탄을 피해 낡은 건물 안으로 뛰어든 원태현은 깨진 창문 밖으로 내다보이는 적병들의 모습에 경악했다. 나이 든 여자와 어린아이 10여 명을 쪼그려 앉혀 놓고 그 사이에서 엎드려 쏴 자세를 한 채 아군에게 총격을 가하는 적병들의 모습이 보였던 것이다. 아군의 교전 수칙에 완전히 위배되는 상황인 셈이었다.

그가 소리쳤다.

"저런 ×자식들! 야! 강 병장! 사격 중지시켜! 누구 섬광수류탄 가지고 있는 사람 있나?"

"없습니다!"

폭동 진압이 아닌 전투 지역의 통상적인 주간 전투에 쓸데없는 섬광수류탄을 주렁주렁 매달고 나올 필요는 없을 것이었다. 아군의 사격이 멎자 이번에는 깡통형 수류탄 서너 발이 날아왔다. 엎드린 자세에서 그대로 던진 것이라 아군이 전개된 곳까지 날아오지는 못했다. 폭음과 연기가 순간적으로 제법 넓은 골목의 시계를 완전히 가렸다.

"×할! 모르겠다. 눈이라도 좀 뜨고 제발 도망가라!"

연기가 조금 사라졌다 싶어지자 원태현이 아이들의 바로 앞에다 10여 발을 꽂아 넣었다. 움찔하며 눈을 뜬 아이들이 대원들이 다시 쏜 수십 발의 위협사격에 재빨리 달아나기 시작했고 순식간에 대여섯 놈의 적군이 완벽하게 시계에 들어왔다. 곧바로 아군의 수류탄 세 발이 허공을 갈랐다. 수류탄이 폭발하며 아군의 사격이 집중되자 원태현은 한숨을 내쉬며 대원들의 전진을 명령하려 했다. 그러나 명령은 입 밖으로 흘러나오지 나오지 못했다. 200미터 정도 떨어진 골목의 모퉁이에서 러시아제 구형 장갑차 한 대가 중대 규모의 병력을 선도하며 골목을 따라 전진하는 것이 보였기 때문이었다.

"이런 젠장! 저건 또 뭐야? 죽으려고 작정을 했나? 장갑차 한 대로 뭘 하겠다는 거야? 강 하사! 비호 준비해! 전 대원 사격 개시!"

대원들이 사격을 시작하려 하는 순간, 그의 주변으로 강력한 회오리바람이 몰아치기 시작했다. 머리 위에서 코만치 한 기가 급강하하면서 로켓탄 두 발을 장갑차를 향해 꽂아 넣은 것이었다. 장갑차는 그야말로 산산조각으로 깨져 나갔고 연이은 코만치의 기관포 세례에 뒤따르던 적군들의 몸뚱이가 순식간에 폭발하듯 터져나가기 시작했다.

불과 10여 초의 집중 사격이 끝나고 코만치가 골목 상공을 떠나자 남은 건 수십 구의 시체와 떨어져 나간 살덩이뿐이었다. 흥건한 피 웅덩이만 보이는 골목 어귀에 정적이 감돌았다.

불타는 장갑차의 잔해 안에서 타닥거리는 미약한 폭발음이 들렸다. 직접 보지 않았다면 자신도 믿지 못할 정도의 가공할 화력이었다. 좁은 골목에 밀집되어 있던 병력이긴 하지만 중대급 병력과 장갑차 한 대가 10초도 안되는 짧은 시간에 완벽하게 날아가어버린 것이었다.

원태현은 잠시 멍해진 정신을 가다듬으며 다시 한 번 막강한 조국의 힘에 감사했다. 총탄과 포탄이 난무하는 전장에서 언제나 등 뒤를 든든하게 지켜주는 저런 엄청난 화력이 있다는 것만으로도 안심이 되는 느낌이었다.

하늘을 새카맣게 뒤덮었던 직승기들이 빠르게 내륙을 향해 이동하기 시작했다. 상륙 교두보 확보는 끝이 난 것이다.

1972년 8월 18일 07:15 산둥 반도, 룽커우항

"직승기다! 피해!"

항구를 향해 필사적으로 달리던 지앙진 대교는 저공비행하는 직승기의 날카로운 프로펠러 소리를 듣고는 죽기 살기로 고함을 지르며 민가의 공터로 몸을 날렸다. 순간적으로 기관포의 폭음이 머리 위를 훑고 지나갔다. 10여 명의 병사가 온몸이 터져나가며 허공을 날았고 담장 옆에 서 있던 아름드리나무의 허리춤이 부러져 그의 옆으로 쓰러졌다.

지앙진은 직승기가 지나가자 공터 밖으로 다시 달려나갔다. 적의 상륙부대가 전개되기 전에 어떻게든 중대원들을 데리고 룽커우항의 본대에 합류해야만 했다. 공터에서 불과 300미터 정도밖에 떨어지지 않은 아군 검문소에서도 기관총 소리와 폭음이 난무했고 상공에는 직승기 2대가 연신 기관포를 난사하며 날아다녔다. 벌써 적의 선봉부대가 가까이 다가온 것이었다.

낮은 자세로 골목 어귀로 나가보니 아군 검문소는 이미 불길에 휩싸여 있었다. 주변에는 검은 복장의 제국 친위군들이 검문소에서 저항하고 있는 아군 병력들을 향해 기관총을 난사하고 있었다.

저 빌어먹을 놈들은 모조리 검은 방탄복에 신기하게 생긴 철모와 밀폐된 커다란 안경을 쓰고 있어 눈동자조차 보이지 않았다. 언젠가 제국 영화에서 보던 미래에서 날아온 전사처럼 생겨먹은 저 놈들은 분명히 사람이 아니었다. 쏘아대는 총기는 웬만한 은폐물은 그대로 관통해버렸고 아군의 AK-47에 명중되면 잠깐 쓰러져 있다가는 곧바로 자리를 털고 일어나 아군을 향해 총기를 난사했다. 이건 제대로 된 전투가 벌어질 수 없었다. 겁에 질린 아군들은 아예 전투를 시작도 하기 전에 숨을 곳을 찾아 달아나기에 바빴고 저놈들은 토끼 몰이하듯 무서운 속도로 아군을 몰아붙였다. 욕설이 튀어나왔다.

"젠장! ×자식들! 저런 놈들하고 전쟁을 해서 이길 거라고? 어떻게? 무얼 가지고? 옛날처럼 맨손으로 달려들어 죽창으로 찔러? 빌어먹을 자식들……."

이미 룽커우항으로 이어지는 도로에는 아군 병사들의 시체가 산을 이루고 있었다. 지앙진은 가만히 고개를 내저었다. 이건 아니었다. 비록 군인이긴 하지만 이런 무모한 전쟁에 부하들을 내몰 수는 없었다. 고개를 돌려 10여 명밖에 남지 않은 부하들의 모습을 훑어보았다. 아직 총기를 쥐고 있는 녀석들은 상태가 조금 나아 보였지만 나머지는 대부분 무기조차 잃어버렸고 그나마도 피투성이였다.

그가 조용히 말했다.

"이대로 무기를 버리고 전장을 이탈한다. 군복도 벗어버려라. 전쟁은 잊어버리고 어떻게든 살아남아 고향으로 돌아가라. 이것이 내가 너희들에게 해줄 수 있는 최선이다. 지금 가라!"

말을 마친 지앙진은 자신의 소총을 공터를 향해 내던져버렸다.

(6권에 계속)